Über die Autorin:

Corinna Weber wurde 1976 in Darmstadt geboren. Sie lebt mit ihrer Familie in dem beschaulichen Örtchen Wald-Michelbach im Odenwald.
Mit einer 20jährigen und einer 8jährigen Tochter an der Hand, ihrer kleinen Krawalli fest im Herzen und seit 23 Jahren einem Mann an ihrer Seite, der fest zu ihr steht, hat sie bis jetzt alle Stürme des Lebens (fast) erfolgreich gemeistert.
Ihr Bücher erzählen von diesen Stürmen, den leichten Winden, aber auch der strahlenden Sonne. Von fünf Menschen, die das Leben und das Schicksal fest miteinander „verankert".
Und es gibt immer wieder genügend Stoff für Fortsetzungen.....

Corinna Weber

„Muddi"

ZUSAMMEN SCHAFFEN WIR ALLES

TEIL 3

Impressum:

Bibliografische Information der Deutschen Nationalbibliothek:
Die Deutsche Nationalbibliothek verzeichnet diese Publikation in der
Deutschen Nationalbibliografie; detaillierte bibliografische Daten sind im
Internet über dnb.dnb.de abrufbar.

Copyright 2020 Corinna Weber
Herstellung und Verlag: BoD – Books on Demand, Norderstedt

ISBN: 978-3-7526-4231-5

FÜR UNSERE KRAWALLI

INHALTSVERZEICHNIS

S. 10   Viele Gedanken, Herzmenschen und ein kleines bisschen Wunderlampe

S. 16   „Deja vu", ein unfassbarer Hohlkopf und „besser nicht einatmen"

S. 34   Sieh`s positiv, mein Leben mit der Hibbelgruppe und die Muddi geht an den Start

S. 41   ein seltsamer Geburtstag, ich kann Heidelberg nicht sehen und „Zwerg Nase"

S. 71   Karla, Ela und die Sache mit dem Essen

S. 84   bekannt aus Film, Funk und Fernsehen... gute Presse, böse Presse und die Geburt von Ronjas Welt

S. 96   „Muddi on Tour" und der fast ganz große Knall

S. 101 Küchenexperimente, nachhaltige Begegnungen und ein Stück furchtbare Endgültigkeit

S. 122 hoher Besuch, das „Fische-Desaster" und Zweifel an der Menschheit

S. 147 ein unbekannter neuer Weg, viele kleine Wege und ein „Engelgeburtstag"

S. 192 der Herbst und seine Folgen, ein dritter Geburtstag und eine wichtige Erkenntnis

Vorwort

Es geht weiter, wer hätte das gedacht? Manche werden jetzt sagen „klar geht's weiter, es geht immer weiter…" Ja, das stimmt schon. Bei mir stellt sich da nur die berechtigte Frage „WIE?".
Ich erzähle Euch wieder ein bisschen was von dem, was in der Zeit so passiert ist, in der ich dieses Buch schreibe. Und gleich zu Beginn des Jahres ist etwas ziemlich Heftiges passiert. Manchmal sollte man wirklich aufhören zu fragen, wie blöd man denn sein kann. Einige sehen das, glaube ich, als Herausforderung. Ich fange an diesem ziemlich stürmischen Dienstagnachmittag an, wohin mich die Reise bis Ende des Jahres führt kann ich also selbst noch gar nicht wirklich sagen. Ich hoffe nur, uns bleiben die richtig großen Katastrophen einfach mal erspart und wir können über all die anderen Dinge einfach nur herzhaft lachen, oder zumindest schmunzeln. Wobei ich Euch jetzt schon verraten kann, dass es die ersten drei, vier Monate noch nicht wirklich viel zum schmunzeln gab. Einige werden sich vielleicht später beim Lesen daran erinnern (Jedenfalls hoffe ich jetzt mal, dass der momentane Zustand bis zum Erscheinen dieses Buches nur mehr eine Erinnerung sein wird.)
So, bevor ich jetzt schon ins schwadronieren komme lege ich besser los. Begleitet mich, bzw. uns, auf unsere Reise durch das Jahr 2020, ihr wisst ja, bei der „MUDDI" wird's nie langweilig. Viel Spaß und bleibt gespannt……

Januar 2020 „Viele Gedanken, Herzmenschen und ein kleines bisschen Wunderlampe"

Der Januar begann wie der Dezember geendet hatte. Mein Hirn machte noch lange nicht das, was es wirklich sollte. Ständig hatte es massive emotionale Aussetzer, immer noch hatte ich ziemliche Probleme, das Geschehene in meinem Kopf irgendwo einzusortieren. Ich hatte mich zwar an sich recht gut im Griff, aber ganz oft „Aufblitzer" vor meinen Augen, mit denen ich überhaupt nicht zurecht kam. Meistens war es der Moment auf der Straße, in dem ich mein Kind auf dem Bauch liegend vorgefunden hatte, sie umdrehte und in ihre toten Augen sah. Diese Sekunden sehe ich immer und immer wieder, sie sind wie eine Dauerschleife in meinem Hirn festgebrannt. Und immer noch kam ich, viel zu oft, ohne Tavor weder über den Tag, geschweige denn über die Nacht. Auch wenn ich es auf ein Mindestmaß runter reduziert hatte. Schlaf war überwertet, ist er stellenweise heute immer noch. Und wenn ich wach wurde musste ich raus, liegen bleiben war ein absolutes „No go", da machte mein Kopf Spirenzien, die ich mitunter den ganzen Tag nicht mehr los wurde. Ich suchte mir ständig Beschäftigung, meine Hände brauchten dauernd etwas zu tun. Der Januar dümpelte vor sich hin, ich schrieb weiter an meinem ersten Buch. Auch wenn mich das mehr Kraft kostete als ich Anderen, und noch viel weniger mir selbst gegenüber, zugeben mochte. Immerhin versperrte ich mir damit, einigermaßen erfolgreich, jegliche Art von Erinnerung. Nur so konnte ich irgendwie überleben. Den zweiten Teil von meinem Buch zu schreiben brachte mich allerdings den Erinnerungen wieder so nah, als würde ich alles nochmal und immer wieder durchleben. Thorsten sagte oft „Muddi, dann hör doch auch mal auf. Mach Pause, das kann nicht gut sein was du da machst." Meistens sagte er das dann, wenn er mich wieder schniefend und tränenüberströmt in der Küche am Pad vorgefunden hatte. Viele haben mich danach gefragt, ob das eine Art der Verarbeitung für mich gewesen sei. Dazu kann ich nur Folgendes sagen: DEFINITIV nein! Man „verarbeitet" so was irgendwie nicht, und wenn, habe ich das Gefühl, wird das Jahre dauern. Solange einen diese Flashbacks immer wieder ungefragt und überall einholen hat man keine Chance, seinen Gemütszustand zu stabilisieren. Also jedenfalls ging es mir so. Mein Psychotherapeut, zu dem ich seit letzten Oktober ging, war irgendwann mit mir und meinen Geisteszuständen ziemlich überfordert und bat mich darum, mir eine geeignete Traumatherapie zu suchen.

Was ich dann auch tat. Im Februar, genauer gesagt am Valentinstag, hatte ich dort meinen ersten Termin.

Bevor ich da aber zum ersten Mal aufschlug lösten wir Ela`s Weihnachtsgeschenk ein. Am 18. Januar fuhren wir mal wieder nach Stuttgart, wir hatten Karten von ihr bekommen für Disneys „Aladdin". Wir fuhren wie immer ziemlich früh morgens los und waren gegen halb zehn im „Breuningerland" in Ludwigsburg um wie immer zunächst dort zu frühstücken. Und auch dieses Mal hielt ich es dort nicht lange aus. Hier waren definitiv viel zu viele Kinder. Wir fuhren also weiter Richtung Stuttgarts Innenstadt und ließen uns dort mit der Menge treiben. Gegen halb drei begann es zu schneien und wir fuhren ins SI-Centrum, wo ich unser übliches Zimmer mit der Nummer „649" gebucht hatte. Dann gelangten wir zu der ersten Herausforderung des Tages…. Essen gehen. Vielleicht erinnert Ihr Euch noch: wir gehen dort immer ins „Schwabenbräu" und hatten auch dieses Mal wieder einen Tisch dort reserviert. Aber was genau sollte ich denn essen ohne das die Gefahr bestand, dass ich Aladdin heute nicht sehen würde, sondern mir stattdessen ein Stuttgarter Krankenhaus von innen ansehen würde? Ich beschloss, um ein Gespräch mit dem Chefkoch zu bitten. Ein paar Minuten später fand ich mich vor einem ziemlich jungen, charmanten Mann wieder der sich meine „Essensleidensgeschichte" kurz anhörte um dann kurz und bündig zu kommentieren: „Wow, da hast du ja echt voll die Arschkarte gezogen" (O-Ton!). Ja, so konnte man es natürlich auch ausdrücken. Er grillte mir ein Putenschnitzel mit Pfeffer und Salz und warf mir ein paar ungewürzte Pommes auf den Teller. Nein, es sah NICHT schön aus, aber es war wirklich lecker und mir ging es danach auch richtig gut. Eigentlich stand also einem entspannten Abend nichts im Wege. EIGENTLICH.

Ich war natürlich mal wieder völlig weit weg von „entspannt". Obwohl ich hier wirklich nichts mit meiner kleinen Ronja verband vermisste ich sie schrecklich und musste aufpassen, dass ich Thorsten nicht auch noch den Abend versaute, weil ich ständig kurz vorm heulen war. Also beschloss ich mal wieder, mir eine Tavor einzuwerfen und eine halbe Stunde später wurde ich endlich ruhiger und dieser grausame Schmerz ließ ein wenig nach.

Das Musical war okay, vielleicht war ich einfach nicht in der Lage mich drauf einzulassen und mich darüber zu freuen das ich hier war.

Eigentlich gingen wir ja seit Jahren immer nach dem Musicalbesuch in „unsere" Hotelbar. An diesem Abend hatten wir beide keine Lust dazu, vor allem weil wir ja auch beide keinen Alkohol mehr tranken, aus verschiedenen Gründen.

Wir setzten uns also ins „Wiener Café", eine Location im Hotelkomplex unserem gegenüber, in der schon „Undercover Boss" gedreht worden war. Dort hatten wir noch einen wirklich schönen Abend (ich war dank meiner Tavor wieder völlig geerdet) und sind dann verhältnismäßig früh auf unser Hotelzimmer zurück. Am nächsten nach dem Frühstück haben wir die Heimreise angetreten. Mich zog es zurück, dorthin wo ALLE meine Kinder waren.

Ziemlich bald danach ereignete sich etwas, was mir heute noch ab und zu einen leichten Schauer über den Rücken jagt, und ich könnte mit dem Kopfschütteln nicht aufhören, wenn ich daran denke. Darüber erzähle ich euch gleich. Vorher möchte ich aber noch ein ganz anderes Thema anschneiden: FREUNDE!

Ich hatte ja schon am Ende meines zweiten Buches erwähnt, was für unglaublich tolle Menschen ich um mich habe. Solche, die ungefragt immer für mich da sind, die nicht fragen müssen wie es einem geht, weil sie Dir direkt ins Herz sehen können. Menschen, die einen spontan in den Arm nehmen, jeden Mist mit einem durchstehen, sich zum hundertsten Mal, ohne mit der Wimper zu zucken, dein Gejammer anhören, also Personen, die dich kennen und TROTZDEM mögen. Zwei dieser ganz besonderen Persönlichkeiten möchte ich hier unbedingt hervorheben und Euch vorstellen. Sie werden im Laufe meiner Geschichte immer wieder irgendwo eine Rolle spielen. Zum einen ist da Ina. Wir kennen uns schon wirklich ziemlich lange. Sie kennt die gesamte Familie Weber schon von klein auf. Wir hatten uns schon immer gut verstanden, waren aber über die Jahre hinweg nie mehr als gute Bekannte. Nun ist sie da und nimmt seit November 2019 einen ganz festen Platz in meinem Leben ein. Mit so unglaublich viel Herz, Verstand, Mitgefühl und Verständnis. Sie hört mir zu, ich höre ihr zu. Wir erzählen uns so viel voneinander, ich hatte bei ihr das Gefühl, eine Vertraute im Geiste gefunden zu haben.

Ich weiß meine Probleme und Sorgen bei ihr gut aufgehoben und so manchen Tag hat sie mir bisher mit Kleinigkeiten und Gesten versüßt und gerettet.

Sie war eine der Ersten, die sich ein paar Sätze aus „Muddi" Teil 1 anhören und beurteilen durfte, und die mich immer angetrieben und ermutigt hat weiter zu machen. Noch heute bin ich immer froh und dankbar, wenn sie spontan bei mir vor der Tür steht, einfach so, auf einen schnellen Latte macchiato. Sie hat sich innerhalb des letzten halben Jahres zu eine meiner engsten Vertrauten und Freundin entwickelt und ich bin ihr dankbar für ihre Freundschaft.

Und dann gibt es da Katharina, „Moi Herzkersch" (ich weiss nicht genau, wie ich das übersetzen soll, genau genommen heißt es „Meine Herzkirsche", aber das klingt erstens mal sehr seltsam wenn man sich nicht gerade als Frau zu anderen Frauen hingezogen fühlt. Zweitens drückt es auch nicht wirklich DAS aus, was ein Odenwälder damit sagen will.) „Herzkersche" sind Menschen, die einem ganz besonders am Herzen liegen, süß und unglaublich lieb. Wobei ich zugeben muss, dass unser Start ziemlich holprig war.

Im Jahr 2016 zog sie mit ihrer Familie in das Haus gegenüber. Vorher wohnte dort ihre Schwester mit ihrer Familie. Mit denen hatte ich mich gut verstanden, war also vom Prinzip her schon mal ziemlich traurig, dass sie weg zogen. Dachte aber noch, na gut, vielleicht sind die Neuen ja auch nette Menschen, auch wenn sie um einiges jünger sind als wir. Die ersten Monate sahen wir uns aber kaum, sie waren so gut wie nie draußen und wir gewannen immer mehr den Eindruck, als wollten sie gezielt NICHTS mit uns zu tun haben. Ich rief damals Brigitte an, die Schwester, die vorher drin gewohnt hatte und fragte, ob sie wüsste was ihre Schwester und ihr Mann gegen uns hätten. Ich konnte mir diese offensichtliche Ablehnung nicht wirklich erklären. Wir hatten ja bisher noch gar nichts groß miteinander zu tun gehabt. Also nein, man muss mich nicht zwangsläufig gut finden, nur weil man mir gegenüber wohnt. Aber wenn ich schon seltsam rüberkomme dann will ich wenigstens wissen warum.

„Da darfst du dir nicht allzu viel draus machen", kam die prompte Antwort auf meine Frage. „Der Tobias (Katharinas Mann) arbeitet mit einem ehemaligen Nachbarn von dir zusammen, und scheinbar hat der da ein paar Dinge über dich erzählt, die komisch waren. Dass das im Nachhinein dann aber doch nicht ganz so war habe ich dann erst im Laufe der folgenden Monate herausgefunden.

Wir, also vor allem ich, sind sehr gesellige Menschen und waren von daher zunächst sehr irritiert. Ich beschloss sie bei der nächstbesten Gelegenheit einfach drauf anzusprechen. Der Zufall wollte, dass ich kurze Zeit später eine meiner berüchtigten Putzmittel-Partys schmiss, und kurzerhand meine neue Nachbarin inklusive ihrer jüngsten Schwester dazu einlud. Der Abend wurde wie erwartet ziemlich lustig und unterhaltsam. Katharina und ihre Schwester fügten sich ziemlich gut in meinen bisherigen Freundeskreis ein. Ein paar Tage später saßen beide bei mir im Wohnzimmer auf der Couch, wir köpften zwei Flaschen Wein und unterhielten uns prächtig über die anderen Nachbarn.

Und dann sah ich den passenden Moment gekommen.

„Habt ihr eigentlich vom Prinzip her was gegen uns? Ihr redet wenig bis gar nichts und guckt sogar weg, wenn wir irgendwo draußen sind. Haben wir irgendetwas falsch gemacht?" Ja, ich weiß, wenn man dank zwei Flaschen Wein die Welt eh schon etwas bunter sieht, dann sollte man solche Fragen eigentlich gar nicht stellen. Aber da dachte ich mir „wenn nicht jetzt, wann dann?" Sie sah mich ziemlich erschrocken an.

„Ach was, wir haben überhaupt nichts gegen euch, im Gegenteil. Wir sind nur nicht so die Menschen, die gut auf andere zugehen können. Aber ernsthaft, wir haben NULL gegen euch, wir freuen uns, dass ihr unsere Nachbarn seid."

Ich habe mich sehr gefreut über ihre Worte, bin ich doch ein Grund auf friedvoller Mensch. Ich kann Streitigkeiten und Zwietracht nicht ausstehen und versuche, solchen Situationen nach Möglichkeit schon von vorne herein aus dem Weg zu gehen. Lieber schlucke ich so manche Äußerung herunter, bevor es zum Krach kommt. So war ich schon immer, und so werde ich wahrscheinlich auch immer bleiben. Ich gehe Konfrontation nicht direkt aus dem Weg und stelle mich auch den unangenehmsten Situationen. Aber Streit provozieren liegt nicht in meiner Natur. Also war ich umso froher darüber, ein gutes nachbarschaftliches Verhältnis aufzubauen. Das daraus aber eine der wichtigsten Freundschaften meines Lebens entstehen sollte wusste ich damals auch noch nicht. Katharina und Tobi waren bei unseren Adventsfeiern dabei (vielleicht erinnert ihr Euch), und Katharina und ich saßen ab da des Öfteren bei mir auf dem Sofa mit einer Flasche Wein oder Hugo. Als mir meine kleine Krawalli von der Seite gerissen wurde war sie ein paar Tage später da, ungefragt, voller Herz. Und sie war es auch, die im Februar eine der unglaublichsten, frechsten, dümmsten und unverschämtesten Momente mit mir erlebt hat, die ich die letzten Jahre erleben musste.

Und sie hat sich dabei fast mehr aufgeregt als ich. Davon gleich mehr, wie schon erwähnt.

Schwanger war ich immer noch nicht, ich tat aber so ziemlich alles dafür, was in MEINER Macht lag.

Aber auch das wird ein ganz eigenes Kapitel werden, ihr glaubt gar nicht, was einem da alles so einfallen kann.

Und ich hatte bisher auch immer noch keinerlei Kontakt zu Chantal und Jonas.

Ihr seht also, viel verpasst habt ihr bisher nicht.

Richtig spannend, beziehungsweise eher nervenaufreibend und anstrengend, wurde es dann aber schon im Februar....

Über das, was ich Euch jetzt erzähle, könnte ich mich heute manchmal noch wahnsinnig aufregen. Ich werde die Person, die uns das angetan hat, in meiner Erzählung „umtaufen"müssen, auch wenn ich mir wünschen würde, ich könnte alle vor ihr warnen. Ich werde sie „Hohlkopf" nennen, nichts anderes passt und beschreibt besser den Geisteszustand dieser „Person". Alles begann am 06. Februar. Wobei, wenn man es genau nimmt, ging es schon am Tag zuvor los. Ich bekam gegen drei Uhr nachmittags einen Anruf von Annette, eine der Lehrerinnen von Svenja. Svenja hätte vorhin in der Schule überraschend ziemlich heftig erbrochen. Es wäre ihr danach eigentlich aber auch wieder ziemlich schnell besser gegangen, die Krankenschwester hätte nach ihr geschaut. Ich sollte mich aber nicht wundern, sie hätten ihr für die Heimfahrt vorsorglich eine Nierenschale mitgegeben. Und im übrigen hätte fast zeitgleich in der Nachbarklasse noch ein Junge erbrochen. Ich war also schon mal „voralarmiert". Bei Svenja ist ja, wie sich vielleicht manche noch erinnern können, dass mit dem Erbrechen so eine Sache. Klar kann es immer ein simpler Magen-Darm Infekt sein, wie es Kinder immer mal wieder haben. Es könnte aber auch immer mit ihrem Kopf und dem dort befindlichen Shunt zu tun haben. Etwas angespannt erwartete ich von daher ihre Rückkehr. Aber, siehe da, anstatt vollgek.... Nierenschale erwartete mich ein strahlendes Kind beim Öffnen der Schiebetür des Johanniter Busses. Sehr gut!

„Wie geht es dir?" fragte ich sie misstrauisch, noch bevor ich sie überhaupt abgeschnallt hatte. „Alles gut Mama, ich hab nur vorhin in der Schule gebrochen, jetzt aber nicht mehr. Und die Krankenschwester hat schon nach mir geguckt. Aber mir geht's wirklich wieder gut. Kann ich jetzt Fernsehen?" Eine ganze Litanei an Sätzen, da hatte ich sie noch nicht richtig aus dem Auto und auf dem Arm.

Und dachte so bei mir „wunderbar, der Schnabel funktioniert einwandfrei, also wohl doch nur einfach etwas Falsches gegessen." Da war ich noch ziemlich erleichtert und fing an, das Abendessen zu planen. Ich und planen, dämmert es da dem Einen oder Anderen? Vor allem muss man ja folgendes dazu sagen: Meine Allergien wurden zu dem Zeitpunkt nicht unbedingt weniger und besser.

Ich hatte also beschlossen, an dem Abend etwas völlig „allergiekompatibles" (eines meiner neuen Lieblingswörte) zuzubereiten.

Es sollte selbstgemachte Burger geben, wenn ich die Pattys selbst machte funktionierte das perfekt. Einzig die Burgerbrötchen blieben mir natürlich verwehrt (und der Rest wie Ketchup, Tomaten, Senf etc auch). Also für die restlichen drei am Tisch gab es Burger, für die Muddi gabs halt simple Frikadellenbrötchen. Ich machte mich am Hackfleisch zu schaffen, knetete, formte, schnitt Tomaten, putzte Salat und brachte Zwiebeln gekonnt in Ringform. Dann briet ich die Klopse an und deckte den Tisch. Ich hatte mir MEINE Frikadellen schon mal auf die Seite gelegt. Das machen wir öfter so, mein Essen wird von dem anderen Essen getrennt. Mittlerweile habe ich sogar meine eigene Butter, beschriftet mit „Muddi". Keiner will hier auch nur im Entferntesten irgendetwas mit mir riskieren (meistens schaffe ich das aber auch ganz alleine). Ich hatte also ALLES vorbereitet und holte Svenja rüber ins Esszimmer. Ich setzte sie in ihren Therapiestuhl und legte ihr ihr Handtuch zum Essen um. Ela und Thorsten hatten schon Platz genommen und freuten sich auf eine gescheite Mahlzeit. Immerhin gabs das bei uns nicht mehr allzu of. Seit ich ständig irgendwo anschwoll hatten wir uns auf ein paar wenige, gefahrlose Gerichte eingeschossen. An dem Abend hätte es also seit langem mal wieder etwas „Richtiges" gegeben.

Also zurück zum eigentlichen Punkt. Alles stand auf dem Tisch, Svenja saß im Stuhl, ich setzte mich, der Rest saß und...... Svenja fing an zu brechen. Aber fragt nicht nach Sonnenschein! Über ihren ganzen Stuhl, das Parkett und fast den gesamten Tisch. In einer unglaublichen Menge. Und das Gruselige war noch, dass sie das fast völlig lautlos tat. Ohne Vorwarnung, ohne Geräusche und auch danach war ganz schnell fast alles wieder in Ordnung. Außer, dass ab der Sekunde im Esszimmer Ausnahmezustand herrschte.

Im ersten Moment waren wir alle erstarrt, damit hatte eigentlich niemand gerechnet. Svenja war es den restlichen Tag, seit sie zuhause war, wirklich gut gegangen. Ich rannte nach Handtüchern und legte erstmal den Boden aus. Bevor jetzt einer denkt „hättest dich besser erst mal um dein Kind gekümmert" dem sei gesagt: Svenja ging es gut, Ela stand bei ihr und ich wollte nicht, dass man die Bescherung durchs ganze Haus verteilte. Nachdem der Fußboden quasi „abgesichert" war machte ich Svenja notdürftig sauber und Ela ging mit ihr ins Bad. Sie wollte sie frischmachen, während ich nach Lappen, Eimer und Desinfektionsmittel flitzte.

Keine drei Minuten später rief es aus dem Bad „Mama komm mal schnell!"
Also Lappen fallen lassen und ins Bad sprinten. Svenja fing gerade wieder an
zu würgen, ich riss sie hoch ins Sitzen und hielt sie fest, während Ela ein
Handtuch unter Svenjas Kinn hob.
Als sie fertig war sah ich sie mir etwas genauer an. Sie schielte fürchterlich.
Der geneigte Leser wird sich erinnern, dass sie das ja manchmal sowieso tut.
Das Kontrollieren ihrer Augenmuskulatur fällt ihr an manchen Tage ziemlich
schwer, ich war den Anblick eines ab und an abdriftenden Auges also
durchaus gewohnt. Aber das war wirklich extrem. Bei mir schrillten alle
Alarmglocken. Ich bat Ela, auf sie aufzupassen und sie nach Möglichkeit schon
mal umzuziehen. Ich wollte schnell ihre Kinderärztin anrufen. Ich hatte deren
private Handynummer weil sie wusste, dass ich sie niemals unnötig
belästigen würde. WENN ich schrieb oder anrief dann war Not am Mann,
beziehungsweise meistens an Svenja. Sie empfing mich am Telefon mit den
Worten „Hallo Corinna, was ist passiert?" Ich schilderte ihr Svenjas
Gesundheitszustand und meine Beobachtungen bezüglich der Augen und sie
meinte nur „Da würde ich nicht lange überlegen oder warten. Klar hast du
Recht und es könnte auch ein Infekt sein, aber riskieren würde ich da nichts.
Und das mit den Augen klingt verdächtigt. Holt einen Krankenwagen, da seid
ihr auf der sicheren Seite, falls sie unterwegs nochmal so stark erbricht."
Gesagt, getan. Ich ging zurück zu den beiden Mädels ins Bad und bereitete
Svenja behutsam auf die Ankunft eines Rettungswagens vor. Woraufhin Ela
begeistert rief „Kann ich da mitfahren?" (Ich erinnere, das Kind arbeitet als
„BuFdi" beim DRK, weiß also eigentlich sehr wohl, wie so ein Krankenwagen
von innen aussieht. Aber des Menschen Willen ist ja bekanntlich sein
Himmelreich). Der Krankenwagen kam ein paar Minuten später, ich hatte
mittlerweile das Nötigste zusammen gepackt. Svenja ging es soweit ganz gut,
bis auf das das sie immer noch extrem schielte. Man wusste überhaupt nicht,
wen oder was sie gerade anguckte.
In meinem Kopf machten sich Szenarien breit, die der Mensch nicht braucht.
Von sediertem Kind bis hin zur Not Operation am Shunt war da mal wieder
alles dabei.
Ela setzte sich zu Svenja nach hinten und fachsimpelte mit dem
Rettungssanitäter, ich setzte mich vorne neben den Fahrer. Thorsten wollte
mit dem Auto nachkommen. Schon die Fahrt „triggerte" mich unglaublich.

Wir fuhren am Neckar entlang, genau DIE Strecke, die Thorsten, Silke und ich damals gefahren waren, als wir nach Ronjas Unfall nach Heidelberg rasten. Ich atmete schwer und musste mich stark zusammenreißen, dem Fahrer nicht die Ohren voll zu heulen. Der fragte mich aber irgendwann, ob alles in Ordnung bei mir sei. Ich versuchte ihm zu erzählen, warum ich gerade so labil war und er sagte DEN Satz, den ich die letzten drei Monate schon zigfach gehört hatte: „Oh mein Gott, IHR Kind war das? Das tut mir so entsetzlich leid."

Wieder mal spürte ich, wie sehr die Menschen von überall her mitgefühlt hatten, wie sehr sie unser Schicksal betroffen machte. Und das war nicht einfach so daher gesagt. Er war selbst Vater eines zweijährigen Jungen und wir unterhielten uns den Rest der Fahrt über bedingungslose Elternliebe und unwissentlich gemachten Fehlern. Als wir uns in Heidelberg an der Kinderklinik verabschiedeten, hatte ich das Gefühl, einen sehr nachdenklichen Mann zu hinterlassen.

Wir meldeten Svenja an und mussten dann zunächst wieder mal ewig warten, bis ein Arzt erschien. Svenja hatte mittlerweile fast 39° Fieber. Noch nicht besorgniserregend hoch, aber eher untypisch für eine „Shunt Dysfunktion". Beruhigter war ich deswegen natürlich nicht. Dann hieß es, nach ein paar Untersuchungen „Also, da wir bei ihrer Tochter natürlich jetzt erst mal nicht ausschließen können, dass etwas mit dem Shunt nicht in Ordnung ist muss sie natürlich hierbleiben. Wir könnten heute Nacht noch ein Notfall MRT veranlassen, aber dazu müsste Svenja rüber in die Kopfklinik. Und wir müssten sie in Vollnarkose legen, dass heißt natürlich unter Intubation." Ich atmete schon wieder schwer, dieses mal aber mehr aus dem Gedanken heraus „das darf doch wohl nicht wahr sein." Der Arzt sah mir meine, nennen wir es mal „Unentschlossenheit" wohl an und meinte dann „ich werde veranlassen, dass Svenja gleich morgen früh als Erste hier in der Klinik ins MRT kommt, dann wie immer unter einfacher Sedierung. Zur Zeit sieht es ja doch eher nach einem Magen-Darm Infekt aus. Sollten sich die Nacht vermehrt Hirndruckzeichen zeigen können wir immer noch kurzfristig handeln."

Gut, das klang nach einem Plan. Wir verließen das Aufnahmezimmer und trafen Thorsten draußen im Flur an den Aufzügen.

Ich berichtete kurz und das Erste was er sagte war „Muddi, bist du dir sicher, dass du hier bleiben kannst?"

Zur Erinnerung: wir waren in der KINDERklinik, also gab es hier natürlich massenhaft KINDER. Für mich ja weiterhin ein absolutes Drama. Aber ich wollte stark sein, auch Svenja zuliebe. „Ja, ich bleibe hier bei ihr. Ela muss morgen arbeiten und falls sie morgen früh wirklich gleich ins MRT kommt will ich dabei sein." Wir fuhren mit dem Fahrstuhl in den ersten Stock. Svenja im Rehabuggy, Ela, Thorsten und ich. Auf der Station empfing uns eine freundliche Schwester und brachte uns in ein Zimmer. Sie sagte noch auf dem Gang „Bei Ihnen liegt noch ein vierjähriger Junge mit seinem Vater, ich hoffe, das stört sie nicht." Ich wusste, sie bezieht das auf den Vater. Aber ich hatte während unserer ganzen Krankenhauslaufbahn schon so oft mit den Vätern in einem Raum schlafen müssen, dass mir das sowieso völlig egal war. Etwas mehr Sorgen machte mir da schon der Junge. Auch Thorsten sah mich mittlerweile besorgt von der Seite an. Aber noch war ich der Meinung „ich bin stark, ich schaffe das." Keine zwei Minuten später wusste ich: ich hätte mir die Kraft sparen können. Die Krankenschwester öffnete die Tür und genau in meinem Blickfeld lag ein kleines Kind, mit dem Rücken zu mir. Und sah von hinten genauso aus wie meine Ronja. Klein, blond, zusammengerollt, friedlich schlafend. Der Vater blinzelte kurz, während ich geschockt und leise schluchzend aus dem Zimmer flüchtete. Thorsten kam mir nach. „Ich kann das nicht, der sieht aus wie Ronja. Ich schaff das nicht, es tut mir so wahnsinnig leid." Die Krankenschwester kam dazu und fragte mich, ob alles in Ordnung sei. Thorsten erklärte ihr, warum ich gerade so reagierte. Und auch hier, das selbe Gesicht, fast der gleiche Spruch. Anteilnahme aus tiefstem Herzen, die mir gut tat. Ela kam aus dem Zimmer. „Kannst du hier bleiben? Die Mama schafft das nicht, das muss nicht sein." Thorsten sah Ela fragend an. Die überlegte kurz. Hierbleiben war nicht das Problem. Aber sie musste am nächsten Tag sehr früh arbeiten. In dem Zeitraum machte sie gerade ein Klinikpraktikum an einem Heidelberger Krankenhaus und hatte um sieben Uhr Dienstbeginn. Außerdem hatte sie natürlich kein Auto dabei. Mir war das Ganze ziemlich unangenehm, nur weil ich so eine „empfindliche Piense" war hatte Ela jetzt solch organisatorischen Probleme. Also sagte ich, wenn auch etwas halbherzig „ich bleib da, das ist doch sonst viel zu umständlich für dich." Aber Ela und Thorsten widersprachen mir sofort und ziemlich energisch.

„Nein, du bleibst nicht hier, dass gibt nur Quälerei, das machen wir nicht." Wir beratschlagten also den weiteren Ablauf. Wir würden am nächsten morgen gegen halb sieben da sein, dann müsste Thorsten Ela zu ihrer Arbeitsstelle bringen und ich würde bei Svenja bleiben.

Ich hoffte, am Tag würde mein Hirn verstehen, dass der Zimmergenosse ein JUNGE war und somit (und im Allgemeinen) NICHTS mit meiner Ronja zu tun hatte.

Ich sagte also Svenja noch Tschüss und versprach ihr, morgen früh ganz früh bei ihr zu sein. Ich gab ihr einen Kuss und fühlte, dass sie ganz heiß war. Beim Verlassen der Station bat ich die Schwester, nochmal Temperatur zu messen. Sie nickte und nahm mich kurz fest in den Arm. Dann machten Thorsten und ich uns auf den Heimweg. Als wir zuhause ankamen war es halb eins, mitten in der Nacht. Und das Esszimmer sah natürlich immer noch katastrophal aus. Ich schnappte mir Handschuhe, Eimer, Lappen und Desinfektionsmittel und legte los.

Bis ich total erschöpft ins Bett fiel war es schon halb drei. Den Wecker hatte ich mir für halb fünf gestellt, ich wollte noch duschen und in Ruhe einen Kaffee trinken, gegen halb sechs mussten wir spätestens los. Die Nacht war also jetzt nicht sonderlich lang, von „ausgeruht und erholt" war ich dementsprechend ziemlich weit entfernt. Thorsten ging es nicht viel anders. Und natürlich machten wir uns Sorgen, was der Tag noch so bringen würde.

Wir waren pünktlich um halb sieben wieder auf der Station in der Kinderklinik. Svenja schlief noch tief und fest, Ela natürlich auch. Ich weckte sie leise, der Vater im Bett gegenüber regte sich. Dann verließ ich wieder das Zimmer und setzte mich zu Thorsten auf den Gang. Zwanzig Minuten später tauchte Ela auf, ihr Gesicht sprach Bände. Nächte im Krankenhaus sind nun mal nicht zum Schlafen gemacht. Ich hätte wohl besser ein Bügeleisen mitgebracht, ihr Gesicht war dermaßen zerknittert, dass ich für eine selbstständige Entfaltung des Selbigen schwarz sah. Wobei, ich sah wahrscheinlich nicht viel besser aus. Svenja hatte wohl über die Nacht immer wieder Fieber gehabt, gegen morgen war es leicht gesunken. Thorsten fuhr Ela arbeiten, ich ging ins Zimmer und schaute nach Svenja. Aber dort schlief noch alles, also beschloss ich mir zunächst einen Kaffee zu holen und dann auf dem Flur zu warten. So richtig zog es mich ja eh nicht in dieses Zimmer. Als Thorsten wiederkam war ich schon dreimal nachschauen gewesen, so langsam regte sich etwas. Thorsten hatte noch einige Telefonate zu führen, ich entschied mich dazu, die Schwestern ein wenig zu nerven. Also eigentlich nicht direkt, aber es war mittlerweile schon fast neun Uhr.

Und bis jetzt hatten wir noch nichts bezüglich des geplanten MRT gehört. Svenja musste nüchtern bleiben, sie hatte nur nochmal mitten in der Nacht etwas zu trinken bekommen.

Die Sedierung würde sie ungefähr eine halbe Stunde vorher brauchen. Und da bisher noch keiner da war, um uns zu informieren wann es losging, musste ich ja nachhaken. Die Antwort war folgende:

„Wir wissen leider noch von gar nichts. Aber die Ärztin kommt ja nachher sowieso zu Ihnen, vielleicht weiß die schon etwas mehr."

Diejenigen, die mich kennen werden jetzt sofort denken „Oje, das findet die Muddi eher semigut." Stimmt, fand ich. Aber ich entschloss mich, entgegen meiner sonstigen Einstellung, vorerst mal die Klappe zu halten. Jedenfalls mal bis die Ärztin da war. Die kam ungefähr eine halbe Stunde später ins Zimmer, mit ihrem gesamten Gefolge. Sie kümmerten sich zuerst um unseren kleinen Bettnachbarn.

Der hatte, im Hellen betrachtet, tatsächlich überhaupt nichts mit meiner Krawalli gemeinsam und war von daher für mich einigermaßen erträglich. Auch wenn ich es weiterhin vermied, ihn länger anzusehen. Es ging ihm überhaupt nicht gut. Mittlerweile hatte ich auch einige Worte mit dem Vater gewechselt. Der kleine Mann hatte schon länger eine Lungenentzündung und seine Sauerstoffsättigung war besorgniserregend. Im Laufe des Vormittags wurde er dann auch auf die Intensivstation verlegt. Dann kam die Ärztemannschaft zu uns. Kurze Bestandsaufnahme, freundliche Auskunft meinerseits bis ich sagte „so, wie geht das denn jetzt weiter? Gestern Abend hieß es, sie sei heute morgen die Erste im MRT, also wahrscheinlich gleich gegen acht. Falls man heute noch handeln müsse. Und Svenja ist seit gestern nachmittag nüchtern." Die Ärztin sah mich an, und ich spürte, dass ich nicht wirklich ihre heutige Lieblingsmutter werden würde.

„Also ich weiß ja sowieso nicht, wie man Ihnen das gestern Abend versprechen konnte. Der diensthabende Arzt weiß doch gar nicht, was heute morgen im MRT los ist. Und bis jetzt sieht es ja auch nicht mehr so aus, als wäre Svenja ein Notfall. Oder wie sehen sie das?"

Puhh, mit einer „Löwenkind-Mutter" zu diskutieren, die fast nicht geschlafen hat und sich in einer emotionalen Ausnahmesituation befindet, ist vielleicht nicht gerade die beste Idee.

„Also ICH sehe das so, dass weder Sie noch ich beurteilen können, was gerade in Svenjas Kopf vorgeht. Und sollte sich der Anfangsverdacht bestätigen, dass der Shunt vielleicht nicht richtig funktioniert, dann sollte ja heute auch noch dementsprechend gehandelt werden können.

Sollte sich die ganze Sache hier aber ewig hinziehen, dann bin ich mal gespannt, was passiert, wenn es wirklich noch zu einer OP kommen sollte." Ich funkelte sie an, sie funkelte zurück.

„Fakt ist, ich kann Ihnen noch nichts sagen. Ich werde mich mit dem MRT in Verbindung setzen und sag Ihnen Bescheid, wenn ich was neues weiß." Sprach's und verließ (leise kopfschüttelnd, ich hatte es gesehen!) das Zimmer. Svenja war mittlerweile völlig wach und nicht unbedingt in der besten Stimmung. Sie hatte Durst, sie hatte Hunger und was noch viel schlimmer war: ihre Ronja war wohl nicht da. Ich war ungefähr so entspannt wie ein Stahlträger. Es war halb zehn, als die Ärztin erneut ins Zimmer rauschte und meinte „also vor zwölf wird das auf alle Fälle nichts." Wisst Ihr noch? Atmen Frau Weber, atmen. Ich entschied, Svenja etwas zu trinken zu geben, das nahm ich jetzt völlig auf meine Kappe. Danach fühlte sie sich auch wirklich etwas besser. Die Temperatur war fast völlig im Normalbereich und sogar ihre Augen hatten wieder so ziemlich das gleiche Ziel. Also wohl wirklich ein stinknormaler Infekt. Aber wenn wir jetzt schon mal hier waren wollten wir das MRT gleich mitnehmen.

Wir hatten ja eigentlich einen Termin im Mai, aber je früher umso besser. Ich machte mir nur so ganz langsam Gedanken um den weiteren Ablauf. In Rücksprache mit der Ärztin hatten wir beschlossen, Svenja zur Sedierung Tavor zu verabreichen. Von allem anderen würde sie erfahrungsgemäß noch ziemlich lange weggeschossen sein und das wollte ich ihr nicht antun. Je später aber das MRT stattfinden würde, umso weniger Hoffnung hatte ich, heute wieder mit ihr heim gehen zu können.

Thorsten hatte mittlerweile entdeckt, dass jedes Bett einen eigenen Fernseher hatte. Svenja war schon fast glücklich. Sie hatte ab da „KIKA", sie hatte uns und keiner wollte was von ihr. Aber genau das war MEIN Problem: Keiner wollte etwas von ihr. Und zwar, um das Ganze hier komplett abzukürzen, bis nachmittags um vier Uhr!

Trotz mehrmaligem Nachfragen, Druck machen, Bitten und Verständnis haben: es passierte NICHTS. Svenja war zwischenzeitlich wieder völlig die Alte. Thorsten und ich hatten jeder gut eine halbe Stunde verteilt in Svenjas Zimmer geschlafen, während Svenja ferngesehen hatte. Er auf Ela`s Liege, ich an Svenjas Fußteil gelehnt. Wir waren fix und fertig und beschlossen, Svenja auf eigene Verantwortung wieder mit nach Hause zu nehmen. Wie gesagt, wir hatten einen Termin im Mai, und wenn tatsächlich vorher noch irgendetwas sein sollte wären wir sowieso wieder schneller da wie wir wollten.

Dass das BALD sein würde wusste ich da ja noch nicht, war auch besser so. Ich hielt nochmal mit der Ärztin Rücksprache, der war das Ganze nun dann doch nicht so recht. Sie hatte ein ziemlich schlechtes Gewissen, versicherte mir aber, dass sie nun mal leider nichts dazu konnte. Nichtsdestotrotz packten wir um halb fünf Sack, Pack und Svenja und trafen uns draußen auf dem Parkplatz mit Ela. Die hatte mittlerweile Feierabend und hatte sich von Valentin herfahren lassen. Sie würde mit uns nach Hause fahren. Svenja saß in ihrem Auto Sitz und strahlte über alle verfügbaren Backen. Und JETZT kommt der Moment an dem der, im Anfang des Kapitels, erwähnte „Hohlkopf" ins Spiel kommt. Ela fragte mich „du sag mal, kennst du eine ……. (hier könnt ihr einsetzen, wen ihr wollt, aber es sollte jemand sein, dessen Höhe seines IQ´s man auf einem Thermometer ablesen lassen könnte). Ich war leicht verwirrt, woher kannte die denn meine Tochter?

Aber ich erkläre besser erst kurz, woher ICH diese Person kenne. Sie wohnte früher in Wald-Michelbach, hat auch einen Freund, dessen Eltern von hier sind. Mittlerweile wohnt sie woanders, ist auch wesentlich besser so (für sie). Ich kenne sie von meiner ehemaligen Friseuse und vom Kindergarten. Wir hatten bis dahin noch keine 20 Sätze miteinander gewechselt. Sagen wir's mal so: sie gehörte schon immer mehr zu der Gattung Menschen, die nicht so ganz meins sind. Ich kam mit ihrem Lebensstil und ihrer Art noch nie richtig klar. Musste ich ja auch nicht, schließlich hatten wir kaum etwas miteinander zu tun. Und dann kann ja jeder Mensch so sein, wie er will. Ich suche mir „meine" Menschen aus, die sich in meinem engsten Umkreis befinden dürfen. Und sie gehörte da mit Sicherheit nicht dazu. Jetzt hatte sie mich aber auch schon den ganzen Tag auf dem Facebook Messenger zugetextet, ich solle mich mal GANZ DRINGEND bei ihr melden. Sie hätte da was für mich. Da ich aber mit sehr viel wichtigeren Dingen beschäftigt war, habe ich die Nachrichten erst mal ignoriert. Bis Ela, wie gesagt, im Auto sagte, ob ich die kennen würde. Ich sagte ja und fragte warum. Ela antwortete „weil die mich schon den ganzen Tag zuschreibt. Ich wäre doch deine Tochter und du würdest nicht auf ihre Nachrichten reagieren. Ich wusste jetzt nicht, ob du die wirklich kennst, deshalb habe ich jetzt auch noch nicht reagiert."

Ich verdrehte genervt die Augen. Die kam mir heute genau richtig. Was hatte die denn für ein Problem, dass sie quasi jeden von uns so nerven musste? „Ja, ich melde mich später bei ihr, jetzt fahren wir nach Hause, dann sehen wir weiter." Als wir zuhause waren schrieb ich ihr zurück. Sie antwortete: „Können wir mal kurz telefonieren? Ich muss dir unbedingt etwas sagen!" Also gut, mittlerweile war ich ja doch ziemlich gespannt, was sie von mir wollte. Also schickte ich ihr meine Nummer und fünf Minuten später klingelte das Telefon. Ich erzähle Euch im Folgenden das, was sie mir erzählt hat. Und Ihr dürft euch auf der Stelle wundern, warum ich auch nur eine Sekunde daran geglaubt habe. Nur fragen dürft Ihr mich nicht, dass weiß ich nämlich selbst nicht mehr. Ich schiebe es einfach mal auf meinen ziemlich desolaten Geistes- und Gemütszustand. Also, ich fasse zusammen (ich entschuldige mich jetzt schon, falls jemand das Wörtchen „hätte" beim Lesen gleich zum Hals rauskommt):

Zum einen täte ihr das, was uns passiert ist, so ganz arg fürchterlich leid. Sie hätte selbst vor einiger Zeit ihr 18 Monate altes Kind verloren, es sei am „plötzlichen Kindstod" verstorben. Und sie hätte damals keinerlei Hilfe und finanzielle Unterstützung von außen bekommen. Vor lauter Verzweiflung hätte sie angefangen zu trinken. Ihre beiden größeren Kinder seien in der Zeit bei ihrem Bruder untergebracht gewesen.

Um ihre Kinder wieder zu bekommen hätte sie eine Entziehungskur gemacht. Und noch während dieser Kur hätte sie angefangen, für uns Spenden zu sammeln.

Überall hätte sie angerufen oder wäre persönlich dort gewesen. Bei Sparkassen, Volksbanken, Privatleuten, Geschäften und Firmen. Summa summarum wären jetzt 6800 Euro zusammen gekommen. Und das wäre noch nicht alles: Außerdem hätte sie noch mit der AOK Baden-Württemberg telefoniert und hätte dort unsere Geschichte erzählt. Und die wiederum hätten sich bereit erklärt, uns einen Gutschein für ein behindertengerechtes Fahrrad auszustellen."

So. Das darf jetzt jeder, der gerade genau so bescheuert guckt, wie ich damals, nochmal durchlesen, dann machen wir weiter. Fertig? Ok, dann erzähle ich Euch, wie es weiterging.

Ich war sprachlos. Also tatsächlich völlig ohne Worte. Während sie am Telefon immer lauter heulte, wir hätten das ja so sehr verdient. Niemand anders als wir, mit so einem unfassbar grausamen Schicksal. Und sie will nun

mal nicht, dass sich irgendjemand jemals so alleine und verlassen fühlt, wie sie sich vor einiger Zeit. Sie möchte uns gerne den Gutschein und das Geld zukommen lassen, da müssten wir nur noch besprechen, wie. Und eigentlich dachte ich noch beim telefonieren „hat sie sich eventuell wirklich geändert? Meint die das ernst, was sie grad von sich gibt?" Sie klang mütterlich besorgt, ernsthaft betroffen und erschüttert. Und ich bin nun mal ein kleines Seelchen, dass zunächst in jedem Menschen nur das Gute sehen möchte (solange, bis man mich richtig verletzt oder enttäuscht, dann ist ziemlich schnell der Ofen aus). Ich sagte ihr, ernsthaft perplex und völlig verwirrt, dass ich jetzt erst mal mit meiner Familie reden möchte und wir morgen nochmal telefonieren oder schreiben. Da hatte sie mir schon über eine Stunde die Ohren vollgejammert. Ich legte also auf und berichtete Ela und Thorsten von diesem überaus seltsamen Telefonat. Und selbst Thorsten sagte „Hm, könnte ja vielleicht wirklich was dran sein. Warten wir's einfach mal ab, was passiert. Das wäre schon geil, so ein Fahrrad für Svenja." Er freute sich regelrecht. Und so ein bisschen freute ich mich ja eigentlich auch. Sie schrieb Abends noch bestimmt 15 Mal. Sie hoffe, sie habe keinen Fehler gemacht, weil sie doch überall unseren Namen angegeben hätte und sie hätte es ja nicht böse gemeint, im Gegenteil. Sie hoffe so sehr, ich sei ihr jetzt nicht böse, weil sie wollte ja nur helfen..... ein Riesen Bla Bla. Ich fühlte mich leicht „belästigt" und hatte gleichzeitig ein schlechtes Gewissen, weil ich dachte „du böse Frau, da tut jemand so wunderbare Sachen für uns, und du bist genervt."
Ich hätte auf mein Bauchgefühl hören sollen!
Am nächsten Tag schrieb sie natürlich wieder, und immer noch in diesem selben „ich habe das alles nur gut gemeint und hoffe, ich habe keinen Fehler gemacht"-Modus. Mir kamen ganz langsam leichte Zweifel an ihrer Geschichte.
Katharina saß bei mir und bei einem Kaffee erzählte ich ihr von der fast unglaublichen Story. Und von meinen leisen Bedenken. Jetzt sollte man erwähnen, dass an Katharina ein kleiner Sherlock Holmes verloren gegangen ist. Sie kennt überall jemanden, der jemanden kennt, der jemanden fragen könnte. Wir begannen also gemeinsam, den „Hohlkopf" zu stalken. Wir stöberten auf ihrem Facebook Profil und googelten nach ihr. So richtig erfolgreich waren wir aber dann nicht. „Hohlkopf" hatte mich auch einen Tag später immer noch im Visier. Mittlerweile erzählte sie mir etwas von einer Stiftung in Lützelsachsen, die die Spendensumme verwalten würde.

Und sie bräuchte die Geburtsdaten und die genaue Adresse von Thorsten, Svenja und mir wegen dem Gutschein der AOK. Und sie würde sich wieder bei mir melden. Dann passierte erst mal über die kommenden Tage nichts. Das wiederum machte mich umso stutziger. Immerhin hatte sie ja von einer nicht unerheblichen Summe geredet und von Svenjas Fahrrad hatten wir auch nichts mehr gehört. Also schrieb ich sie an. Dann hieß es (Achtung, ab jetzt wird's immer abstruser): sie hätte sich mit der Stiftung in Verbindung gesetzt und dort hieß es, sie würden nur 2000 Euro ausbezahlen, den Rest würden sie für ein dringend erforderliches neues Kirchendach einsetzen. Und spätestens ab da gingen mir einige, ziemlich helle Lichter auf. Ich tat so, als glaubte ich ihr den Schwachsinn, den sie gerade verzapfte und sagte zu ihr „da musst du dich aber dringend noch mal mit der Stiftung auseinander setzen. Wenn die komplette Summe für Svenja angelegt ist, dann dürfen die da nicht einfach so was weg nehmen." Und sie „ach, nicht? Das wusste ich nicht. Ja, dann werde ich mich da nochmal erkundigen."
Wieder saß Katharina zu dem Zeitpunkt bei mir. Wir hatten uns schon die ganze Zeit darüber unterhalten, „Hohlkopf´s" Aussagen nahmen unerwartete, unglaublich dumme und unverschämte Ausmaße an. Es war an einem Dienstagnachmittag, als ich ihr dann komplett und endgültig auf die Schliche kam. Ich telefonierte zunächst mit der AOK und schilderte, was „Hohlkopf" mir alles erzählt hatte. Der nette Mann am Telefon sagte mir dann Folgendes:
„also erstens kennen wir diese Dame gar nicht und haben auch von der Geschichte noch nichts gehört. Zweitens würden wir niemals über eine dritte Person ihre Daten erfragen lassen. Drittens vergeben wir keine „Gutscheine" über so große Hilfsmittel. Es grenzt schon an unglaublicher Frechheit, Ihnen so etwas aufzutischen."
Ein Satz, den ich eine halbe Stunde später nochmal zu hören bekam. Nämlich von der Dame bei der Stiftung in Lützelsachsen. Die selbstverständlich AUCH von nichts wusste. Katharina saß während meiner ganzen Telefoniererei neben mir und regte sich fast mehr auf als ich. Dann versuchte ich, „Hohlkopf" telefonisch zu erreichen um ihr klar zu machen, dass ich ihre beschissene Aktion durchschaut habe. Vorher aber schrieb ich noch mit einer gemeinsamen Bekannten. Ich war mir fast sicher, dass „Hohlkopf" kein Kind verloren haben konnte. Das musste ich noch in Erfahrung bringen, bevor ich zur großen Aufdeckung ansetzte. Ich kannte sie ja wie gesagt vom Kinder-

garten, als Svenja noch dort war. Und sie war nochmal schwanger, als ich mit Ronja schwanger war. Ihr Kind müsste mittlerweile vielleicht zweieinhalb sein. Auf den aktuellen Bildern ihres WhatsApp Status war immer ein Kind in dem Alter zu sehen. Die Bekannte versicherte mir, dass „Hohlkopf" mitnichten ein Kind verloren hatte. Dieses dumme Miststück! (Entschuldigung, aber bei sowas macht meine sonst so gute Erziehung eine komplette Pause). Mir so eine Geschichte zu unterbreiten, so eine dreckige, infame Lüge. Ich hätte platzen können vor Zorn, Katharina hatte einen hochroten Kopf. Vor allem verstanden wir nicht, wie man auf solch hanebüchene, saublöden Gedanken kam. Ihr merkt, ich rede, bzw. schreibe mich in Rage. Aber es sollte noch viel unglaublicher und infamer werden. Ich versuchte „Hohlkopf" übers Handy zu erreichen. Sie nahm ab und ich fragte, ziemlich ohne Umschweife, was den jetzt mit dem Gutschein und dem Geld wäre. Und sie „ich bin gerade unterwegs, um das abzuklären. Aber ich glaube, ich habe da Mist gebaut. Es sieht so aus, als würde es jetzt doch kein Geld geben. Die haben das bei der Stiftung irgendwie auf einen anderen Namen geschrieben und das Geld weitergegeben. Aber das mit dem Gutschein fürs Fahrrad klappt. Da geh ich gerade hin."…………..
Wohlgemerkt, ich WUSSTE ja zu diesem Zeitpunkt schon alles und die log mir noch rotzfrech ins Gesicht, beziehungsweise in die Ohren. Also sagte ich „Weißt du was? Ich würde da gerne dabei sein, wenn du den Gutschein bei der AOK abholst. Vielleicht können wir da ja eine Artikel für die Zeitung machen, die freuen sich bestimmt, wenn ein bisschen positive Werbung für sie gemacht wird."
Und dann sagt die zu mir am Telefon doch tatsächlich: „Ja, das können wir machen. Wir treffen uns übermorgen um zehn bei der AOK in Weinheim."
Katharina saß mir gegenüber und blies die Backen auf. Ich hatte mein Telefon laut gestellt, so dass sie das Gespräch mithören konnte. Ich war mir ziemlich sicher, dass ich eine Zeugin brauchen würde. „Sag mal, merkst du eigentlich nicht, dass ich mittlerweile sehr wohl weiß, dass du mich verarscht hast?" Ich blieb ganz ruhig. Auch noch, als sie dann prompt auflegte und anfing, mich mit Nachrichten zu bombardieren. Ich dachte irgendwann nur noch „arme Irre". Und immer noch bestand sie darauf, dass sie es ja nur gut gemeint hatte, und das ich (ich zitiere) „undankbar und wohl aufs Geld angewiesen sei, immerhin wäre das ja wohl auch die zweite Spende, die ich eingesackt hätte. Einen auf Mitleid machen wegen seinem toten Kind und

dann um Geld betteln, das wäre ja wohl das Allerletzte. Zwei so hohe Spenden anzunehmen ist sowieso illegal und ich zeig dich an du blöde Schlampe."

Und da sickerte bei mir so langsam durch, wie sie auf die Idee mit dem Fahrrad kam. Ich hatte im Januar einen Text auf Facebook erstellt, in dem ich mich für die Einnahmen bei dem Benefizkonzert im Dezember in der Kirche in Affolterbach bedankt habe (diejenigen, die den zweiten Teil gelesen haben, erinnern sich vielleicht.) Ich habe das Video hinzugefügt, in dem ich singe und habe dazu geschrieben, dass das gesammelte Geld für die Anschaffung eines behindertengerechten Fahrrades für Svenja genutzt wird. Allerdings muss man dazu sagen, dass so ein spezielles Fahrrad ungefähr 15x soviel kostet, wie die Summe, die wir damals erhalten haben. Aber jetzt wurde aus der gesamten Story so langsam ein Schuh. Nachdem ich auf ihre Nachrichten nicht mehr reagiert habe, und sie auch in meinen Kontakten blockiert habe fing sie an, mich anzurufen. Katharina saß mir immer noch gegenüber und meinte „nimm nicht ab, die ist nicht ganz richtig, keine Ahnung was die sonst noch alles von sich gibt."

Das erfuhren wir ein paar Minuten später anhand meiner Mailbox. Sie hatte drauf gesprochen und ich erspare Euch (und mir) die Details. Ich werde Euch nur einige kleine Fetzen hinwerfen wie „du dreckiges, verlogenes Stück behauptest, ich hätte kein Kind verloren", oder „du bist doch selbst schuld dass dein Kind überfahren wurde, DU hast nicht aufgepasst, DU bist an allem schuld" und „sowas Verlogenes und Geldgieriges habe ich noch nie erlebt, DU bist schuld!" Das wiederholte sie immer wieder, ihr Ton wurde mit jedem Mal aggressiver. Und immer wieder klingelte mein Telefon. So lange, bis Thorsten irgendwann abnahm und ihr klar machte, dass sie damit besser sofort aufhörte, ansonsten gingen wir zur Polizei.

Ich weiß noch, dass er so sauer war, dass er fast die Beherrschung verlor. Sie hat mir dann nochmal auf den Anrufbeantworter gesprochen, wie feige ich doch wäre mich hinter meinem Mann zu verstecken, und dass ihr das aber von vornherein klar war, weil ich ja eh so ein dreckiges, verlogenes Stück wäre. Die nächsten Tage schmiss sie mich zu mit „Verzeih mir" Nachrichten, „ich habs doch nur gut gemeint" und „bitte geh nicht zur Polizei, ich habe doch noch eine behinderte Schwester, wie soll es dann da weitergehen, und eine Ausbildung will ich doch auch noch machen....."

So..... jetzt atmen wir erst mal alle tief durch. Ich brauchte an dem Abend, an dem sie mich so dermaßen infam beschimpft hatte, eine ganze Tavor. Katharina wich nicht von meiner Seite und war den Tränen näher als ich. Ich muss zugegeben, ich hatte sogar ein ganzes Stück weit Angst, sie könnte hier vorm Haus auftauchen und mich, oder noch schlimmer, meine Familie bedrohen.

Und ich überlegte auch wirklich über die folgenden Tage hinweg immer wieder, zur Polizei zu gehen. Ina kam mich am nächsten Tag besuchen, wir hatten uns ein paar Tage zuvor verabredet. Ich hatte sämtliche Türen und Fenster verrammelt, als Svenja aus dem Haus war, aus Angst, der „Hohlkopf" lauert mir irgendwo auf.

Als es klingelte schloss ich die Haustür auf und linste durch einen winzigen Schlitz durch die Tür, blieb aber mit meinem ganzen Körpergewicht dahinter, dass man sie nicht aufdrücken konnte. Man könnte fast sagen, ein klein wenig paranoid. Ina stand vor der Tür (natürlich, wer sonst?) und als ich sie öffnete, sie hereinließ und sofort wieder zuschloss, sah sie mich aus weit aufgerissenen Augen an. „Was ist hier los??" Sie war sofort alarmiert. Gut, natürlich weiß sie, dass unter meinem Pony oft eine ganze Schar Meisen piept, aber sie merkt auch ziemlich flott, wenn die Sache ernst ist. Wir setzten uns mit einem Kaffee ins Wohnzimmer und ich begann, von den letzten Tagen zu erzählen und spielte ihr auch die Sprachnachrichten vor. Sie war völlig von der Rolle und zutiefst empört (vornehm ausgedrückt, eigentlich hat sie gesagt „hat die Alte noch alle Latten am Zaun??"). Sie kannte sie natürlich auch, und dann kam ein Satz, der wiederum mich ziemlich aus den Schlappen gehauen hat. „Du, die hat mich damals, kurz nach dem Unfall, auf Facebook angeschrieben, ob das MEINE Kleine gewesen wäre. Und dann hab ich nur gesagt nein, das war die kleine Ronja Weber. Ich denke mal, wäre das bei uns passiert, wäre ICH ihr Opfer geworden. Das ist ein Junkie, das weißt du ja und mit Alkohol hat die auch kein Problem, eher ohne. Aber das ist ja wohl das Allerletzte! Wie kann man sowas einer Mutter antun, die gerade ihr Kind verloren hat. Wie kann man DIR so etwas antun? Wie wenn du gerade nicht noch andere Sorgen hättest." Sie war schockiert und fand fast kaum die richtigen Worte. Mir fehlten sie da sowieso schon eine ganze Weile. Katharina kam an dem Tag noch rüber und blieb eine ganze Weile bei mir. Sie hatte mir ihre Festnetznummer dagelassen, so könnte ich sofort um Hilfe schreien, wenn ich was Verdächtiges sehen oder hören würde.

Aber bis auf ein paar weitere „es tut mir so leid, eigentlich bin ich voll der Harmonie Mensch" Nachrichten blieb es von da an ruhig. Aber ratet mal, wer mir dieses Jahr zum Geburtstag gratuliert hat.......

Erwähnenswert wäre in diesem Monat dann noch Folgendes gewesen: ich habe mal wieder gekocht! Also Essen. Das an sich wäre jetzt nicht unbedingt eine Sensation, schließlich habe ich das früher sehr oft, und auch gar nicht mal so schlecht. Aber meinen ganzen Allergien geschuldet war ich ja nun mal sehr vorsichtig in den letzten Monaten, was sorgloses Essen angeht. Oder um es deutlicher zu sagen: ich aß NICHTS mehr, von dem ich nicht wusste, wie ich darauf reagiere. Ich mied alles, was auch nur im Entferntesten dazu führen könnte, gewisse Körperteile anschwellen zu lassen. Dachte mir aber am 18. Februar, meine Familie müsse schließlich nicht ständig unter meinen Essgewohnheiten leiden, und wollte ihnen mal wieder was Vernünftiges kochen. Es sollte marinierte Paprikasteak und Nudeln geben, für mich das obligatorische Fleischkäse-Aufschnitt Brötchen mit Gurken. Ich briet also das Fleisch an und dachte dabei schon „hm, das kratzt aber äußerst unangenehm im Hals" und hatte da auch schon ein doofes Gefühl an den Lippen und im Mund. Aber ich deckte noch den Tisch, stellte das fertige Essen darauf und setzte mich zu meiner Familie. Ungefähr eine Minute danach merkte ich, dass es ziemlich eng wurde im Mund-Rachen Bereich und streckte Thorsten die Zunge raus, mit den Worten: kampft su mal guggen?"
Der schaute mich entgeistert an und sagte nur „Oje". Dieses „Oje" und das „Mama, deine Zunge ist ganz dick" von Ela ließ mich ans Handy spurten und schleunigst einen Krankenwagen herbei pfeifen. Immerhin merkte ich mittlerweile auch schon im Hals eine deutliche Enge, und lustig ist da ja bekanntlich etwas anderes. Der Rettungswagen war ein paar Minuten später schon da. Ich bekam sofort Adrenalin zum inhalieren und Fenistil und Kortison über die Vene. „Same Procedure as....." Dann ging es flotten Reifens ab ins Krankenhaus, dieses mal nach Erbach.
Meine nostalgischen Gefühle angesichts meiner ehemaligen Wirkungsstätte hielten sich doch arg in Grenzen, das Abschwellen meiner Zunge und des

Kehlkopfes war mir erst mal wichtiger. Es war mittlerweile ungefähr neun Uhr, Thorsten war dem Krankenwagen hinterher geeilt (wie immer eigentlich), saß nun an meiner Seite und trauerte leise seinem durch die Lappen gegangenen Abendessen hinterher.

„Hach ja, jetzt hätte es endlich mal wieder etwas Richtiges zu essen gegeben. Wie gut, dass Steaks zur Not auch kalt schmecken." Ich hätte ihm gerne etwas getan, war aber, dank zwei venösen Zugängen nebst Infusionsflaschen, mehr oder weniger an die Liege gefesselt. Also ließ ich es beim genervten Augen verdrehen und wartete auf den Arzt.

Der kam ungefähr gegen elf. In der Zwischenzeit hatte sich meine Zunge auf ein erträgliches Normalmaß reduziert, nur im Hals blieb es weiter unangenehm. „Frau Weber, weshalb sind sie hier?" Ich schaute ihn fragend an. Er hatte ein Klemmbrett in der Hand, stand da etwa nichts drauf?

„Anaphylaxie" antwortete ich ihm, im schönsten Medizinerdeutsch.

„Ah ja, ok, und was haben sie bisher bekommen?"

Ich kam mir ein wenig vor wie in meiner mündlichen Prüfung und war leicht irritiert. „Adrenalin inhalativ, Fenistil, Kortison i.v und Tavegil."

Er schrieb fleißig mit. „Wie kam es zu dem allergischen Schock?"

Sag mal, hat man Dir denn überhaupt nichts weitergegeben? Ich hätte schwören können, die Rettungssanitäter hatten mit irgendjemanden gesprochen, als sie mich abgeliefert haben, auch wenn mich die Medikamente immer ziemlich benebelt und extrem müde machen. Aber sie hatten mich gewiss nicht einfach in diesen Raum gekarrt und waren dann wortlos geflüchtet. Aber da der Arzt so interessiert fragte gab ich ihm bereitwillig Auskunft und erzählte ihm von meiner „Koch-Misere" und meinen bisherigen „allergiebedingten Ausflügen" in die umliegenden Krankenhäuser. Er überlegte kurz und meinte dann „dann haben Sie heute auf inhalative Allergene reagiert, das ist die logische Konsequenz auf die vorangegangenen Male. Sie müssen hierbleiben, bis sie das Gefühl haben, dass es Ihnen wirklich wieder gut geht und die Symptome zurückgegangen sind. Also mindestens mal die nächsten zwei Stunden."

Ich ergab mich, das war klar gewesen und absehbar. Schließlich war es ja jedesmal so. Als der Arzt federnden Schrittes aus dem Raum spazierte sah Thorsten mich ungläubig und kopfschüttelnd an. „Also MICH hätte der das alles nicht zu fragen brauchen, haben die das nirgends stehen? Und was heißt das denn jetzt, mit den inhalativen Dings?" Ich sah ihn missmutig an.

„Ich hab´s grad auch nicht verstanden, warum der mich das alles gefragt hat, aber mal egal. Das mit den inhalativen Allergenen hatte schon meine Allergologin erwähnt. Die meinte, bei so einer ausgeprägten Allergieform wäre es nur eine Frage der Zeit, wann ich anfange würde, auch bei Einatmung der Allergene zu reagieren. Das heißt, in Zukunft wird nix mehr gekocht, was mit Gewürzen zu tun hat, auf die ich sonst auch reagieren würde."

Und noch während ich das sagte tat er mir unfassbar leid. SO konnte das doch wirklich nicht weitergehen. Ich brauchte unbedingt noch eine zweite Meinung und vor allem brauchte ich ein Notfall-Set. Ich notierte mir in meinem Handy „Termin Allergologe ausmachen" für den nächsten Tag.

Dann hieß es wieder mal abwarten. Gegen halb eins nachts kam der Arzt nochmal wieder mit den Worten „wenn die Blutwerte jetzt in Ordnung sind können sie wieder gehen. Sollte es aber in den nächsten zwölf Stunden nochmal zu einer Verschlimmerung kommen, was durchaus passieren kann, dann müssen Sie umgehend nochmal im Krankenhaus vorstellig werden." Ich lächelte ihn milde an. Nein, dann ersticke ich ganz friedlich und leise zuhause….. NATÜRLICH werde ich dann wieder ins Krankenhaus gehen. Um halb zwei kam dann eine Schwester und befreite mich von sämtlichen Leitungen, dann durften wir endlich nach Hause. Bis zum nächsten Ausflug, den ich dann allerdings alleine unternehmen musste und der auch blöderweise nicht ganz so lange auf sich warten ließ.

März „Sieh´s positiv, mein Leben mit der Hibbelgruppe" und „die MUDDI geht an den Start"

Der März war vollgepackt mit den unterschiedlichsten, wundervollsten, nervenzehrenden, skurrilsten und zukunftsverändernden Ereignissen. Das nun zunächst folgende Thema betrifft eigentlich nicht nur den März, das zieht sich eher seit November wie eine roter Faden durch die Monate. Man könnte jetzt sagen, das mit dem roten Faden ist sprichwörtlich zu nehmen...... aber lassen wir das. Sprechen wir es aus, wie es ist: ich bin immer noch nicht schwanger.

Und jetzt brauche ich wahrscheinlich auch niemandem (zumindest keiner Frau) zu sagen, dass das mit zunehmender Wartezeit und steigendem Alter mit der geduldigen Warterei auf erhofften Zustand nicht wirklich besser wird. Sollte sich bei den nächsten paar Sätzen irgendjemand (vorzugsweise Männer) in seiner Ethik angegriffen oder sich durch das Thema zu sehr belästigt fühlen so bitte ich höflichst, zum nächsten Kapitel vorzublättern. Ich finde aber, unsere „Bemühungen" sind durchaus ein paar kleine Bemerkungen wert. Und nein, das artet jetzt hier nicht in eine Art literarischen Porno aus, im Gegenteil (ich höre den Ein oder Anderen gerade „schade" sagen).

Ich hatte euch ja schon mal einen kleinen Vergleich geliefert (Badelatschen-Filzpantoffeln, ihr erinnert euch?) So viel anders war es immer noch nicht, nur mit dem Unterschied, dass unsere Laune mit jedem Monat mehr sank. Und nicht mal nur deswegen, weil ich jedesmal feststellen musste, dass ich wieder mal nicht schwanger war, sondern weil uns in schöner Regelmäßigkeit die vier Apps auf meinem Handy zu pünktlichem Matratzensport aufforderten.

Und da wird man ja auf die Dauer eher wie ein kleines Kind. Wenn man etwas NICHT soll, dann erst recht, aber wehe, wenn man darf (oder MUSS, in dem Fall) ... Dann macht's keinen Spass mehr und es vergeht einem sprichwörtlich die gesamte Lust. Und an diesem Punkt waren wir eigentlich. Schon im Januar bin ich in zwei weitere, tagesfüllende „Hobbys" geschlittert. Das waren zum einem Tests jeglicher Art. Also quasi alles außer Drogentests und Alkoholtests „To go". Ich fing an, mich intensiv mit meinem Zyklus zu beschäftigen („eine

Geschichte voller Missverständnisse") und hatte mittlerweile sogar meine eigene „Fruchtbarkeits-Schublade".

Eine große Schublade im Bad, nur für mich. Voll mit Ovulationstests, Schwangerschaftstests, Kinderwunschgleitgel (gibt's tatsächlich!!), einem karierten Block, Stiften und Tesafilm.

Und jetzt sehe ich ganz viele (auch wieder wahrscheinlich überwiegend Männer, wobei das zu recht auch manche Frauen denken werden) mit dem Buch in der Hand irgendwo sitzen und laut „HÄ??" machen. Was will die denn da mit Schreib-und Bastelutensilien?

Nun, wem ich das zum Beispiel NICHT erklären müsste, wäre meiner Hibbelgruppe. Allen anderen erkläre ich gleich, was ich mit Block, Stift und Klebestreifen so anstelle. In schöner Regelmäßigkeit machte ich schon ab Dezember sogenannte Ovulationstests. Die zeigen dir an, wann im ungefähren dein Eisprung stattfindet. Und den braucht man ja bekanntlich, um Kinder zu zeugen. Kein Eisprung, keine Befruchtung. Da fängt man am besten früh genug im Zyklus mit an und hört auch erst wieder auf, wenn sie wirklich wieder negativ sind. Also die völlig Gestörten wie ich machen das so. An guten Tagen habe ich dann schon mal bis zu drei, vier solcher Tests verbraten. Aber das ist noch nichts im Vergleich zu meinem Schwangerschaftstest-Verbrauch. Jedesmal, wenn ich dachte, ab jetzt könnte man ungefähr schon etwas erahnen, habe ich angefangen zu testen. Manch normal denkender und realistischer Leser könnte jetzt behaupten „könnte man da als Frau nicht einfach warten, bis man seine Periode bekommt? Dann weiß man`s doch eh."

...... Jaaaa, könnte man..... muss man aber nicht. Also ich WOLLTE nicht. Ich wollte irgendwie immer früh genug wissen, dass es auch dieses Mal wieder nicht geklappt hat. Davon ging ich nämlich jedesmal aus (und hatte ja auch recht). Als zweites Hobby gab es ab Januar dann die schon erwähnte Hibbelgruppe und ab da ging der Spass erst richtig los. Die Hibbelgruppe war eine Gruppe auf WhatsApp mit ungefähr acht Frauen (zwischenzeitlich waren wir nur noch zu fünft, irgendwann hat sich das Ganze dann mit großem Gezicke aufgelöst… Weiber halt! „Schulterzuck"), die allesamt sobald wie möglich schwanger werden möchten. Und die Zeit, in der man darauf wartet, nennt sich „Hibbelzeit". Somit erübrigt sich jetzt auch jede weitere Erklärung. Ich war also ab Januar ein absolut vollwertiges und zu Anfang sehr aktives Mitglied, dieser Gruppe verrückter Frauen. Da gab es jedes Alter, von 24 bis zu mir. Ich war definitiv die älteste Kuh im Stall, die nächste war 36. Und es gab eine, die mit einer Frau verheiratet ist. Ein absolut spannendes Thema, auf das ich hier aber nicht näher eingehen werde. Fakt ist, sie ist mittlerweile im vierten Monat schwanger. Wie fast alle anderen auch. Außer mir und noch einer „Mithibblerin".

Sie hatten alle grundverschiedene Voraussetzungen sich ein Kind zu wünschen und jeder, die einen positiven Test in die Gruppe schickte, gönnte ich ihr Glück von ganzem Herzen.

Ich war die, auf deren Tests man sich freute, weil es für diese Gruppe nichts Schöneres gab, als Striche raten. Und ich bot reichlich Futter. Alle vier Wochen warf ich unzählige Tests in die Runde. Bis im Februar und März etwas sehr Seltsames passierte. Wobei, ich muss vorher noch etwas erzählen. Katharina entwickelte sich zu meiner „Hibbelschwester im Geiste".

Jedesmal, wenn ich wieder loslegte mit Testen, war sie eine der Ersten, die morgens ein Bild bekam (außer es wäre eindeutig positiv gewesen, dann wäre Thorsten der Erste gewesen. Ich hätte erst sein „nicht dein Ernst Vol. 4" abgewartet!)

Sie saß oft bei mir in der Küche und wir haben die Köpfe über den Tests zusammen gesteckt und gerätselt. Und zu rätseln gab es wahrlich genug. Aber irgendwie gerate ich gerade durcheinander, ich erkläre euch erst noch das mit den Bastelsachen. Die vielen Tests mussten ja auf irgendeine Art und Weise „archiviert" werden. Und so wurden die Ovulationstest und auch die Schwangerschaftstests akribisch aufgeklebt und beschriftet. Thorsten sagte irgendwann mal im Spaß, nachdem er, mehr aus Versehen, meine Schublade geöffnet hatte, „soll ich dir ein Regal bauen für deine ganzen Tests?" Ich sagte besser nichts dazu, ich wusste, er würde es sonst wirklich tun.

Außerdem trug ich tagtäglich meine ganzen Befindlichkeiten in meine vier Apps ein, jede noch so kleine körperliche Regung wurde notiert (die „großen Regungen" natürlich auch). Und ich maß meine Temperatur, jeden Morgen, eisern und diszipliniert. Das Ganze entwickelte sich zu einer Wissenschaft für sich, ich war eigentlich mehr mit meinem Zyklus und mit dem Kinderwunsch beschäftigt, als mit irgendetwas anderem.

So, nun aber erstmal zu meinen „Rätseln", für die ich drei Monate lang sorgte. Und somit auch für genügend Gesprächsstoff in der Hibbelgruppppe und zwischen Katharina und mir. Ich testete also alle vier Wochen, meistens fing ich schon bis zu sechs Tagen vor meiner eigentlichen Periode an (jetzt bitte nicht den Kopf schütteln, eine richtige Hibblerin macht das so). Im Januar, Februar und auch im März fingen die Schwangerschaftstests an, Striche zu zeigen die keiner wirklich definieren konnte.

Man sah ganz deutlich das da „was war", aber irgendwie war das nicht Fisch und nicht Fleisch, und schon gar nicht eindeutig positiv. Und am Ende einer jeden „Testreihe" bekam ich auch immer schön regelmäßig meine Periode. Also tat ich es mit „vielleicht war da ja wirklich was, ist aber halt wieder abgegangen" ab. Komisch war es trotzdem. Ich war in diesen Dingen sowieso ziemlich realistisch und sehr entspannt.

Was man von manchen in der Hibbelgruppe nicht unbedingt behaupten konnte. Wann immer ich mal wieder einen negativen Schwangerschaftstest postete, zerfloss die Gruppe vor Mitleid. Mein Leitspruch und Mantra wurde in der Zeit „ich sehe erst schwarz, wenn ich rot sehe….." Ich war mir sehr wohl bewusst, dass die Gefahr eines frühen Abgangs jeden Monat wieder präsent war.

Andere, „normal denkende und funktionierende" Menschen bekommen das nicht mit, ich mit meiner „Frühtesterei" natürlich schon. Aber ich bin seltsamerweise da dann doch realistisch genug und mache mich nicht sonderlich verrückt. Die Einzige, die ich, glaube ich, verrückt mache, ist meine Frauenärztin. Bei der schlug ich in schöner Regelmäßigkeit auf, um sie mit neuen Überlegungen und Ideen meinerseits zuzuschütten. Sie verschrieb mir Progesteron und nahm ihr Blut ab, um das „Anti Müller Hormon" zu bestimmen. Das zeigt an, grob ausgedrückt, wieviele Eisprünge dir als Frau noch zur Verfügung stehen. Eigentlich war ich da ja guter Dinge, da meine Ovulationstest ja immer wunderbar positiv wurden und ich auch körperlich das Gefühl hatte, dass da wirklich was passiert in der Mitte meines ach so perfekten Zyklus. Aber ganz weit gefehlt. Sagen wir es mal so: Bei einem Wert von 1 hätte sich meine Frauenärztin noch keine Gedanken gemacht… mein Wert war 0,7. Und dann hieß es „Naja Frau Weber, in IHREM Alter eigentlich fast schon normal". Ganz toll! Das hieß also im Klartext, mein Körper nahm fast immer Bilderbuch mäßig Anlauf, aber so richtig was auf die Reihe bekam er dann doch nicht. „Und Sie dürfen auch nicht vergessen: Nur weil Sie dreimal quasi von null auf hundert schwanger geworden sind, heißt das noch lange nicht, dass das jedesmal so reibungslos funktioniert. JEDE Frau braucht ein wenig Geduld, Sie also auch." Ich hatte glaube ich schon im letzten Buch erwähnt, wie sehr ich meine Gynäkologin mochte. Sie beschönigt nichts, da weiß man immer ziemlich deutlich woran man ist. Ich weiß sehr wohl, dass zum Schwangerwerden eine Menge Geduld gehört, aber das ist nun mal eine meiner weniger ausgeprägten Tugenden.

Im März wurde es dann aber völlig kurios. Ich hatte irgendwo mitten im Zyklus ein ganz seltsames „Körpergefühl" und machte eine Ovulationstest. Und der war so gut wie positiv, da war ich zeitlich so weit weg von einem möglichen Eisprung wie die Queen von einem Spagat. Ich schmiss einen Schwangerschaftstest hinterher (nicht fragen warum, einfach weiterlesen!) und der hatte ziemlich deutlich eine zweite Linie.

Nur nicht unbedingt in der passenden Farbe. Sie waren immer mehr gräulich lila als deutlich rosa. Also machte ich einen zweiten Schwangerschaftstest (was eine richtige Hibblerin ist hat davon gleich mehrere Sorten in ihrer „Fruchtbarkeitsschublade") und auch da zeigte sich innerhalb der angebenden Zeit ein zweiter Strich. Und auch auch da wieder eher grau als rosa. Ich war gänzlich verwirrt, Zeit für einen Beitrag in der Hibbelgruppe und vor allem für ein Treffen mit Katharina. Ihr hatte ich die Tests schon per WhatsApp geschickt und keine fünf Minuten später stand sie auf der Matte. Wir waren beide gleichermaßen ratlos, die Mädels aus der Hibbelgruppe wussten auch nicht wirklich, ob sie sich jetzt für mich freuen sollten oder nicht. Ich blieb sehr verhalten, eine Schwangerschaft schloss ich eigentlich völlig aus. Vor allem passte der Testzeitraum gerade zu nichts, selbst wenn ich schwanger sein würde, hätte zu diesem Zeitpunkt kein Test der Welt etwas angezeigt. Was natürlich zur Folge hatte, dass ich die nächsten Tage einen Test nach dem anderen verbriet. Jedesmal kam ziemlich schnell ein deutlicher zweiter Strich, der allerdings weder stärker, noch sonderlich rosaner wurde. Katharina und ich vermuteten bei einem meiner „Billig Tests" aus dem Internet eine kaputte Charge, und bestellten neue. Die kamen schon am nächsten Tag und Überraschung..... zeigten das Selbe, wie alle anderen auch. In meiner Verzweiflung kam ich auf zwei glorreiche Ideen.

Silke kam eines nachmittags zu Besuch. Die befindet sich mittlerweile Anfang der Wechseljahre, eine Schwangerschaft konnte sie guten Gewissens und laut lachend ausschließen. Ich drückte ihr einen Plastikbecher in die Hand. „Würdest du dich, im Dienste der Wissenschaft, eventuell kurz ins Bad zurückziehen?" Eins muss man Silke anstandslos lassen: für Verrücktheiten meinerseits und für jede noch so bekloppte Aktion war sie immer zu haben.

Ich erklärte ihr kurz mein Dilemma und sie prustete los. „Klar mach ich das. Hoffentlich wird er jetzt bei mir nicht fett positiv, ich wüsste gerade nicht, wie ich Klaus-Peter beibringen sollte, dass er nochmal Vater wird."

Ich musste mir die Tränen aus den Augenwinkeln wischen vor Lachen. Ein paar Minuten später saßen wir in der Küche bei einem Kaffee zusammen und warteten.

Ich guckte erst in der eigentlichen Ablesezeit auf den Test und dann nochmal eine halbe Stunde später. Und siehe da: vielleicht nicht ganz so deutlich wie bei mir, aber trotz allem ein Strich. Also stimmte doch was mit diesen verdammten Tests nicht. Zur Sicherheit ließ ich Ela am nächsten Tag auch noch mal einen machen und......der war schneeweiß! Nicht der Hauch eines Striches erkennbar.

Ei, was denn jetzt?!? Musste ich Silke behutsam auf den Kauf von Stramplern und Schnullern vorbereiten?

Ich googelte mich durch diverse Seiten und fand heraus, dass sich in den Wechseljahren immer eine Spur von Hcg im Körper befindet (das ist das Hormon, das einen Schwangerschaftstest positiv werden lässt). Das erklärte also den schwachen Strich auf Silkes Tests. Aber das erklärte noch lange nicht MEINE Striche. In den Wechseljahren sinkt das Anti Müller Hormon auf ungefähr 0,1, somit war ich da noch ein gutes Stück entfernt davon.

Die nächsten Tage blieben die Tests immer gleich, sichtbarer Strich, der nicht stärker wurde. Was er aber bei einer möglichen Schwangerschaft durchaus sollte. Katharina, die gesamte Hibbelgruppe und nicht zuletzt ich waren völlig fassungslos. Einige der Mädels versicherten mir ständig, SIE wären schon durchgedreht. Aber das ist nun mal einer meiner einigermaßen erträglichen Charakterzüge: warum soll ich wegen etwas durchdrehen, was ich es erst mal nicht ändern kann? Dann entschied ich mich, meine Gynäkologin zum wiederholten Male zu belästigen. So kam ich nicht weiter. Sie sollte mir Blut abnehmen und den Beta Hcg Wert überprüfen. Was sie auch ohne Diskussion veranlasste. Zwei Tage später war der Wert da und ich definitiv NICHT schwanger. Ab da hatte ich zugegebenermaßen erstens keine Lust mehr und zweitens mein Vertrauen in sämtliche Schwangerschaftstests komplett verloren. Ich entschied mich, eine kleine Test-und App Pause einzulegen und uns einfach mal machen zu lassen, was und wann wir wollten. Klar, das konnten wir im Grunde genommen sonst auch, aber der Gedanke im Hinterkopf blieb. Ich versuchte ihn also weg zu schalten (was mir nur so semigut gelang) und konzentrierte mich auf das momentan Wesentliche: Mein erstes Buch! Es ist zwar komisch, jetzt hier darüber zu schreiben, aber es nimmt in meinem Leben einen unerwarteten Stellenwert ein, und ist somit Teil meiner Geschichte.

Ich schrieb ja schon seit November 2019, mehr oder weniger wie eine geistig Besessene, oftmals bis zu sechs, sieben Stunden am Tag. Mein Hirn brauchte Beschäftigung, sonst drohte ich durchzudrehen.

Hauptsache abgelenkt, keine Zeit zum Nachdenken haben, keinen noch so geringen Trigger zulassen müssen. Was mir aber beim letzten Abschnitt meiner Bücher natürlich nicht sonderlich gut gelang. Ich heulte oft laut wie ein Schlosshund, wenn ich wieder über etwas schrieb, was mich mich emotional und psychisch völlig an meine Grenzen brachte. Aber ich wollte es beenden, mir endlich den großen Traum eines eigenen Buches erfüllen.

Am 26. Februar 2020 (den Tag unserer kirchlichen Hochzeit vor genau 20 Jahren) vollendete ich meinen zweiten Teil.

Danach hieß es Korrektur lesen, und ich stellte im Nachhinein fest: egal, wieviele Menschen über ein Buch drüber lesen, es schleichen sich immer irgendwo kleine Fehler ein. Gut, da besteht noch sehr viel Luft nach oben, immerhin stand ich da noch am Anfang einer ungeahnten „Karriere". Ich sage immer „wer einen Fehler findet, darf ihn behalten." Da bin ich großzügig.

Am 01. März veranstalteten Thorsten und ich das sogenannte „Cover-Shooting". Ich hatte mir im Vorfeld schon richtig viele Gedanken über MEIN Buchcover gemacht, eigentlich wusste ich ganz genau, wie es aussehen sollte. Einzig an der Umsetzung haperte es noch. Ich wollte auf alle Fälle mein Tattoo mit drauf haben, und der Ausschnitt davon sollte alles das beinhalten, was mich ausmacht. Also hatte ich mir überlegt, ein Stück Hose sichtbar sein zu lassen. Es musste zerrissen sein, für das Chaotische, Bunte, Unplanbare in meinem Leben. Außerdem wollte ich etwas Glitzerndes, für das bisschen Queen-, Tussi-und Mädchenhafte an mir. Was bot sich da besser an, als ein glitzernder Pumps? Die Idee mit Ronjas Hase kam mir erst am Shooting Tag und es war mit die Beste, die ich bis dahin hatte. So war sie auch da mit dabei, wenn mein Herzensprojekt an den Start gehen würde. Sie war es ja sowieso immer.

Wir überlegten uns Farben und Hintergründe und schrieben dann meine Coverdesignerin an. Und dann hieß es zunächst wieder mal warten. Sie wollte das Cover am 08. März fertigstellen. Und da schlittern wir schon ungebremst ins nächste Kapitel

Immer noch März „ein seltsamer Geburtstag", „ich kann Heidelberg bald nicht mehr sehen" und „Zwerg Nase"

Mein Geburtstag stand vor der Tür. Und obwohl ich diesen Tag, wie man weiß, eigentlich wirklich richtig toll finde, war DIESER Geburtstag eine der Seltsamsten und auch Schlimmsten, die ich je gefeiert habe. Der für mich in diesem Moment wichtigste Mensch fehlte einfach. Es wäre zwar erst mein zweiter Geburtstag gewesen, den ich im Beisein meines kleinen Mädchen gefeiert hätte, aber es kam mir vor, als wäre ich vorher noch nie ohne sie gewesen. Das machte den Verlust umso unerträglicher.
Meine „Trigger" nahmen bekloppte Ausmaße an. Die Sache mit den Kindern wurde von Tag zu Tag schlimmer, meine undefinierbaren Ängste wuchsen, meine Panikattacken nahmen zu, und ich begann wieder ziemlich regelmäßig, abends Tavor zu nehmen. Auch wenn ich nie mehr brauchte als eine Viertel Tablette. Ich musste die Dosis nicht steigern, um auf ein erträgliches Level zu kommen. Das wiederum zeigte mir eigentlich deutlich, dass es eigentlich nur meine Psyche war, die diesen „ich nehme jetzt eine Tablette und dann wird es etwas besser"-Effekt brauchte.
Ich hatte mir mittlerweile ein perfektes „Draußen"-Gesicht zugelegt.
Für meine Umwelt sah ich gut aus, lachte wieder öfter, war freundlich, zugänglich und offen im Umgang mit allem und fast jedem. Ganz tief in mir drin sah die Sache aber sehr oft ganz anders aus, das wussten aber nur die Wenigsten, mir ganz vertrauten und emotional nahestanden Menschen. Und die versuchten alles, um mir mein Leben erträglicher zu machen.
Eigentlich hatte sich Thorsten über die letzten Jahre immer an meinem Geburtstag Urlaub genommen, dieses Jahr wollte ich das irgendwie nicht. Es wäre gewesen wie das Jahr zuvor, die Erinnerung daran hätte ich nicht ertragen. Dafür hatte sich Ela extra für mich frei genommen, das wiederum freute mich sehr. Wir vereinbarten, ins „Rhein Neckar" Zentrum nach Viernheim zu fahren, und uns eine schönen Vormittag zu machen. Svenja war

zu dem Zeitpunkt in der Schule, für nachmittags hatte sich Silke angemeldet. Katharina war in der Zeit mit ihrer Familie im Urlaub an der Nordsee. Wir wollten uns treffen, sobald sie wieder zuhause waren. Wir hatten also erst mal freie Bahn und Zeit. Thorsten hatte angeboten, so zeitig zuhause zu sein, dass er da wäre, wenn Svenja gegen vier von der Schule nach Hause käme. Dann bräuchten wir uns nicht beeilen und könnten den Tag genießen. Wir wollten zeitig los, ich wollte mich an dem Tag bei „Hugendubel" vorstellen und mal nachhaken, wie das aussehen könnte, wenn ich irgendwann mit meinen Büchern ums Eck kommen würde. Außerdem wollten wir gemütlich frühstücken und Ela hatte einige Klamottenläden im Visier. Am Abend zuvor, als wir schon im Bett lagen sagte Svenja zu mir „gell, du und Ela ihr fahrt morgen ins „Rhein-Neckar" Zentrum." Ich musste grinsen. Eigentlich hatte ich versucht, das vor ihr zu verheimlichen, bevor sie auf die Idee gekommen wäre, mit zu wollen. Also nicht falsch verstehen, ich nehme Svenja gerne überall mit hin, daran hat sich nichts geändert. Aber es ist ziemlich anstrengend mit ihr. Svenja hat überhaupt keine Geduld, da ist sie noch schlimmer als ihre Mutter.

Sobald wir länger als eine halbe Stunde unterwegs sind, fängt sie an zu mosern und will am liebsten sofort wieder nach Hause. Sie zu motivieren gestaltet sich oft ziemlich schwierig und so richtig Lust hat sie, nach anfänglicher kurzer Euphorie, dann auch nicht mehr. Umso mehr war ich erstaunt darüber, dass sie jetzt doch wusste, dass Ela und ich am nächsten Tag nach Viernheim fahren würden. Ich sagte zu ihr „wo hast du das denn aufgeschnappt?"

Und sie „das habe ich gehört, als du es zum Babba gesagt hast. Ich habe nämlich Rhabarber-Ohren." Erst stutzte ich, dann sahen Thorsten und ich uns an und mussten laut lachen.

„Du meinst wohl eher Radar-Ohren, oder?" fragte ich sie. „Nein", sagte sie aus voller Überzeugung, „ich meine schon Rhabarber-Ohren. Ich höre nämlich immer gerne Dinge, die ich eigentlich gar nicht hören soll!"

Was für eine perfekte Definition für ein Wort, dass es eigentlich gar nicht gibt. Ich glaube, ab jetzt habe ich auch öfter mal Rhabarber-Ohren.

Am nächsten Morgen wurde ich um halb sieben in den ersten Stock beordert. Ich stand im Flur vor der verschlossenen Küchentür und musste warten. Hinter der Tür hörte ich ein lautes Zischen und Svenjas verhaltener Ruf „Feuer". Öhm.......aber gut, da bisher aber weder hektisches Getrampel entstand, noch ich das „tatütata" der herannahenden Feuerwehr vernahm ging ich davon aus, dass Ela hinter der Tür die Situation völlig im Griff hatte. Einige Sekunden später dann wurde ich herein gerufen. Auf dem Küchentresen standen Blumen, ein Schuhkarton und ein Kuchenherz. In dem steckten zwei kleine Fontänen, die unter besagtem lauten Zischen Funken versprühten und Svenja zu ihrem „Feuer"-Ruf veranlasst hatten.

Ela hatte Svenja auf dem Arm und sang „Happy Birthday". Und ich blickte Richtung Boden und wünschte mir nichts mehr als eine weitere kleinere Person herbei, die lauthals mitsang. Sie hätte es bestimmt gekonnt. Ach, Scheiße!!!

Ich drückte meine beiden Mädels ganz fest und musste, Svenja zuliebe, arg aufpassen, nicht Rotz und Wasser zu heulen. Dann durfte ich mein Geschenk auspacken.

Ela hatte auf den Karton rundherum vier Aufkleber angebracht, die meinen Anker zeigten. Ich war baff, was eine tolle und kreative Idee. Dann hob ich den Deckel ab. Im Inneren fand ich zwei Dosen meiner absoluten Lieblingsgummibärchen, selbst designte „Autogrammkarten" von meinem Buch (voll süß!) und ein Ladekabel. „Das ist aber nett mit dem Kabel, dann muss ich nicht ständig suchen, sondern habe jetzt mein Eigenes."

Ela musste lachen. „Nein, das Kabel ist für das, was ganz unten im Karton ist. Das musst du noch auspacken. Aber bitte vorsichtig."

Stimmt, da war tatsächlich noch was. Behutsam holte ich es raus, wickelte es aus und erstarrte. Es war ein Glaube-Liebe-Hoffnung Anker aus Acrylglas, der leuchtete. Ich schloss das Kabel an die Steckdose und machte ihn an. Er hatte eine Farbwechselfunktion, und sah einfach perfekt aus. WIE perfekt hatte ich da aber noch nicht registriert. Ich war so fasziniert von Elas Ideenreichtum, dass ich das Wichtigste an diesem Geschenk bisher völlig übersehen hatte. Bis Ela sagte „schau ihn dir doch mal genauer an…"

Ich hatte mich so sehr um Fassung bemüht, war so darauf bedacht gewesen, nicht zu heulen…. Völlig umsonst! Ela hatte auf die untere Spitze des Ankers die Buchstaben „M-S-R" gravieren lassen. Ich glaube, ich muss niemand auch nur ansatzweise erklären, was das in mir auslöste. Ich war in Tränen aufgelöst, was eine wundervolle, emotionale, herzerfüllende und absolut fantastische Idee. Ich wusste nicht, wie ich ihr danken sollte, so viel bedeutete mir dieses Geschenk. Es vereinte alles, was mir in den letzten Monaten so wichtig geworden war. Ich drückte sie ganz fest, schnappte mir meinen Anker und den Karton und flitzte nach unten. Ich wollte Thorsten unbedingt zeigen, was Ela sich hatte unglaubliches einfallen lassen. Ela nahm Svenja mit nach unten und ging mit ihr ins Bad. An meinem Geburtstag brauchte ich nichts zu tun, sie würde sie für die Schule fertig machen, während ich mir noch einen Kaffee genehmigte und nach einem passenden Platz für meinen Anker suchte.

Klar war, dass er unbedingt in mein tägliches Blickfeld musste, also irgendwo in der Küche. Am besten in der Nähe meines auserkorenen „Buchschreibplatz". Da steht er nun auch, und ganz oft, an regnerischen, trüben Tagen, schalte ich ihn an, zünde eine Kerzen an Ronjas Bild im Esszimmer an und im Leuchtturm neben dem Anker. Und dann schreibe ich. Auch wenn sich das die letzten Wochen oft ziemlich schwierig gestaltet. Der Grund dafür ist aber ein ganz anderer, sehr unerwarteter. Darüber erzähle ich Euch später aber noch.

Erst mal wieder zurück zu meinem Geburtstag. Nachdem also Svenja von den Johannitern abgeholt und in die Schule gebracht worden war, machten Ela und ich uns stadtfein. Ich beantworte einige Glückwünsche und gegen halb zehn machten wir uns vom Acker. Ich freute mich sehr auf den Tag mit meiner Großen, in der Zwischenzeit hatte sich auch meine psychische Verfassung wieder einigermaßen stabilisiert. Wir gingen im RNZ zunächst in die Buchhandlung „Hugendubel". Dort stellte ich mich als „regionale Neu-Autorin" vor (das Wort „Jung-Autorin" hätte ja auch nicht sonderlich gut gepasst, immerhin wurde ich an diesem Tag ja schon 44 Jahre alt). Die nette Dame bat um zwei Ansichtsexemplare, sobald mein Buch auf dem Markt sei, damit sie einschätzen könne, in welchem Genre sie es unterbringen würde. „Was denken Sie denn, wo es am besten dazu passt? Ist es eine Biographie?" Sie sah mich fragend an. Ich fand das eine sehr gute Frage, ehrlich gesagt wusste ich das eigentlich selbst nicht genau. Ich wollte mich ein wenig von diesem Wort „Biographie" distanzieren, das klang für mich immer eher nach Papst oder Dieter Bohlen.

Also versuchte ich ihr zu erklären, dass meine Bücher etwas aus Allem sein werden.

Sie sah mich ein klein wenig an, als hätte ich den Verstand verloren, oder vielleicht auch ein bisschen so auf die Art „wenn DU schon nicht weißt, was du da geschrieben hast, woher soll ICH das dann wissen?" Ich gab zu, sie hatte bestimmt recht. Ich kam mir gerade unglaublich klein und nichts-

sagend vor. Was genau hatte ich denn erwartet? Das sie sagt „Ach SIE sind
das?" Keine Sau kannte mich hier, bisher war ich nur die arme kleine
Hausfrau, die sich aus lauter Verzweiflung hinsetzt und versucht ein Buch zu
schreiben. Ich erinnere mich noch an den Moment, an dem ich die ersten
Seiten meiner geistigen Ergüsse an einen meiner Lektoren weiterleitete.
Genauer gesagt an Michael, Svenjas ehemaligen Frühförderer und Freund.
Ich brauchte zunächst eine völlig unabhängige Meinung von jemandem, der
unsere ganze Vorgeschichte nicht kannte. Ich wollte wissen, wie sich das liest,
was ich in meinem ganzen Weltschmerz niedergeschrieben hatte. Waren die
Sätze so interessant, dass man gerne weiterlesen möchte oder würde er
sagen „weißt du was? Erfülle dir deinen Traum und schreib´s zu Ende, aber
kümmere dich dann wieder um die wichtigeren Dinge und lass dein
Machwerk irgendwo daheim in der Schublade."
Oder fand er es gut genug, um an der Verwirklichung meiner Idee weiter zu
arbeiten? Ein paar Wochen, nachdem er die ersten Seiten gelesen hatte, saß
er bei mir in der Küche und sagte zu mir „Ich habe deine Sätze gelesen und
dachte erst
„Na toll, jetzt schreibt sie auch noch". Weißt du, ich kenne so viele
Menschen, die schon so oft zu mir gesagt haben „also irgendwann schreibe
ich mal ein Buch" oder „ich habe gerade Langeweile, ich glaube, ich schreibe
mal ein Buch". Und dann kommen da Sätze zum Vorschein ,bei denen du
denkst „hättest du dich lieber weiterhin um deinen Garten oder um deine
Kinder gekümmert. Genauso dachte ich das bei dir zuerst auch, als du mit
deiner Idee ums Eck kamst. Mittlerweile denke ich, du hast echtes Potenzial,
ich bin sehr gespannt auf mehr. Also wenn mich einer fragt, darfst du dich
mit Fug und Recht Autorin nennen."
Ich hatte seine Worte im Kopf während ich vor der Filialleitung im
„Hugendubel" stand wie ein kleines Schulmädchen vor der Rektorin. Und ich
glaube fast, sie sah es mir an.
„Wissen Sie, ich frage nur weil, wenn ich ihre Bücher alphabetisch
untersortiere, findet man Sie ziemlich schwer, wenn man nicht gezielt nach
Ihrem Namen sucht." Das leuchtete mir völlig ein und wir entschieden uns
vorläufig für das Genre „Biographie". Ich versprach ihr, sobald wie möglich
Bücher vorbei zu bringen.
Das „bald" erst Ende April sein würde konnte ich da ja noch nicht wissen. Ab
da genossen Ela und ich einen wirklich wunderbar entspannten Tag.

Wir frühstückten gemütlich und gingen anschließend shoppen. Ich habe ein paar perfekte „Geschenke" ergattert, schließlich war ja immerhin mein Geburtstag. Ich fand eine dunkelblaue Basecap mit Ankern drauf, ein T-Shirt mit demselbigen und räumte eine halbes Regal bei „Tedi" mit maritimer Deko leer.

Außerdem ergatterte ich noch meine Lieblingsbodylotion bei Douglas und einen herrlichen neuen Duft von iPuro bei „Depot". Alles in allem traten wir äußerst zufrieden gegen halb zwei wieder den Nachhauseweg an. Ela hatte extra für mich eine Torte in Herzform gebacken, gefüllt mit einer Creme aus Kinderriegeln, Sahne und Butter. Ich hatte tags zuvor einen Käsekuchen ohne Boden gemacht, später, wenn Silke da war, wollten wir Kaffee trinken.

Thorsten war schon zuhause, als wir wieder zurück kamen, auf dem Küchentisch stand ein riesiger, bunter, wunderschöner Tulpenstrauß von ihm. Meine Freundin Mel hatte mir eine „Willow Tree" Figur geschickt, den „Engel der Hoffnung". Ich war zu Tränen gerührt.

Auch wieder eine dieser Menschen, die wussten, was mir wichtig war und an was mein Herz gerade hing. Und dann klingelte es an der Haustür. Ich hatte gerade Ela den wunderschönen Engel gezeigt und spurtete jetzt, um die Tür zu öffnen. Vor mir stand Ina, mit einem kleinen Rosensträußchen und einer Karte. „Überraschung!". Hach, ich liebte solche Tage wirklich. Und „meine" Menschen machten ihn einfach zu etwas Besonderem.

Und sie ahnte, oder besser sie wusste, wie ich mich, gerade heute, tief drinnen fühlte.

Wir tranken eine schnellen Kaffee zusammen, dann musste sie schon wieder weiter. Thorsten und ich hatten auch noch etwas ganz Wichtiges vor, bevor Silke kam. Ich hatte morgens versucht, mein Buch beim Verlag hochzuladen. Außerdem hatte meine Coverdesignerin mir den Covervorschlag geschickt. Ich hatte ihn begeistert angenommen, jetzt musste alles nur noch an den Verlag. Leichter gesagt als getan, wenigstens für mich. Ich kann ganz gut mit Buchstaben, alles Technische und jegliches Computerwissen geht mir aber völlig ab. Da fehlt mir von vornherein jegliches Grundverständnis. Ich brauchte also meinen Mann, um mein Buch zum Hochladen in das richtige Format umzuwandeln. Außerdem hatten wir versucht, das Cover hochzuladen, aber irgendwie funktionierte das auch nicht wie gewollt. Mittlerweile war Silke da, wir saßen zu viert in der Küche, Laptop und Ipad vor uns, und ich das Telefon in der Hand, weil ich alle paar Minuten mit meinem Verlag telefonierte, wo denn jetzt das eigentliche Problem läge. Silke versuchte fleißig mit zu helfen, leider ziemlich erfolglos.

Bis wir endlich herausfanden, das die Muddi ein falsches Buchformat angegeben hatte und von daher das Programm das so nicht anerkannte. Und natürlich somit auch die Covermaße nicht stimmten. Upps...!

Nach Korrektur sämtlicher Daten konnten wir an meinem Geburtstag wenigstens also schon mal das Buch hochladen und somit war mein erstes Werk beim Verlag gelandet. Ich war mächtig aufgeregt und konnte es fast kaum glauben. Ich hatte es wirklich geschafft. Das Cover würde nun noch ein paar Tage länger dauern, schließlich mussten die Maße wieder angepasst werden. Dann setzten wir uns an den Esszimmer-Tisch und tranken Kaffee und aßen Kuchen. Und so leid Ela mir auch tat, ich schaffte es nicht, ein Stück ihres wundervoll aussehenden Kuchens zu probieren. Viel zu groß war die Angst, irgendwelche Rettungssanitäter oder Ärzte zu meinen Gratulanten zählen zu können. Nach dem Kaffeetrinken verabschiedete sich Silke und ich widmete mich meinen zahlreichen Nachrichten.

Gegen Abend machte ich „Muddis Pizza". Pizzateig, gekühlte Spätzle, Fleischkäse, Pizzagewürz (DAS vertrage ich seltsamerweise) und viiiiiel Käse. Fertig ist ein leckeres, ungefährliches Essen. Abends bekam ich nochmal einen kleinen seelischen Durchhänger, war aber gleichzeitig auch dankbar über die vielen wunderbaren Menschen, die ich in meinem Leben hatte.

Thorsten hatte schon im Februar begonnen, in der Garage einen Durchbruch ins angrenzende Zimmer zu hauen. Wie sich eventuell einige noch erinnern, befindet sich in unserem Wohnzimmer eigentlich eine Treppe, die Thorsten Anfang 2018 verschlossen hatte (weil es von unten kalt hoch zog UND weil die Muddi so ein extremer Schisser ist). Dieses besagte Zimmer, in das in die Treppe führte, grenzt direkt an unsere Garage. Und da hatte mein Göttergatte die glorreiche Idee, sich eben von dort aus Zugang zu verschaffen. Er kloppte, bohrte und arbeitete mit der Hilti so lange, bis ein Tür-großer Durchgang entstanden war. Jetzt im März begann er, das nun wieder zugängliche Zimmer aus-und aufzuräumen und dabei gleich noch die Garage auf Vordermann zu bringen. Er wollte unsere „Playmobil" Sammlung wieder aufbauen und eventuell unseren Hänger von der Garage in Hartenrod nach Wald-Michelbach bringen. Er hatte also wieder ausreichend Beschäftigung.

Nachdem mein Buch beim Verlag lag und ich damit also erst mal Zwangspause hatte musste ich mir etwas anderes suchen.

Wir hatten ab Oktober im Hof, verständlicherweise, nichts mehr gemacht und alles liegen und stehen lassen wie es war.

Eine Zeitlang hatte es mich überhaupt nicht gestört, im Gegenteil.

Ich hätte es nicht geschafft, Ordnung zu machen, zu groß war die Sehnsucht nach Ronja, die mir gerade im Hof unheimlich fehlte. Sie war ein kleiner „Draussi", wann immer ihr sich die Möglichkeit bot, war sie im Freien anzutreffen. Mit ihr verband ich da draußen alles. Aber irgendwann begann es mich dann doch zu nerven, wenn ich durch den Hof lief und mich überall die Laubhaufen vorwurfsvoll anblickten oder die Blumen aus ihren Töpfen traurig ihre längst verdorrten Blätter und Blüten hängen ließen. Nichts war mehr schön, dass musste ich ändern. Bestimmt würde es Ronja auch gefallen, wenn es rundherum wieder hübsch war, sie hatte es geliebt, draußen mit mir zu wursteln. Also fing ich eines schönen Tages Anfang März an sauber zu machen. Die ersten paar Stunden waren unerträglich, am liebsten hätte ich alles wieder hingeschmissen. Aber ich riss mich zusammen und binnen drei Tage hatte ich den Hof fast wieder im Griff. Und dann kam mir etwas ganz anderes dazwischen...

Corona!

Das kam mir zwar jetzt nicht direkt beim Hof aufräumen dazwischen, war aber DER Grund, warum Svenja an dem besagten Tag, von dem ich euch gleich erzählen möchte, zuhause war.

Corona war seit Januar präsent in Deutschland. Ein Virus, das aus China hierher gekommen war, und das binnen kürzester Zeit das Leben, was wir bisher gewohnt waren, völlig lahmlegte. Die Zeit bis zu meinem Geburtstag ging fast alles noch seinen Gang, große Auswirkungen waren da noch nicht zu spüren. Auf einmal hieß es „bundesweit werden die Schulen ab dem 16. März geschlossen. Betreuung nur in Ausnahmefällen möglich."

Ich werde mich hier nicht intensiv mit Corona und seinen Folgen für die Industrie, Wirtschaft und Gastronomie beschäftigen. Jeder wird für sich spüren, wie sich das Leben verändert hat, jeder geht anders damit um. Ich kann und werde euch nur von MEINEN Gefühlen, Taten und Folgen dieser

Zeit berichten. Noch sind wir mittendrin, und wissen auch alle noch nicht, wo es uns noch hinführt. Aber nun zurück zum 16. März.

Also war nun Svenja dank Corona offensichtlich die nächste Zeit zu Hause. Ich hatte morgens um halb zehn einen Termin bei meiner Haus-und Hof Masseuse Liane und war nicht gewillt, den Termin wegen Svenja abzusagen. Musste ich eigentlich auch nicht, ich hatte sie schon des Öfteren dabei gehabt. Auch mit Ronja zusammen. Sie lag dann auf dem Boden auf einer Decke und unterhielt sich mit uns.

An diesem besagten Morgen ging ich um halb acht ins Bad, Svenja schlief noch tief und fest, ich hatte vorher nach ihr geschaut. Zwanzig Minuten später kam ich wieder raus, frisch geduscht, nur in Unterwäsche und mit nassen Haaren. Ich wollte sie schon mal wecken, vielleicht konnten wir vorher noch etwas zusammen frühstücken. Svenja schläft gerne lange, also wirklich sehr lange. Wenn man sie lässt ist sie vor zehn, halb elf, nicht aus den Federn zu bekommen. Ich machte mir zuerst einen Kaffee und ließ dabei absichtlich die Türen offen, vielleicht würde ich sie so schon mal aus dem Tiefschlaf in den Halbschlaf bekommen. Dann ging ich ins Schlafzimmer und guckte, ob sie sich schon bewegte. Sie hatte die Augen offen, sah mich aber nicht an.

Ich guckte nochmal, dann merkte ich „hier läuft gerade etwas gewaltig schief!"

Ich lief zu ihr, schaute ihr ins direkt ins Gesicht und sagte etwas lauter „Svenja, hörst du mich?" Und sie flüsterte „ja"….

30 Sekunden später reagierte sie nicht mehr, hatte die Augen weit geöffnet, fixierte aber einen Punkt links oben, dann verfiel sie in einen Nystagmus („Augenzittern") und war mitten in einem epileptischen Anfall. Ich zerrte sie aus ihrem Bett und brachte sie auf unserem Bett in die stabile Seitenlage. Sie war nicht ansprechbar, ich redete trotzdem ununterbrochen mit ihr. Dann schnappte ich mir mein Telefon und rief die 112, schilderte kurz und knapp die Situation und bat um schnelle Hilfe. Da die Dame am Telefon meinte, sie wüsste nicht genau, wieviele Minuten der Rettungswagen brauchen würde, informiert ich sie darüber, dass ich in diesem Fall das Notfallmedikament nicht verabreichen würde. Svenja wurde auf das Medikament sehr schnell atemdepressiv, da waren Sekunden entscheidend. Dann rannte ich zurück ins Bad, holte meine Kleider (bevor die Rettungskräfte auftauchten und ich nichts an hatte), kontrollierte Svenjas Atmung, öffnete die Haustür und rief

zeitgleich Thorsten an. Der nahm ab, ganz relaxt. Offensichtlich freute er sich, dass ich ihn angerufen hatte. Ich sagte nur „bist du noch in der Nähe?" Er merkte mir sofort an, dass etwas nicht stimmte. „Ja, ich bin noch im Büro, was ist los?" Ich beschränkte mich auf das Nötigste „dann komm schnell zurück, Svenja hat gerade einen Anfall, der Krankenwagen kommt gleich!" Mit diesen Worten legte ich auf, keine Minute später standen die Sanitäter in der Tür. Die hängten Svenja an den Monitor, die Atmung war zu flach, und sie immer noch nicht ansprechbar.

Dann erbrach sie sich, völlig ohne Bewusstsein, mit offenen Augen. Thorsten tauchte auf, ich informierte ihn über den aktuellen Stand der Dinge und packte zwischenzeitlich ein paar Dinge zusammen. Die Sanitäter baten mittlerweile darum, ob ich Svenja ins Auto tragen könnte.

Sie war einigermaßen stabil, aber immer noch ohne Bewusstsein und mit sehr flacher Atmung. Ich trug sie ins Auto und legte sie auf die Transportliege. Dann flitzte ich zurück und richtete den Rest, den wir brauchen würden. Nach ungefähr zehn Minuten meinte der Fahrer, er würde gerne unten am alten Bahnhof auf den Notarzt warten, dort war mehr Platz als hier bei uns in der engen Straße. Und ich bemerkte schon wieder massive Trigger in meinem gebeutelten Hirn.

Wir fuhren mit Thorstens Auto dem Krankenwagen hinterher und warteten gemeinsam auf den Notarzt. Der kam, machte sich ein Bild und fragte uns, wo wir hin wollten. Natürlich entschieden wir uns für Heidelberg, Svenja war dort bekannt, etwas anderes kam nicht in Frage. Da jetzt auch noch der Notarzt mit im Rettungswagen fuhr war für mich kein Platz mehr. Ich sprach mit Svenja, sagte ihr, dass wir hinter dem Krankenwagen herfahren würden, sie wäre nicht allein und gut versorgt.

Und sobald sie in Heidelberg angekommen sei wäre ich auch da. Sie war weiterhin völlig ohne Bewusstsein und hatte die Augen weit geöffnet. Meine Erinnerungen schlugen übelste Kapriolen. Der Rettungswagen mit unserem Kind fuhr los, mit Blaulicht und Tatütata, wir kamen irgendwann nicht mehr hinterher. Und wieder fuhr er die gleiche Strecke, die in mir die schlimmsten Momente wach werden ließ.

Gut eine dreiviertel Stunde später ließ Thorsten mich am Eingang der Kinderklinik aussteigen und ich eilte zur Pforte. Er wollte nachkommen. Wir hatten nur an eines überhaupt nicht gedacht: Corona! Da war´s wieder. Es durfte nur jeweils ein Elternteil zum Kind, in den meisten Fällen war das natürlich die Mutter. Ela hatten wir von unterwegs aus schon informiert, sie wollte gleich nach dem Arbeiten an die Kinderklinik kommen. Svenja lag mittlerweile im Schockraum der Intensivstation, mich durchschossen tausende Gedanken. Hier waren wir schon so oft. Und als eines meiner Kinder das letzte Mal einen Schockraum verlassen hatte war es tot. Ich war so dermaßen getriggert, dass ich dachte, ich würde gleich durchdrehen und zusammenbrechen.

Aber jetzt konnte ich mir keine Schwäche erlauben, Svenja brauchte mich. Ich klingelte an der Tür der Intensivstation und musste einen Moment warten. Dann wurde ich reingebeten und musste mich bei der Schwester melden. Die hatte noch einige Fragen an mich, informierte mich aber auch gleichzeitig darüber, dass Svenja noch im Schockraum behandelt wurde und ich gerade nicht zu ihr könne. Muss ich jemandem erklären, wie es mir da ging??

Sie bat mich um noch ein wenig Geduld, man würde mich dann holen. Ich verließ die Intensivstation und machte mich auf die Suche nach Thorsten. Der saß vor dem Gebäude auf einer Bank, ringsum fanden sich mehrere Väter offenbar in Warteposition, alle ausgebremst von diesem bekloppten Virus, getrennt von ihren Kindern. Wir redeten kurz, ich holte uns einen Kaffee, dann ging ich zurück, setzte mich vor die Intensivstation und wartete. Ungefähr eine Viertelstunde später tauchte ein Arzt auf und holte mich in einen Raum.

Da lag sie, mit Sauerstoffbrille versorgt und die Augen geschlossen. Ich holte einmal tief Luft und wartete auf weitere Informationen.

„Wir haben Svenja vorhin mit Midazolam aus dem Anfall geholt. Die Rettungskräfte hatten uns schon informiert, dass Sie die Erfahrung gemacht hatten, dass sie darunter atemdepressiv wird. Die Erfahrung mussten wir hier dann auch machen. Sie brauchte kurzzeitig ziemlich Unterstützung, wir haben sie bebeutelt, danach stabilisierte sie sich aber rasch wieder. Noch ist die Atmung etwas flacher, aber sehr regelmäßig. Wir wissen jetzt natürlich noch nicht, welche Auswirkungen der sehr lange Anfall auf ihr Gehirn hatte und wann sie wieder zu sich kommen wird. Sie bleibt jetzt erst mal noch eins bis zwei Stunden bei uns, dann kommen sie hoch auf Station. Wenn etwas sein sollte rufen Sie bitte einfach."

Er lächelte mich verständnisvoll an, jedenfalls sah ich das an seinen Augen. Nachdem er den Raum verlassen hatte, schnappte ich mir einen Hocker und setzte mich zu Svenja ans Bett. Ich sah sie lange an. Sie war die letzten zwei

Stunden in einem massiven epileptischen Anfall gewesen und hatte es nur unter intensivmedizinischen Maßnahmen wieder raus geschafft. Was sollte ich also denken? So wie sie jetzt aussah und vor mir lag war ich mir sicher, ich würde sie als Schwerstpflegefall mit nach Hause nehmen. Die wirrsten Gedanken belagerten meinen Kopf, ich wäre sogar stellenweise am liebsten geflüchtet.

Ich sah, dass ihre Augen zwischenzeitlich einen ganz kleinen Spalt geöffnet waren, ihre Pupillen darunter bewegten sich im Zeitlupentempo hin und her. Für mich verständlicherweise nicht der allerschönste Anblick. Ich fragte den Arzt, der gerade nach ihr schaute, ob das denn normal sei und er antwortete „wir sind froh, dass sie mittlerweile wenigstens in die gleiche Richtung laufen. Vorhin sah das noch ganz anders aus." Ah, beruhigend zu wissen.

Als ich schon ungefähr eine halbe Stunde dort saß fing sie, sich zu regen und immer mal wieder kurz die Augen zu öffnen, dabei jammerte sie jedesmal leise vor sich hin. Und dann auf einmal sah sie mich an, mit fast geradeaus gerichteten Augen und fragte „Wo bin ich?"

Ich hätte heulen können! Sie sprach wieder und offenbar wusste sie, dass irgendetwas nicht stimmte. Ich beugte mich zu ihr runter und sagte zu ihr „wir sind im Krankenhaus, du hattest einen Anfall. Aber jetzt ist fast alles wieder gut, du darfst auch bald auf Station."

Während ich mit ihr sprach hatte ich kurz meinen Mundschutz abgesetzt, ich wollte ihr keine Angst machen. Die Cororna Auswirkungen waren bisher größtenteils völlig an ihr vorbeigegangen und gerade jetzt verstand sie natürlich erst recht nicht, wieso ich eine Maske trug. Ich lächelte ihr zu, dann setzte ich die Maske wieder auf. Keine fünf Sekunden später war sie wieder eingeschlafen, dieses mal ruhiger als zuvor. Ich gab kurz bei der Schwester Bescheid und rannte hoch in den Eingangsbereich vor die Tür, zu Thorsten.

„Es ist wach und spricht."

Ich grinste. Thorsten auch „Es spricht....na dann ist ja alles wieder gut."

Wir wussten beide, richtig gefährlich war es erst dann wenn Svenja NICHT redete. Sie laberte im Normalfall ununterbrochen, war eigentlich kaum oder äußerst selten zu stoppen. Das sie jetzt wieder sprach war für uns also ein absolut gutes Zeichen. Wir tranken noch einen schnellen Automatenkaffee zusammen, dann machte ich mich wieder auf den Weg zurück zu Svenja. Die jammerte nun immer öfter, sie wurde also zusehends wacher. Dann ging auf einmal alles recht flott. Der Schockraum wurde für das nächste Kind benötigt und wir wurden auf die Station verlegt. Und wie durch Zufall in das gleiche Zimmer, in dem wir vor fünf Jahren schon mal lagen. Damals, als Svenja dreimal innerhalb kürzester Zeit im Krankenhaus war wegen ihrem Shunt. Ich setzte mich zu ihr ans Bett und wartete. Es war zwei Uhr nachmittags. Ela hatte mittlerweile Feierabend und wartete unten bei Thorsten. Da Svenja wieder fest schlief sagte ich den Schwestern Bescheid, dass ich nochmal kurz die Station verlassen würde.

Svenja wurde Monitorüberwacht, war also bei den Schwestern draußen auf dem Bildschirm zu sehen. Also ihre Vitalwerte, nicht sie selbst. Insofern war alles gut und ich ging ruhigen Gewissens nach unten. Wir setzten uns zu dritt auf eine Bank und besprachen, wie es weitergehen würde. Dass Svenja nun die nächsten Tage stationär bleiben musste stand außer Frage.

„Du kannst auf alle Fälle nicht hier bleiben, für dich ist das viel zu gefährlich." Thorsten sah mich besorgt an. Ich wusste, er hatte recht. Bedingt durch meine MS und meine derzeitige, körperliche und psychische Verfassung war mein Immunsystem fast auf null runtergefahren. Und ich somit ein absoluter Kandidat für dieses bescheuerte Virus. Außerdem war die Kinderklinik nach wie vor ein massiver „Trigger", ich war hier alle paar Minuten kurz vorm durchdrehen und den Tränen meistens näher als allen anderen Emotionen. Ela hatte die Situation sofort erkannt und sich ohne große Umschweife bereit erklärt, mit ihrem Dienststellenleiter zu reden, um sich den Rest der Woche vom Dienst befreien zu lassen. Ich kann keinem sagen, wie dankbar ich war. Ich ging wieder zurück auf die Station zu Svenja.

Die war in der Zwischenzeit etwas wacher und unglaublich schlechter Laune. Aber wer konnte ihr das auch verübeln? Ich erklärte ihr, dass Ela da sei und heute Nacht bei ihr bleiben würde. Und das wir leider nicht alle auf einmal bei ihr sein dürften wegen des Coronavirus. Es war inzwischen vier Uhr nachmittags.

Ich kümmerte mich bei den Schwestern noch darum, dass sie ihre Nachmittags-Medikamente bekam und verabschiedete mich dann schweren Herzens von meiner tapferen, kleinen Maus. Durch das Medikament, welches ihr aus dem Anfall rausgeholfen hatte, war sie noch arg schläfrig, das erleichterte den Abschied ein wenig. Ich versprach ihr, später auf jeden Fall nochmal mit ihr zu telefonieren, sagte den Schwestern noch Bescheid, dass Ela bei Svenja blieb und verließ dann das Krankenhaus. In den paar Stunden, in denen wir jetzt da waren, wurden die Vorschriftsmaßnahmen nochmal verschärft. Vormittags hing noch ein Schild im Foyer, auf dem stand, dass bitte nur immer jeweils EIN Elternteil zum Kind dürfe, Besuch nur in sehr eingeschränktem Maß. Am späten Nachmittag hieß es dann „ab sofort sind jegliche Art von Besuchen untersagt". Es war fast wie einer Art Endzeit-Film, seltsam und fast schon surreal. Ela hatte in der Zwischenzeit alles geklärt, Valentin würde ihr später noch Kleidung, ihre Waschsachen und etwas zu essen bringen.

Wir vereinbarten, dass sie sich melden würde, wenn es etwas Neues gab, dann gingen Thorsten und ich zurück zum Auto und machten uns auf den Heimweg. Zuhause angekommen schrieb ich Ela an und fragte nach Svenja. Wir waren erst eine Stunde weg von Heidelberg, aber ich machte mir einfach viel zu viele Gedanken. „Alles gut soweit, sie wird wacher und hat auch schon etwas getrunken. Ich melde mich später nochmal." Ok, das klang gut und beruhigte mich ein wenig. Ich begann, die Betten abzuziehen. Svenja hatte ja noch massiv erbrochen, bevor sie in den Rettungswagen kam.

Also hieß es jetzt erst mal putzen und desinfizieren.

Dann aßen wir zu Abend, wenn auch nicht mit besonders großem Appetit. Wir machten uns Gedanken über den Zustand von Svenja, die Folgen des Anfalles würden sich erst die nächsten Tage wirklich zeigen. Dann klingelte meine Handy.

„Hallo" erklang ein zartes, süßes Stimmchen. „Ohh, hallo mein Schatz. Wie geht's dir?" Gott, war ich so froh sie zu hören. Und sie klang gar nicht mal schlecht.

„Gut, ich habe sogar schon was gegessen. Seid ihr daheim? Habt ihr auch schon was gegessen?" Ja, genauso ist sie. Sie macht sich Gedanken, möchte, dass jeder immer gut versorgt ist.

Das sie das jetzt fragte war also ein verdammt gutes Zeichen. „Der Babba und ich essen gerade. Was hast du gegessen?" „Brot. Kommst du morgen?"

An der Art, wie sie antwortete merkte man stark, wo gerade ihre Prioritäten lagen. Ich merkte ihr durchs Telefon an, dass sie es ziemlich doof fand, dass ich nicht bei ihr war.

Und sofort bekam ich ein unheimlich schlechtes Gewissen. Dabei wusste ich sie mit Ela wirklich gut versorgt, und eigentlich liebte sie ihre große Schwester ja auch abgöttisch. Nur gerade in dem Moment war wohl irgendetwas ganz arg doof für sie. Vielleicht bekam ich am nächsten Tag heraus, was sie so belastete. Jetzt war ich gerade nur unheimlich froh, dass sie so klar und adäquat antwortete. Nach diesem schweren Anfall überhaupt keine Selbstverständlichkeit. Ich sprach noch kurz mit Ela. „Die möchten morgen ein MRT machen gegen Mittag. Bist du bis dahin da? Die brauchen noch deine Unterschrift dafür." Eigentlich wäre das keine Frage gewesen. Nur hatte ich am folgenden Tag um viertel nach elf einen Termin in Weinheim bei einer Allergologin. Den MUSSTE ich wahrnehmen, es ging um eine Überweisung in die Hautklinik nach Heidelberg.

Dort sollte man meine ganzen allergischen Reaktionen abklären um eventuell irgendetwas an meiner komplizierten Essens-Situation ändern zu können.

„Die haben gemeint, vor halb eins käme sie wahrscheinlich sowieso nicht dran." Ela unterbrach meine Überlegung. „Gut, dann geh ich etwas früher da hin und versuche, schnellstmöglich wieder raus und zu euch zu kommen. Ich denke mal, bis zwölf müsste ich in Heidelberg sein." Wir redeten noch ein wenig, dann sagten Thorsten und ich Svenja noch Gute Nacht. Am nächsten Morgen telefonierte ich schon ziemlich früh mit Ela. Svenja hatte verhältnismäßig gut geschlafen (wie man halt im Krankenhaus so schläft, da kommt ja ständig einer und stört, tags wie nachts).

Ich versprach nochmal, mich später zu beeilen und so schnell wie möglich bei den beiden zu sein.

Gegen halb zehn machte ich mich dann auf den Weg. Ich hoffte auf ein wenig Verständnis, vielleicht war ja auch, der momentanen Situation geschuldet, etwas weniger los. Und ich hatte tatsächlich Glück! Um viertel vor elf verließ ich schon wieder die Praxis, ausgestattet mit einem Notfall-Pen mit Adrenalin, Kortison und einem Antiallergikum. Und der dringenden Bitte, mich so schnell wie möglich in der Hautklinik in der Allergieambulanz vorzustellen. Praktischerweise liegt besagte Hautklinik im selben Gebäude wie die Kinderklinik. Ich würde also, sobald Svenja mit Ela im MRT war, dort vorbeilaufen und mich um einen Termin bemühen. Aber jetzt erst mal nix wie ab zu Svenja. Schon beim Hinlaufen zur Eingangstür fiel mir die veränderte Situation zum Vortag auf. Wo man gestern einfach an der Pforte Bescheid sagen musste, dass man alleine war und zu seinem Kind wollte, standen heute schon vorne zwei vermummte Schwestern, die den Einlass kontrollierten und schon mal vorab sortierten. Ich meldete mich an und sagte, dass ich zu Svenja Weber auf die „Neuro 1" wollte. Das sich dort aber auch schon meine große Tochter befand verschwieg ich wohlweislich. Es machte in meinen Augen wenig Sinn, das wir jetzt erst tauschen würden, so dass immer nur EINE bei Svenja wäre. Ela war doch sowieso schon seit gestern die ganze Zeit bei ihr. Zu der Zeit bestand noch keine „Maskenpflicht", ich trug dennoch eine. Das Motto „No Risk no fun" war hier gänzlich unangebracht. Auf Station gab ich Bescheid, dass ich da war und fragte dort auch, ob es in Ordnung sei, wenn Ela UND ich uns im Zimmer aufhalten würden. Und siehe da, es war kein Problem.

Ich betrat das Zimmer und Svenjas Augen begannen zu leuchten…..vor Tränen. Ich war leicht bestürzt und irritiert, hatte sie mich etwa so sehr vermisst? Das kannte ich von ihr überhaupt nicht, sie war eigentlich immer sehr froh um die Zeit die sie mit Ela alleine verbringen konnte.

„He Mäuschen, was ist denn los?" Ich nahm sie in den Arm, das Geheul, das daraufhin losbrach war unerwartet laut. Ich schaute Ela fragend an, die zuckte nur mit den Schultern. „Keine Ahnung, bei mir war die ganze Zeit alles in Ordnung." Ich schob Svenja ein Stück von mir weg und sah sie an.

„Meine Ronja ist nicht da!" Und die Tränen flossen in Strömen.

Oh nein, daran hatte ich natürlich nicht gedacht! Ronja war „daheim" in Wald-Michelbach, nirgendwo anders konnte Svenja sie so intensiv spüren. Corinna, denk nach, sag jetzt nichts Falsches… Und fang bloß nicht auch noch an zu heulen! Mein Gehirn versuchte mir klar zu machen, dass ich jetzt zu reagieren hätte, ich musste das nur noch meinem Herz beibringen. Ich brauchte ein paar Sekunden dann setzte ich ein (wenn auch ziemlich gequältes) Lächeln auf.

„Na ja, was soll sie denn auch hier? Guck mal, hier ist es voll langweilig. Und unten an der Tür stehen Krankenschwestern, die kontrollieren jeden, der hier rein kommt. Vielleicht haben Engelchen wegen „Corona" jetzt halt keinen Zutritt?" Svenja sah mich an und überlegte. Immerhin hatte sie aufgehört, zu weinen.

„Hm, das kann natürlich sein. Wollten sie dich erst auch nicht rein lassen?" Ich musste grinsen. „Die haben noch gefragt, wo ich hin will, und als ich gesagt habe „zu meiner kleinen Tochter" war das völlig okay. Aber der Babba dürfte jetzt nicht rein, solange ich da bin."

Man sah fast ein kleines Rauchwölkchen über Svenjas Kopf erscheinen, so sehr dachte sie nach. „Ja, dann muss Ronja bestimmt auch draußen bleiben. Ist vielleicht besser so, nicht dass sie sich noch ansteckt."

Corinna, nicht plärren jetzt, verdammt. Ich schluckte ein paarmal und versprach ihr dann „wenn ich nachher zum Schatzkistenplatz gehe sage ich ihr, sie soll sich heute Nacht zu dir schummeln, einverstanden? Dann kann sie wenigstens bei dir schlafen." Das Strahlen in Svenjas Gesicht zeigte mir, dass es genau die richtigen Worte waren. Im Nachbarbett lag ein 15jähriger behinderter Junge, ebenfalls nach einem epileptischen Anfall. Wenigstens kein Kleinkind, ich war somit etwas entspannter. Ela berichtete mir, wie es jetzt weitergehen sollte.

„Die kommen jetzt gleich wegen der Sedierung, morgen wollen sie dann ein Schlaf EEG machen." Noch während wir uns unterhielten kam eine Krankenschwester und die Stationsärztin ins Zimmer. Die hatte ich am Vortag schon kennengelernt. Die Schwester verabreichte Svenja einen Saft, der sie die nächsten Stunden ins Reich der Träume befördern würde. Das war notwendig, in wachem Zustand würde sie den Lärm im MRT nicht tolerieren. „Also Frau Weber" wandte sich die Ärztin an mich, „wir wissen noch nicht genau, was diesen Anfall jetzt ausgelöst hat. Svenja war ja nun wirklich sehr lange völlig anfallsfrei. Eventuell hängt es mit dem Shunt zusammen, das würde sich dann nach dem MRT zeigen. Oder die Dosis des Epilepsie-Medikamentes ist einfach mittlerweile für ihr Gewicht zu gering und sie muss neu eingestellt werden. Ich denke, nach dem MRT und dem morgigen EEG wissen wir mehr." Sie verabschiedete sich und versprach, Bescheid zu geben, sobald ihr die MRT-Ergebnisse vorliegen würden.

Ela und ich legten Svenja bequem hin und hofften auf ihr baldiges Wegnicken. Die Aussage der Ärztin leuchtete mir durchaus ein. Svenja hatte vor fünf Jahren den letzten Anfall und war damals auf ihr Medikament eingestellt worden. Die Dosis wurde seither nur einmal minimal erhöht, seitdem war sie stabil gewesen. Aber auch sie wuchs und nahm zu, wenn auch nicht in dem Ausmaß wie andere Kinder. Nun gut, warteten wir es ab. Ungefähr eine halbe Stunde später war sie tief und fest eingeschlafen, ich sagte den Schwestern, dass es von uns aus losgehen könne. Es dauerte nochmal gut eine Viertelstunde bis es dann hieß „Abfahrt Richtung MRT". Ela wollte als Begleitperson mit dazu, die Untersuchung an sich würde nur ungefähr 15 Minuten dauern. Ich begleitete mein schlafendes und mein waches Kind noch bis zum MRT-Bereich, führte noch das Untersuchungsgespräch mit dem Arzt und unterschrieb die Einverständniserklärung. Dann machte ich mich auf den Weg in die Hautklinik ins Nachbargebäude. Ich vereinbarte einen Termin, holte mir noch einen Automatenkaffee und schlenderte dann wieder zurück. Auf halbem Weg kam mir Ela entgegen. „Wir sind schon fertig, hat alles wunderbar funktioniert. Ich würde kurz ein bisschen raus gehen an die Luft, Svenja schläft noch."

Das hatte ich fast vermutet, vor spätem Nachmittag würde die auch nicht wirklich wach werden. Das kannten wir ja wahrlich zur Genüge. Ich lief die Treppen hoch zur Station, setzte mich neben Svenja und telefonierte mit Thorsten. Da er so oder so nicht zu Svenja durfte hatten wir beschlossen, dass er nicht extra nach Heidelberg kommen musste. Wenn einer von uns da war reichte es, er konnte ja doch nichts tun.

In der Zwischenzeit war es schon drei Uhr nachmittags. Ela kam zurück ins Zimmer. „Sollte Svenja bis vier nicht wieder wach sein würde ich mich auf den Heimweg machen, dass bringt ja so nichts. Außerdem warte ich auf meine Bücher." Ich war, um es ehrlich zu sagen, sogar ganz schön aufgeregt. Mittlerweile hatte ich seit ein paar Tagen ein Ansichtsexemplar meines ersten eigenen Buches in den Händen und konnte es eigentlich noch gar nicht so richtig glauben. Es war ein RICHTIGES Buch und bald würde man es überall bekommen können. Das ich es tatsächlich geschafft hatte war für mich beinahe unglaublich und machte mich ein Stück weit richtig stolz. Oder auch „voll krass", wie meine große Tochter das beim ersten Anblick so schön formulierte. An diesem Tag sollten die ersten 50 Exemplare geliefert werden. Ich konnte es kaum noch erwarten. Ich blieb noch eine ganze Weile bei Ela und Svenja sitzen, die schlief aber weiterhin den Schlaf des Gerechten.

Um halb fünf verabschiedete ich mich, wir würden gegen Abend versuchen, zu telefonieren, je nachdem, wie wach Svenja da sein würde. Von der Ärztin hatte bis dahin auch noch nichts gehört, ich nahm es einfach mal als gutes Zeichen.

Wieder Zuhause standen zwei riesige Pakete vor der Haustür. MEINE BÜCHER!

Begeistert riss ich den Karton auf und schickte Thorsten ein Bild. Der war schon fast daheim, also machte ich uns Kaffee und wartete auf der Klagebank auf ihn. Als er da war erzählte ich ihm von Svenja und zeigte ihm die Bücherlieferung. Ich war stolz wie Bolle.

Und dann passierte etwas in meinem Mann, was ihm einige Zeit später die Bezeichnung „Muddis Manager" und „Werbefachmann" einbrachte.

Er fing an, sich Gedanken zu machen, was man mit der nun neu entstandenen Marke „Muddi" alles so anstellen könnte.

Zuerst müsse da eine Homepage her. Dieses Gespräch war der Anfang von ziemlich vielen Sonntagen, die wir seitdem gemeinsam am PC verbringen und die mittlerweile zwei Homepages bearbeiten. Außerdem fällt Thorsten wirklich IMMER irgendetwas Neues an Werbeartikeln ein, die er für absolut notwendig hält. Und jedesmal merke ich, wie stolz er insgeheim auf seine „Muddi" ist. Auch wenn bestimmt so einige denken, dass wir nicht alle Tassen im Schrank haben.

Er überlegte, wo man denn überall mein Bild und den Buchtitel drauf machen könnte. Und auch hier kann ich schon mal vorweg nehmen: mittlerweile gibt es fast alles von der „MUDDI", außer Geschirr und Unterwäsche. Wir haben Plakate, Flyer, Lesezeichen, extra Plakate für Lesungen, Kugelschreiber, Milchkaffee in Dosen mit meinem Gesicht und den (mittlerweile zwei Buchtiteln), Einkaufstaschen, Eintrittskarten für die Autorenlesungen, Beschriftungen für alle drei Autos und für unsere beiden Chopper (dazu später noch mehr) und..... ein riesiges Banner vorne an der Hauswand unterhalb der beiden Balkone. Somit weiß jeder „ahhh, hier wohnt also die „MUDDI". Auch wenn so mancher bestimmt „riesigen Spaß" daran hat, tagtäglich an meinem „Gesicht" vorbei zu müssen („zwinker" und Ironie off".)

Ich war also werbetechnisch bestens ausgerüstet. Fehlte nur noch die „Öffentlichkeitsarbeit". Und da machte Corona mir, sowie allen anderen auch, einen gehörigen Strich durch die Rechnung. Sämtliche geplanten Lesungen mussten abgesagt beziehungsweise verschoben werden, die Vorstellung in den diversen Buchhandlungen fiel komplett aus.

Was jetzt, zu dem Zeitpunkt aber sowieso erst mal zweitrangig war.

Svenja lag ja immer noch im Krankenhaus. Das MRT hatte keinerlei Auffälligkeiten ergeben, der Shunt funktionierte also einwandfrei. Sehr gut, so musste sie wenigstens nicht schon wieder operiert werden. Am nächsten Tag folgte das Schlaf-EEG, und das war wie immer: saumäßig schlecht. Das veranlasste die Stationsärztin dazu, die Epilepsie Medikamente zu erhöhen und uns dann Donnerstags nachmittags zu meinem und vor allem zu Svenjas Glück, nach Hause zu entlassen. Wieder daheim wurde es dann zusehends anstrengender. Und im Endeffekt war auch das wieder diesem verflixten Virus zuzuschreiben.

Svenja durfte zu dem Zeitpunkt nämlich natürlich immer noch nicht wieder in die Schule und war nun den ganzen Tag um mich herum.

Nicht falsch verstehen, natürlich ist das im Grund genommen überhaupt kein Problem, in den Ferien ist das ja auch nicht anders. Nur JETZT musste man sie im Auge behalten. Alle halbe Stunde sah ich nach ihr, lagerte sie neu oder setzte sie zu mir in die Küche oder in den Hof. Etwas, was sie nicht immer wirklich wollte. Aber ich wollte sie unter ständiger Beobachtung wissen, noch so ein schwerer Anfall würde wahrscheinlich nicht so glimpflich ablaufen. Sie war die erste Zeit nach der Neueinstellung ihrer Medikamente immer sehr müde und oft auch ziemlich schlecht gelaunt. Und sie war eigentlich auch überhaupt nicht gewillt, meine ganzen Touren mitmachen zu müssen, die ich so vor mir hatte.

Im Grunde genommen war das mit das größte Problem.

Immer, wenn ich irgendwo einen Termin hatte, oder auch nur schnell mal einkaufen wollte, musste sie ab jetzt mit. Und da sie zu den krankheitsbedingten Risikogruppen gehört (genauso wie ich), ließ ich sie oft kurz im Auto sitzen. Sie alleine daheim zu lassen kam nicht in Frage, ich musste sie unter Kontrolle haben. Meine Krux war jetzt also, das ich mehr abhängig war und Rücksicht nehmen musste. Im Normalfall wird Svenja morgens gegen halb acht abgeholt und nachmittags wieder gebracht. In der Zeit konnte ich alles erledigen, was so für mich anstand. Und wenn ich nur kurz auf den Friedhof fuhr. Allein. Oder mich mit einer meiner Freundinnen auf einen Kaffee traf. Oder Arzttermine, bei denen sie eigentlich nichts dabei verloren hatte. Das das alles noch viel anstrengender und komplizierter werden sollte, was Corona betraf, ahnte ich ja da noch nicht.

Zunächst passierte nämlich noch etwas ganz anderes. Der ein oder andere würde sich jetzt bestimmt gleich gerne mit der flachen Hand an die Stirn patschen und denken „wie blöd kann man denn sein?" Und glaubt mir, das habe ich im Nachhinein auch. Also gedacht und gepatscht.

Mein Mann baute sich ja nun wie schon erwähnt seit geraumer Zeit die Garage um und kam ziemlich gut voran. Er wollte dort eine Holzdecke anbringen und Laminat verlegen, die Garage sollte ein richtig edles Aussehen bekommen. Das wir sie im Nachhinein für etwas ganz anderes nutzen würden als für den Hänger und das das doch einigermaßen noble Ambiente im Nachhinein perfekt dazu passen würde, wussten wir an dem Tag allerdings selbst noch nicht. Es war der 27.03. Ich weiß das deswegen noch so genau, weil es von meiner „Aktion" ein paar Bilder gibt die beweisen, wie bescheuert ich doch manchmal sein kann. Ich war zur Traumatherapie in Siedelsbrunn und als ich zurück zum Auto ging hatte Thorsten mir eine Nachricht aufs Handy geschickt.

Er hatte Urlaub und arbeitete an seinem Projekt „schöne Garage".

„Bringst du mir bitte die Schrauben vom Bicer mit?" (einer unserer ortsansässigen Baustoffhändler, eigentlich ganz offiziell „Baucenter Überwald", aber das sagt in Wald-Michelbach keiner. Wir fahren „zum Bicer") Versehen war die Nachricht mit einem Herz und einem Küsschen-Emoji. Und zwei Bildern. Ich fuhr also auf dem Heimweg dort vorbei und besorgte das gewünschte Material. Daheim angekommen stellte mein Göttergatte knurrend fest, das die Muddi offenbar die falschen Schrauben besorgt hatte. Trotz Bilder wohlgemerkt. Ich versprach also zerknirscht, sofort nochmal hin zu fahren, um das Falsche gegen das Richtige auszutauschen. Ich ging von der Garage hoch zu meinem Auto, Thorsten trug mir das Päckchen mit den Schrauben hinterher. Ich riss die Fahrertür schwungvoll auf und BÄÄÄÄNG!!!!........

Mit einem unglaublichen Schwung haute ich mir die Außenkante der Tür voll gegen die Nase. Ich glaube, ich habe am helllichten Tag noch nie so viele Sterne auf einen Haufen gesehen, als in diesem Moment. Ich ließ mich auf den Fahrersitz fallen, schrie und schnappte nach Luft. Es tat so unfassbar höllisch weh! Thorsten stand fassungslos neben mir. „Was machst du denn??? Kann ich irgendwas tun?"

Ich fauchte ihn an. „Lass mich, ich muss atmen!"

Mir liefen die Tränen in Strömen die Backen herunter bis ich merkte, das die Nase anfing zu bluten. Da dachte ich „hör besser auf, zu weinen, sonst verlierst du am Ende zu viel Flüssigkeit." Völlig bekloppt. Ich merkte, wie die Nase sekündlich mehr anschwoll. Aber der erste Schmerz ließ nun Gott sei Dank etwas nach, was nicht heißen soll, dass es nicht mehr weh tat. Im Gegenteil. Die kleinste Bewegung meines Kopfes und ich hatte das Gefühl, der Zinken fällt ab. Und dann tat ich etwas, wo ich im Nachhinein selbst denke „wahrscheinlich lag es am Schmerz oder der starken Erschütterung".

Ich nahm Thorsten das Päckchen Schrauben aus der Hand und sagte „Gib her, ich fahr die jetzt umtauschen."

Er sah mich völlig entgeistert an. „Ist das dein Ernst? Und deine Nase?" Ich besah mich im Innenspiegel.

Hm, das würde die nächsten Tage eventuell lustig werden. „Ich fahr ja mit den Füßen, nicht mit der Nase. Ich bin gleich wieder da."

Und tatsächlich bin ich also dann erst nochmal zum Bicer gefahren und habe die verdammten Schrauben umgetauscht. Aber fragt nicht nach Sonnenschein! Mein Kopf brummte wie ein ganzes Bienennest, jede Drehung und Bewegung tat entsetzlich weh und ich hatte das Gefühl, mein Sichtfeld würde kleiner werden.

Und dann bemerkte ich, wie etwas meinen Hals hinten innen runter lief. Und ich schmeckte Blut. IHHH, na toll. Ich fuhr heim, drückte Thorsten die Schrauben in die Hand und sagte „ich fahr jetzt mal ins Krankenhaus zum röntgen, irgendwie habe ich ein ganz komisches Gefühl."

Und natürlich sagte er „soll ich dich fahren?" Und natürlich sagte ich „nein, du kannst eh nicht mit rein (Corona sei Dank) und müsstest also vielleicht ewig im Auto warten.

Dann bleib lieber da und mach weiter. Ich melde mich, sobald ich etwas Neues weiß." Da war es morgens ungefähr zehn Uhr. Ela hatte Spätdienst an dem Tag und schlief noch. Genauso wie Svenja, beide lagen zusammen oben im Kinderzimmer. Ich konnte mich also beruhigt auf den Weg machen, bis Ela weg musste war ich ja wohl hoffentlich wieder da. Und Thorsten konnte ja auch nach Svenja sehen. Ich fuhr also los und war ehrlich gesagt heilfroh, als ich in Weinheim angekommen war. Ich hatte zwischendurch immer mal wieder das Gefühl, mein Kopf würde platzen. Ich meldete mich an und wartete dann geduldig. Die Sitzbänke waren immer zu Hälfte abgeklebt, so wurde sichergestellt, dass die Menschen nicht so eng aufeinander saßen und sich somit im Ernstfall gegenseitig infizierten. Man ging mittlerweile davon aus, dass ein Abstand von 1,50 Meter zum Gegenüber und das Tragen eines Mund-Nasen Schutzes das Virus eindämmen sollte. Tatsächlich waren mittlerweile schon mehrere Tausende Menschen an Corona, beziehungsweise dessen Folgen, gestorben. Die momentane Situation war unglaublich surreal, mehr als seltsam und für manche sogar sehr angsteinflößend. Das „normale" Leben, das man bisher kannte, gab es auf einmal nicht mehr. Wie man damit umzugehen hatte mussten wir alle wohl oder übel ziemlich schnell lernen.

So, ich saß da also, vorschriftsmäßig mit Mundschutz gewandet und unglaublich schmerzender, pochender Nase. Ich musste Gott sei Dank nicht allzu lange warten. Ein ziemlich junger Arzt holte mich rein und ließ sich von mir das Geschehene schildern. Und dann lachte der!

Es klang wie „wer den Schaden hat braucht für den Spott nicht zu sorgen!" Na vielen Dank auch. Er untersuchte mein zartes Näschen und ich wäre ihm am liebsten ins Gesicht gesprungen. Er drückte auf meiner Stirn und auf meinen Nebenhöhlen herum und ich jaulte auf wie ein junger Hund. Dann meinte er „na, da werden wir wohl mal Röntgen müssen. Gehen Sie einfach schon mal den übernächsten Gang rechts rein, ich sage der Schwester sofort Bescheid das Sie kommen." Dank seiner Rumdrückerei auf meiner Nase, nebst umliegenden Weichteilen, hatte ich nun noch mehr Schmerzen als vorher und wackelte etwas genervt Richtung Röntgen-Abteilung. Wie versprochen wurde ich dort schon erwartet und sofort auf dem kleinen Hocker vor dem Röntgenapparat platziert.

Die Röntgenassistentin schoss ein Foto meines malträtierten Riechorgans und schickte mich wieder zurück in den Wartebereich. Ich war noch nicht wieder an meinem Platz angekommen da pfiff sie mich zurück.

„Frau Weber, ich habe vergessen, die Nebenhöhlen mit zu röntgen. Kommen Sie doch gerade nochmal zu mir bitte." Und während sie mich wieder auf dem Hockerchen zurecht schob meinte sie „ach übrigens, das Nasenbein ist durch. Ein schöner, glatter Bruch."

Im Ernst jetzt?? Ich hatte es also tatsächlich geschafft, mir mittels einer Autotür die eigene Nase zu brechen. Ging's eigentlich auch noch bescheuerter?? Wir röntgen die Nebenhöhlen, dann durfte ich wieder darauf warten, dass der Arzt nochmal mit mir sprach. In der Zwischenzeit rief ich Thorsten kurz an und berichtete von dem bisherigen Ergebnis. Und was soll ich sagen? Er klang zwar ziemlich besorgt und brachte mir auch durchaus das gebührende Mitleid entgegen, aber auch er lachte. Keine zehn Minuten später rief mich der Arzt nochmal zu sich. „Tja Frau Weber, jetzt wissen wir ja wenigsten auch, warum das vorhin so weh getan hat." Und wieder dieses amüsierte Grinsen. Ich musste wohl mal mit den umliegenden Zirkussen telefonieren, irgendwo fehlte da doch wohl offensichtlich ein Clown. Er sagte „gut, da hätten wir also einen wunderbar sauberen Bruch. Da kann man

nichts weiter tun, als abwarten und eventuell Schmerzmittel zu nehmen. Die Nase braucht gute sechs Wochen, bis sie wieder stabil zusammen gewachsen ist. Sie sollten bis dahin kräftiges Naseputzen irgendwie vermeiden."
Der war gut, momentan getraute ich mich nicht mal, tief durch die Nase einzuatmen. „Sollten Sie irgendwann das Gefühl bekommen, dass die Nase nicht mehr richtig belüftet wird und sie schwerer Luft bekommen dann könnte man da operativ vielleicht etwas richten." Und da machte es in meinem Hirn ganz laut „KLICK". Ich sah ihn an.
„Ich habe mir mal vor 26 Jahren bei einem Unfall die Nase angebrochen. Könnte es sein, dass sie jetzt dadurch vielleicht wieder GERADE zusammenwächst?" Jetzt lachte er richtig. „Wenn Sie Glück haben kann das durchaus passieren."
Er verabschiedete mich und ich ging, immer noch leicht geplättet von meiner eigenen Blödheit, zurück zu meinem Auto. Von dort rief ich Ela an.
Die hatte noch nicht wirklich mitbekommen, dass ich unterwegs war und vor allem nicht warum.
„Wo bist du?" war darum auch die erste, berechtigte Frage. Es war zwischenzeitlich fast halb zwölf, also lag ich noch richtig gut in der Zeit.
„Ich bin auf dem Rückweg vom Weinheimer Krankenhaus, weil ich mir vorhin bescheuerter Weise beim Öffnen der Autotür die Nase gebrochen habe....."
Die Antwort kam prompt und ich halte ihr heute noch zugute, dass sie die Einzige war, die erst mal nicht gelacht hat (wobei ich ja spätestens Nachmittags schon wieder selbst über mich lachen konnte).
„Oh mein Gott, tut's arg weh?" ich stand gerade an einer Ampel und betrachtete mir meine neueste Leistung nochmal im Innenspiegel.
Öha, das würde bestimmt kunterbunt werden die nächsten Tage, es sah jetzt schon so aus, als hätte ich mich mit irgendjemanden gehauen. Die Nase war im oberen Bereich, zwischen den Augen, richtig schön geschwollen, das Ganze zog sich bis runter unterhalb des rechten Auges.
„Ja, es tut ziemlich arg weh. Und es sieht ein bisschen so aus, als hätte jemand ziemlich erfolglos versucht, mein Gesicht umzuformen. Ich bin aber in ungefähr fünfzehn Minuten daheim, du kommst also pünktlich los. Der Babba ist aber in der Garage, der wäre also auch da."
Ich machte mich auf den Heimweg und hatte ungefähr zwanzig Minuten später meinen Mann vor mir stehen, der das ganze Dilemma mit den Worten „Ach herrje" und einem kleinen Pruster durch seine Nase kommentierte.

Katharina stand gerade bei sich im Garten. „Wo kommst du denn her Schatzi?" rief sie zu mir hoch. Ich lief runter an den Zaun. „Vom Röntgen, mir war heute schon eine Autotür im Weg."

Auch hier, absolut ehrliches und tiefes Mitgefühl, begleitet von einem verdammt breiten Grinsen. Ich hatte das Gefühl, als hätte sich die Größe meiner Nase zwischenzeitlich verdoppelt. Und ich hätte sie eigentlich gerne mal kurz geputzt. Ich suchte mir ein Taschentuch und begann gaaaaanz vorsichtig, die Nasenspitze abzutupfen. Sollte je irgendjemand mal eine Verletzung an der Nase gehabt haben dem muss ich wohl nicht erklären, was das gerade hieß. Es war mörderisch! Ich beschloss, meine Nase die nächste Zeit tunlichst in Ruhe zu lassen. Den Rest des Tages vermied ich es dann auch, mich zu bücken. Der Druck, der dadurch in meinem Kopf entstand war unglaublich. Und ich kann Euch sagen, man macht so manche unbedachte „Bewegungen" mit seiner Nase, die einem im Normalfall gar nicht auffallen würden. Man rümpft sie tatsächlich am Tag öfter, oder zieht die Augenbrauen hoch. Oder sie juckt und man schiebt sich völlig gedankenlos die Nasenspitze hin und her......

Alles solche Dinge, die mich die darauffolgenden Tage immer wieder an meine Schusseligkeit erinnerten.

Ich stellte den Teil des Arztbefundes, in dem „Nasenbeinfraktur" stand in meinen Status und fragte gleichzeitig, ob noch jemanden seinem Leben schon mal bekloppt war.

Die Reaktionen darauf waren abzusehen. Die meisten kamen mit „Ui, und wie siehst du jetzt gerade aus?" ums Eck. Also schmiss ich ein aktuelles Bild von mir hinterher. Ihr erinnert Euch? Wer den Schaden hat......

Samstags, also am „Tag danach", passierte mir dann morgens folgendes: ich musste niesen. Im Normalfall zugegebenermaßen nichts spektakuläres aber, ...OH MEIN GOTT! Es fühlte sich an, als wäre die komplette Nase geradewegs mitsamt Löchern komplett aus meinem Gesicht gefallen. Und danach hatte ich noch mindestens eine Stunde lang fürchterliche Schmerzen. Außerdem sah ich inzwischen so aus wie am Vortag befürchtet. Blitzeblau, geschwollen bis unters rechte Auge und völlig verschoben. Die nächsten Tage passierte es mir immer wieder mal, dass ich beim Gesicht waschen vergaß die Nase auszusparen. Dabei hätte man ja meinen können, der Schmerz, den mir das jedesmal verursachte, müsste mich eigentlich schlauer werden lassen. Spoiler: es dauerte bis Anfang Juni, bis ich meine Nase wieder komplett schmerzfrei bewegen konnte.... Und von „jetzt ist sie wieder gerade" bin ich genauso weit weg wie vorher.

Ich ging am „the Day After", also Samstags, mit Katharina Blumen holen. Thorsten hatte die alten Ringsteine unterhalb der Garage durch hölzerne Pflanzgefäße ersetzt. Sie dienten jetzt ein wenig als Sichtschutz für die dort stehenden Mülltonnen. Zwischen Mülltonnen und Garage fehlte noch etwas Besonderes, dafür entdeckte ich beim „Bicer" ein großes hölzernes Faß mit Seilen als Griffe zum bepflanzen. Es war perfekt und passte sogar ein Stück weit in unser, überall dominierendes, maritimes Motto. Und für diese drei Pflanzkübel brauchte ich jetzt Blumen. Außerdem hatte Thorsten für seine Garage eine absolut glorreiche Idee: Er wollte sich dort ein Urinal einbauen. Ja, richtig gelesen. Mein Mann wollte ein Pinkelbecken für Männer an seiner Garagenwand haben. Er fand die Idee spitzenmäßig, immerhin bräuchte er so nicht immer hoch in die Wohnung zu kommen, wenn er gerade draußen irgendwo arbeitete und dann völlig verdreckt war. Die kleine penible Hausfrau in mir rieb sich begeistert die Hände. Wenn wir also schon mal unterwegs wären könnten wir ihm doch bitte sein Hängeporzellan gleich mitbringen.

Katharina und ich machten uns also auf den Weg nach Weinheim in den Obi. Im dortigen Prospekt hatte mein Mann ein passendes Urinal entdeckt. Und Blumen gab es dort ja auch. Es war zwar erst Ende März und so richtig groß würde die Auswahl an schönem Blühkram erfahrungsgemäß noch nicht sein, aber für den Anfang würde es reichen.

Wir fuhren also gegen neun los und standen um kurz vor zehn schon mit einem Wagen voller Blumen an der „WC-Abteilung".

Ich muss bei dem Thema „WC" mal ganz kurz in eine etwas andere Richtung abdriften. Ihr versteht gleich, warum, und alle, die dabei waren, werden sich kopfschüttelnd daran erinnern. Und wieder bin ich beim Thema „Corona". Aktuell, während ich DIESEN Text verfasse, haben wir den 17.06.2020. Einiges hat sich geändert, vieles macht uns das „normale" Leben immer noch sehr schwer. Aber warum ich jetzt von „Urinal kaufen" auf Corona komme möchte ich euch gerne erklären.

An meinem Geburtstag am 09.03. war ja noch alles einigermaßen normal, man konnte überall ohne Mundschutz hin, es gab noch keine sonderlichen Einschränkungen und für mich persönlich war noch keine große Auswirkung spürbar. Nicht mal vier Tage später aber sollte sich das ziemlich massiv ändern. Von dem Datum befindet sich ein Bild in meiner Galerie von…..Toilettenpapier. Ich hätte NIEMALS gedacht, dass ich irgendwann mal stolz darauf sein würde, ein Paket Klopapier ergattert zu haben. Zwar hatte es Meerjungfrauen und Muscheln als Motive, aber das kam mir als passioniertem Maritim-Liebhaber ja sowieso entgegen. Und im Endeffekt wars ja eh nur für den A……, wir verstehen uns. Fakt ist allerdings, dass es NIRGENDWO mehr Toilettenpapier gab, die Regale in sämtlichen Supermärkten, Lebensmittelgeschäften und einschlägigen Drogerieketten waren leergeräumt. Man diskutierte die Notwendigkeit dieser Aktionen, denn eigentlich hieß es, das Virus verursache Atemnot und nicht Durchfall. Reis und Nudeln waren ebenfalls mit einem Mal unglaublich begehrt, in jedem Geschäft gähnten einem leere Regale entgegen. Was für mich aber das Schlimmste war: es gab auch kein Mehl mehr! Offenbar fühlte sich jeder zweite Mitbürger ab jetzt zum selber backen berufen. Ob er es konnte oder nicht. Und dabei hatten alle Bäckereien weiterhin geöffnet.

Und ich könnte schwören, dass manche von denen, die jetzt kiloweise Mehl bunkerten, es im Normalfall nur dafür bräuchten, um bei Frauen die einzig feuchte Stelle zu finden….aber lassen wir das.

Warum rege ICH mich also so über den plötzlichen entstanden Mehlmangel auf? Wie schon ab und an erwähnt, werden meine seltsamen Allergien immer mehr und immer schlimmer. Ich backe nun seit einiger Zeit in regelmäßigen Abständen meine Nervennahrung, sprich Kekse, selbst. Und was braucht man nun mal zum backen?? Richtig.

Und ich konnte auch nur das ganz normale 405er Weizenmehl verwenden, alles andere könnte Spuren von Sachen enthalten, die ich nicht vertrage. Wenn ich also kein Mehl habe, bleibt mir immer weniger, was ich bedenkenlos essen kann. Und eines schönen Märztages postete ich meinen ganzen Frust darüber in meinen WhatsApp-Status. Womit ich wieder bei den tollen Menschen bin, die ich zu meinen Freunden zählen darf. Aus allen Richtungen bekam ich Mehl angeboten, Markus besorgte mir sogar zehn Kilo von einem Großhandel. Eine unserer Nachbarinnen und ihre Töchter versorgten uns ab und an mit Toilettenpapier, immer, wenn sie ein Päckchen mehr irgendwo rausschmuggeln konnten. Mittlerweile wurde nämlich die Menge, die man kaufen durfte, begrenzt. Das galt für fast alles, am schlimmsten war es nun mal eben beim Klopapier. Da durfte man pro Haushalt nur eine handelsübliche Packung kaufen, hatte man zu viel im

Wagen wurde es dir an der Kasse wieder abgenommen. Ich erinnere mich, dass ich an einem Tag nur durch Zufall an eine Packung kam, weil sie zuvor von einer Kassiererin im Aldi konfisziert worden war. Und da war schon wieder mein aktuelles Problem. Ich schaffte es mit Svenja nicht, morgens um halb acht irgendwo vor einer Tür eines Lebensmittelgeschäftes zu stehen und zu warten. Aber um eine der wenigen Packungen Mehl, Nudeln oder eben Toilettenpapier zu bekommen hätte ich genau das tun müssen. In meinem Freundeskreis wusste das jeder und alle versorgten uns eine ganze Weile lang mit allem, was ich nachmittags in den Geschäften nicht mehr bekam. Das (Un-)Wort des Jahres 2020 war geboren: „Hamsterkäufe".

So ungefähr musste es wohl im Krieg oder in der ehemaligen DDR gewesen sein. Toilettenpapier wurde wertvoller als Gold, es entstanden regelrechte Schwarzmarktgeschäfte. Findige Geschäftsleute verkauften die begehrten Rollen zu dem Preis eines Vier-Gänge Menüs in einem Edel-Restaurant. Und es kursierten unzählige, meist flache Witze darüber im Internet. Ich glaube, noch nie hatte Scheisshauspapier so viel ungeteilte Aufmerksamkeit als in diesen Wochen.

Mittlerweile hat sich das Konsumverhalten wieder etwas normalisiert. Die Regale sind wieder voll und man darf auch wieder so viel einkaufen, wie man möchte.

Dafür gibt es andere Vorschriften, aber dazu komme ich später noch.

Jetzt kommen wir erst mal wieder zu dem Samstag zurück, an dem Katharina und ich also unterwegs waren, um Blumen und ein Urinal zu kaufen.

Wir hatten, wie schon gesagt, den Wagen schon ziemlich voll mit Blumen und standen nun vor dem Regal mit den WC´s und Urinalen. Bedingt durch die seltsamen Umstände durch Corona fand in den Baumärkten keinerlei Beratung statt, wir mussten uns also selbst behilflich sein. Ich hatte eine Jeans an, ein blaues lockeres T-Shirt und Turnschuhe. Katharina war etwas feiner gekleidet, ich sah mehr aus wie „wo ist hier die nächste Baustelle". Warum ich das erzähle was ich anhatte? Weils wichtig ist für das was dann folgte:

Ich war mir nicht ganz sicher, ob das Urinal, das da jetzt vor mir stand, auch wirklich das war, was Thorsten im Prospekt gesehen hatte. Der Karton gab auch eher weniger Aufschluss. Also habe ich meinen Mann angerufen und gefragt, was ich machen soll. Und Selbiger bat mich, die Tiefe des Urinalbeckens zu messen. Also bin ich an den Infostützpunkt, und da da keiner war habe ich mir kurzerhand das dort liegende Metermaß geschnappt und bin zurück an den Karton, habe ihn aus dem Regal gewuchtet, geöffnet und das innenliegende Urinal ausgemessen. Nach Rücksprache mit Thorsten war das genau das Richtige. Ich habe also den Karton wieder zugemacht und ihn auf den Wagen gehievt und dann den Zollstock wieder zurück an Ort und Stelle gebracht. Ich hatte zwar die ganze Zeit bemerkt, das mich ein Mann im Visier hatte, aber ich habe mir zunächst nichts dabei gedacht. Immerhin waren hier zwei Frauen gerade dabei, einen doch eher männlichen Nutzgegenstand zu kaufen. Vielleicht fand er uns auch einfach nur amüsant. Mitnichten. Durch meine Klamotten und das professionell wirkenden Rumgefuchtel mit dem Zollstock dachte der, ich arbeite hier und wollte mich prompt in Beschlag nehmen. Wir sahen ihm an, dass er mir auch nicht wirklich glaubte, als ich ihm sagte, dass ich hier auch nur Kundin sei. Katharina und ich haben uns dann zügigen Schrittes und leise lachend von der Abteilung „WC" zu den „Schrauben" vorgearbeitet. Und waren ungefähr eine Viertelstunde später wieder draußen. Nach einem kurzen Abstecher in noch einen anderen Baumarkt haben wir uns dann wieder auf den Heimweg gemacht. Immerhin wollte ich die ganzen Blumen auch noch setzen und Thorsten konnte es kaum erwarten, bis sein neues Pinkelbecken endlich an Ort und Stelle hing.

Wieder daheim hielt ich es für eine glänzende Idee, Svenja mit runter zu nehmen. Sie könnte bei mir sein, während ich pflanze. So wäre sie an der frischen Luft, das Wetter war herrlich und sie hätte mal ein wenig Abwechslung. Aber irgendwie hielt nur ICH das für eine wirklich tolle Idee, Svenja war nur, sagen wir mal, halbbegeistert. Ich schob sie an die Kellertür, so hatte sie alles im Blick und stand trotzdem im Schatten.

Dann begann ich, Erde zu verteilen und die Blumen zu sortieren.

Svenja kommentierte mit …… „bist du dann bald fertig?", „kann ich wieder hoch?", „wie lange brauchst du denn noch??"

Sie war nach gefühlten drei Minuten schon total genervt und gelangweilt. Also dachte ich, ich erzähle ihr ein bisschen was über die Blumen, die ich so einpflanzen wollte. „Guck mal, die sind voll schön, oder?" Svenja guckte und meinte. „Ja, die kenne ich, das sind Gänseblümchen." Sie sah erst die Blume an, dann mich an. „Nicht ganz, das ist eine Margerite". Sie lachte. „Hahaha, hört sich an, als würdest du Pizza pflanzen." Ui, dem Kind war da eine gewisse Wortähnlichkeit aufgefallen, ich muss zugeben, ich war ziemlich erstaunt. „Stimmt, das klingt so ähnlich wie „Pizza Margherita." Ich musste auch lachen. Sie war dann doch gewillt, bei ihr sitzen zu bleiben, bis ich alle Blumen in der Erde hatte, was gute eineinhalb Stunden dauerte. Und seit diesem Tag erkennt sie Margeriten schon von Weitem und immer fällt ihr der „Pizzavergleich" ein.

Meine Nase hatte zwischenzeitlich „Boxerdimensionen" angenommen, farblich biss sie sich noch ziemlich mit meinen überwiegend rosa-und lilafarbenen Klamotten. Das änderte sich allerdings die nächsten zwei Wochen, danach waren alle Regenbogenfarben aber ziemlich verblasst. Die Schmerzen blieben mir trotzdem, wie gesagt, bis Anfang Juni.

APRIL „Karla, Ela und die Sache mit dem Essen"....

Gleich Anfang April war ich mal wieder auf dem Weg ins Krankenhaus. Und „oh Wunder" dieses Mal saß ICH am Steuer. Man kann sich also denken, es ging dieses Mal nicht um mich. Ela kam eines schönen Donnerstags spät nachmittag zu mir in die Küche und meinte „komm mal mit, bitte." Sie führte mich in unser Wohnzimmer, legte sich auf die Couch, zog ihr T-Shirt hoch, drückte ihre Hand links neben den Bauchnabel und sagte zu mir „fühl da mal, das ist voll komisch." Ich fühlte gehorsam. Na sowas, da klopfte es ja ganz gewaltig. Hätte ich es nicht zu hundert Prozent besser gewusst hätte man meinen können, da tritt ein Baby. Das war aber wirklich seltsam. Für mich war zunächst klar, dass das nur die Bauchaorta sein konnte, worauf hin mein Kind natürlich erst mal hektisch Dr. Google befragte (spätestens wenn man als Frau diverse Symptome eingibt und „Google" diagnostiziert, man hätte ein Problem mit der Prostata weiss man, dass man das besser hätte lassen sollen). Um dann ein paar Minute später zu erblassen und zu flüstern „wenn die jetzt platzt sterbe ich!"

Gut, ich muss zugeben, das Klopfen war schon ziemlich heftig und ich wusste ehrlich gesagt ja auch nicht so ganz genau, was ich jetzt davon halten sollte. Aber sonst war sie ziemlich munter, jegliche anderen Symptome fehlten.

Also telefonierten wir, also eigentlich ich, mit dem ärztlichen Bereitschaftsdienst.

„Also ich kann aus der Ferne natürlich auch nicht beurteilen was das sein soll. Aber eine gewisse Gefahr besteht natürlich schon. Ihr nächster zuständiger Notdienst befindet sich im Krankenhaus in Heppenheim."

Also haben wir Svenja geschnappt und sind zu dritt Richtung Heppenheim getuckert. Mittlerweile war es ungefähr viertel vor acht Abends. Solange hat Ela gebraucht, um sich zu entscheiden, was wir jetzt machen sollen. Es ging ihr weiterhin richtig gut, bis auf das starke Klopfen im Bauch und die Angst im Kopf.

Unterwegs mussten wir ein paarmal anhalten. Nicht wegen ihr, sondern weil wir einen wundervollen Sonnenuntergang auf unserem Weg hatten. Und der ließ mich ganze viermal auf unserem Weg Richtung Heppenheim an den Straßenrand fahren und Bilder schießen. Ich liebe schöne Sonnenuntergänge, aber auch Wolkenspiele am Himmel, Gewitter und Regenbögen. All das bringt mich meiner Krawalli immer ein Stück näher.

„Wenn ich ein echter Notfall wäre wäre ich jetzt hoffnungslos verloren." Ela schaute mich bei einem meiner Stopps fast vorwurfsvoll an. „Mein liebes Kind, wenn du ein ECHTER Notfall wärst würdest du jetzt nicht bei mir im Auto sitzen, sondern wärst schon lange mit „Tatütata" unterwegs." Ich grinste sie feixend an. So gegen viertel nach acht waren wir am Krankenhaus und Ela machte sich auf den Weg in die Ambulanz, gegenüber dem eigentlichen Krankenhaus. Ich suchte mir mit Svenja einen Parkplatz. Zusammen blieben wir im Auto sitzen und warteten geduldig. Keine Viertelstunde später rief Ela mich an. „Ich soll rüber ins Krankenhaus zum Ultraschall oder Röntgen, außerdem sollen die dort Blut nehmen. Kann also noch ein bisschen dauern."

Gut, machte jetzt erst mal nichts, es war weder sonderlich kalt noch war Svenja und mir langweilig. Wir standen fast alleine auf dem großen Parkplatz, also ließ ich das Auto laufen und wir hörten Musik. Gegen zehn war von Ela noch immer weit und breit keine Spur. Ich schrieb sie an.

„Ich weiß auch nicht, die wollen noch einen Ultraschall machen und auf die Werte warten. Ich melde mich wieder" war die Antwort. Von der Rückbank kam „ich hab so ein bisschen Hunger." Ach herrje, Rabenmutter lässt ihr Kind verhungern, vor meinem inneren Auge kreisten empörte Helikoptermütter. Kein Wunder, es war schon echt spät und das Abendessen war ja ausgefallen. Ich überlegte, dann setzte ich das Auto in Bewegung. Was Svenja wiederum zu einem erschrockenen „He, nicht wegfahren, Ela ist doch noch da, die will bestimmt wieder mit heim. Oder muss sie dableiben??" veranlasste. Ich suchte den Kassenautomat, schließlich wollte ich vom Gelände runter. „Nein, die nehmen wir natürlich nachher wieder mit. Aber du hast doch Hunger, oder?" Immer noch ziemlich skeptisch kam dann von hinten „ja, und wie. Aber Ela muss wieder mit heim. Und wo fahren wir jetzt hin?" Ich lächelte in den Rückspiegel „verrate ich noch nicht, das wird eine Überraschung." Eine Viertelstunde später standen wir wieder auf dem Gelände des Krankenhauses und Svenja futterte zufrieden und glücklich ein „Happy Meal". Mir blieb jegliches Fast Food Essen natürlich verwehrt (wobei wir ja eigentlich zur Not gleich an Ort und Stelle gewesen wären).

Auf dem Heimweg waren wir dann tatsächlich aber erst gegen viertel nach zwölf Uhr nachts, Svenja lag ungefähr um eins im Bett. Ende vom ganzen

Lied: bei dünneren Menschen fühlt man halt manchmal einfach die Bauchaorta durch die Bauchdecke und somit kein großer Grund zur Beunruhigung. Aber so kann man sich auch den Abend vertreiben und Svenja kam mal wieder in den Genuss von Chicken nuggets und Pommes.

Drei Tage später, es war Samstag, hatten wir beschlossen, einen Teil der vorbestellten Bücher auszufahren. Wir luden Svenja ins Auto und los ging's. Zuerst waren wir in und um Wald-Michelbach unterwegs, in Affolterbach, in Wahlen und in Gadern. Außerdem hatten wir Bücher nach Birkenau zu bringen. Das liegt zwischen Mörlenbach und Weinheim, von uns ungefähr eine Viertelstunde Fahrtzeit mit dem Auto. Und wie wir so die dortige Hauptstraße entlang tuckerten entdeckte Thorsten etwas am Straßenrand, genau vor einer Tankstelle. Er fuhr langsamer und meinte dann zu mir „Hast du das gesehen?? Muddi, da müssen wir auf dem Rückweg unbedingt kurz anhalten." Ehrlich gesagt hatte ich nichts gesehen, weil ich damit beschäftigt war, den Personen, denen wir meine Bücher bringen wollten, anzukündigen, dass wir auf dem Weg waren. Wir brachten also zwei Bücher ans andere Ende von Birkenau, dann fuhren wir wieder zurück zu besagter Tankstelle. Und jetzt sah ich auch, was mein Mann gesehen hatte....Chopper! An einem hing ein Preisschild und ICH las 17.000 Euro. Warum ich so das „ICH" betone, erfahrt ihr gleich. Thorsten umrundete also schwer begeistert einen roten Chopper und unterhielt sich mit dem Mann, der die Dinger offensichtlich verkaufte. Dann klopfte er an die Autoscheibe, hinter der ich immer noch saß. „Komm mal raus, das musst du dir angucken."

Also stieg ich aus und betrachtete mir das Teil von Näherem. Es sah verdammt schnittig aus, da musste ich meinem Gemahl zustimmen. Ähnlich einem so genannten „Custom-Chopper", der Lack glänzte dunkelrot in der Sonne und das Chrom der Felgen blitzte. Ich bin für außergewöhnliche Fahrzeuge tatsächlich auch immer zu haben, wenns nach mir (und meinem Geldbeutel) ginge würde ich einen amerikanischen Oldtimer fahren. Ich war dementsprechend ziemlich angetan von dem „Moped". Das Einzige, was dieses Ding nicht machte, waren Geräusche beim fahren. Das Ganze war nämlich elektrisch. Es hatte eine Reichweite von 40-60 Kilometer und fuhr im Schnitt 45km/h.

Thorsten stupste mich „das wäre doch das ideale „Muddi"-Gefährt, oder? Da kommt noch Werbung drauf und dann bist du nicht mehr zu übersehen. Voll geil!" Er strahlte und ich war geneigt, ernsthaft darüber nachzudenken.

Ich sagte zu meinem Mann „Stimmt, ist schon echt mega. Aber für 17.000 Euro?? Da kriege ich ja ein Auto dafür." Er schaute mich an, als hätte ich Lack gesoffen.

Also bin ich ans Preisschild um es ihm zu zeigen. Und siehe da….ich hatte mich grandios verguckt. Da standen „nur" 1799 Euro. Ohhhh…..na dann. Ab da war ich komplett hin und weg und sah mich damit schon durch Wald-Michelbach cruisen. Ich setzte mich darauf und testete, ob ich überhaupt mit den Füßen vorne an die Pedale kam.

Das ist bei meiner geringen Körpergröße ja nicht unbedingt selbstverständlich. Es passte alles perfekt und ich war von einer Sekunde auf die nächste schwerst verliebt. Wir wollten noch Richtung Sinsheim zum ausliefern und Freunde besuchen. Auf dem Weg dorthin besprachen wir, ob wir das mit dem Chopper wirklich machen sollten. Und wer hätte es gedacht? Wir wurde uns ziemlich fix einig. Und nicht nur das…. Weil ich ja eigentlich von dem zehnfachen an Preis ausgegangen war war ich immer noch der Meinung, dieses Gefährt sei eigentlich ein echtes Schnäppchen. Und so entschlossen wir uns kurzerhand nicht nur einen roten, sondern auch den gleichen Chopper in schwarz für de Vadder zu kaufen.

Noch auf der Autobahn telefonierte ich mit dem Händler. Er versprach mir, den Roten, also MEINEN, noch vor Ostern nächste Woche zu bringen und den Schwarzen zu liefern, sobald er bei ihm in Birkenau eingetroffen war. Höchst zufrieden fuhren wir nach Eschelbronn zu unseren Freunden Reni und Michael. Auch zwei dieser Menschen, die ich nicht mehr missen möchte. Thorsten kannte beide schon etwas länger, er hatte beruflich mit ihnen zu tun. Ich hatte Michael bisher nur einmal gesehen, das war aber schon gute vier Jahre her. Beide waren auf Ronjas Beerdigung, aber da habe ich so oder so eigentlich überhaupt niemanden wirklich gesehen. Jetzt waren sie ziemlich schnell große Fans meiner beiden Bücher geworden. WIE groß ahnte ich da aber noch nicht. Wir brachten ihnen noch jeweils ein „MUDDI" Buch und so lernte ich auch endlich Reni kennen. Wir standen auf „Corona-Abstand" im Freien und unterhielten uns, als würden wir uns schon ewig und drei Tage kennen. Da war eine Vertrautheit und ein gutes Gefühl, wie ich es selten bei jemandem habe, den ich eigentlich gar nicht kenne. Nachdem wir wieder zuhause waren machte sich Thorsten an die Vollendung der Garage. Denn er hatte beschlossen, das der Hänger jetzt DOCH in Hartenrod stehen bleiben durfte und dafür die beiden Chopper dort ein würdiges Zuhause finden sollten.

Wie versprochen lieferte Klaus, der Händler, meine „Maschine" gleich am folgenden Dienstag.

Wir hatten in der Zwischenzeit beim großen Internethändler mit „A" drei Helme bestellt, so welche die aussehen wie aus den 50gern. Thorstens Helm war komplett schwarz, Elas hat einen weißen Streifen und meiner einen rosanen. Ich setzte ihn auf und hielt wie immer meine „Statusfolger" mit einem Bild auf dem Laufenden.

Und prompt kamen mindestens zehn Kommentare ums Eck, alle mit dem Hinweis:

„Du siehst voll aus wie Karla Kolumna, die rasende Reporterin von Benjamin Blümchen!" Alle Nachrichten waren mit vielen Herzaugen- und Lachsmileys versehen. Und da reifte in mir ein Entschluss.....

mein „Moped" braucht einen Namen und es wird Karla heißen!

Mittlerweile erkennt mich wirklich jeder in Wald-Michelbach schon von Weitem. Ich gehe damit einkaufen, mache kleine Erledigungen und fahre fast täglich damit auf den Friedhof (wenn es nicht gerade in Strömen regnet.) Und ich liebe es! Diese kleine Freiheit, die mir dieses Teil vermittelt und dieses kleine Stück Unabhängigkeit möchte ich nie mehr hergegeben. Da hatte mein Mann wirklich eine gute Idee gehabt.

Dann kam Ostern. Und eigentlich dachte ich, ich hätte mich im Griff. War wohl ein Fehler. Ich dachte schon Weihnachten wäre die Hölle gewesen. Aber Ostern war kaum auszuhalten. Wo meine Ronja an ihrem letzten Weihnachten 2018 noch so klein war das sie noch nicht mal laufen konnte, hatte ich an Ostern noch sehr intensive, lebendige Erinnerungen. Da gab es ein Video, wo sie mit Svenja im Hof Eier sucht. Und wie sie gelacht und sich gefreut hat, wenn sie etwas gefunden hatte. Die drei Tage waren dementsprechend mehr als schwierig. Mal wieder kam ich fast an meine Grenzen. Dieses Gefühl hat auch noch lange nachgewirkt, ich brauchte wieder einige Zeit, bis ich mich einigermaßen stabilisiert hatte. In der Woche nach Ostern kam Thorstens schwarzer Chopper, und wir machten uns Gedanken über die Beschriftung. Am 24. April hatte meine „Karla" dick und fett in schwarz „MUDDI" auf ihrem breiten Heck stehen. Bei Thorsten stand an der selben Stelle in weiß „Vadder". Außerdem hatten beide Maschinchen auf dem „Tank" rechts mein Ankertattoo als Bild und jeweils hinten über den Radkästen die Adresse meiner Homepage www.autorin-corinna-weber.de. Ab dem Moment fiel ich natürlich noch mehr auf wenn ich unterwegs war. Zwei Tage vor der Beschriftung passierte allerdings noch etwas ganz anderes. Da hatten wir den 22.04., jetzt, während ich das schreibe ist der 22.06, also genau zwei Monate später. An der Situation hat sich aber immer noch nicht viel geändert. Deutschland (und viele andere Länder vorher schon) führte die Mundschutzpflicht ein! Ab dem darauffolgenden Montag durfte man kein Geschäft mehr ohne diesen Mund-Nasen Schutz betreten. Mittlerweile kann ich mir irgendwie gar nicht mehr vorstellen, wie das Leben „vorher" war. Alles erscheint fast so, als wäre es noch nie anders gewesen. Ich bin mal gespannt, wann wir wirklich mal wieder ganz ohne Schutz und Abstandsregelungen leben dürfen. Das musste man nämlich auch.... 1,50 Meter Abstand zu seinen Mitmenschen halten.

Aber zurück zum Mundschutz. Ich postete, mehr im Spass, dass ich bei dieser „Mundschutzaktion" leider nicht mitmachen konnte... schließlich hatte ich ja keinen Mundschutz mit ANKER, dementsprechend wäre ich gezwungen irgendeinen „normalen" Stoff zu tragen. Und das wäre ja wohl kaum zumutbar. Hach da waren sie wieder, MEINE Menschen!!!

Keine halbe Stunde später hatte ich eine Nachricht auf dem Handy von Liane „ich habe dir etwas in den Briefkasten geworfen." Natürlich sprintete ich sofort raus und fand einen weißen Stoffmundschutz mit blauen Ankern und roten Steuerrädern. Ich freute mich wie ein Schnitzel. Dann kam Katharina und hielt mir ihr Handy unter die Nase. „Guck mal, habe ich gerade für dich bei meiner Schwester in Auftrag gegeben."

Die näht professionell und macht wirklich die herrlichsten Sachen. Auf dem Handydisplay prangte mir ein dunkelblauer Mundschutz entgegen mit weißen Ankern und einem „MUDDI" Schriftzug. Ich war völlig baff und fiel ihr laut juchzend um den Hals. „Morgen ist er da, die schickt ihn mit der Post."

Am nächsten Nachmittag war ich stolze Besitzerin eines waschechten „MUDDI" Mundschutzes und trage ihn seitdem mit viel Stolz.

Thorsten hat am 14. April Geburtstag, feiern wollte er ihn dieses Mal noch weniger als schon die Jahre zuvor. Wir verbrachten einen einigermaßen ruhigen Tag. War vielleicht besser so, der Tag danach brachte nämlich schon wieder einiges an, sagen wir mal, Überraschungen mit sich. Es war eigentlich DER Tag, an dem Thorstens Chopper geliefert werden sollte. Ich hatte also extra morgens schon die Summe dafür in bar geholt und wollte dann ganz schlau und vorausschauend sein.

Wir hatten nämlich an Thorstens Geburtstag abends noch lange mit Katharina und Tobias in unserer Garage gestanden, geredet, Musik gehört und ein wenig die Zeit genossen.

Eigentlich hatte ich vorgehabt an diesem Abend Rouladen zu machen. Da es aber dann viel zu spät wurde habe ich den Plan verworfen und ihn auf den nächsten Tag verschoben. Und da dann gedacht, ich bin ne ganz Schlaue und fange mittags schon mal an. Rouladen brauchen ja erfahrungsgemäß etwas länger, also würden sie bis abends schön zart sein. Ich füllte sie, briet sie an (meine schön separat in einem kleinen Topf) und warf dann in den großen Topf noch Zwiebeln und Dörrfleisch zum mit anbraten. Bevor jetzt einer fragt „was erzählt die denn das so ausführlich, gibt das jetzt ein Kochbuch oder was soll das?" Mitnichten! JETZT wird's erst richtig spannend. Die Zwiebeln und das Dörrfleisch brieten lustig vor sich hin und ich dachte noch so „hm, fühlt sich aber mal wieder nicht ganz so doll an im gesamten Mundraum."

Ich tappte ins Bad und streckte mir selbst die Zunge raus. Und siehe da... geschwollen!

Also hatte mich mein Gefühl DOCH nicht getäuscht. Und schon merkte ich auch wieder im Hals, wie es eng wurde. Ich schnappte mir mein Handy und rief Katharina rüber, irgendjemand musste ja bei Svenja bleiben. Dann rief ich die 112. Katharina kam angeflitzt, kommentierte meine Zunge mit einem „Ach du Scheisse!" und wartete dann mit mir auf den Rettungswagen. Die Rouladen hatte ich mittlerweile vom Herd genommen (falls sich an der Stelle ein ambitionierter Mensch Sorgen um unser Hab und Gut macht). Man könnte jetzt meinen, der Ablauf der dann folgte wäre vom Prinzip her ja das selbe wie immer und von daher eigentlich nicht sonderlich erwähnenswert. Ha, von wegen. Ja gut, die Medikamente, die ich dann schleunigst bekam, waren mir und meinem geschundenen Körper natürlich wohlbekannt. Aber ich hatte eine unglaublich tolle Notärztin an meiner Seite und einen superlieben Sanitäter, den ich aber mittlerweile schon von einigen Einsätzen her kannte. Ich weiss eigentlich gar nicht warum, aber ich lag in diesem RTW auf der Pritsche und habe geheult wie ein Schlosshund. Nein, mir tat nichts weh. Ich bekam zwar richtig schlecht Luft, aber ich war ja in den besten Händen. Meine Psyche schoss dafür völlig quer. Ich kam gar nicht richtig hinterher mit Tränen abwischen. Mir ging es ja die ganze Zeit schon eher weniger gut, was meine psychische Stabilität betraf. Jetzt machte sich der ganze Kummer offenbar Luft.

Die Notärztin sah mich dementsprechend zunächst mehr als verwirrt an.

Ich sagte zu Horst (dem Sanitäter zu meiner Linken) „bitte erklär du es ihr, ich habe gerade keine Kraft." Und er erzählte ihr von unserem schwärzesten Tag im September 2019. Die Notärztin sah mich danach eine ganze Weile stumm an, dann nahm sie meine Hand und sagte „Liebes, dann brauchen Sie sich doch nicht über solche heftigen Reaktionen ihres Körpers zu wundern."

Ich wurde hellhörig und versuchte mich auf das, was sie da sagte zu konzentrieren. Wie sich herausstellte war sie unter anderem Ärztin für Schmerz- und Traumatherapie und ich somit wohl genau an die richtige Frau geraten.

„Lassen Sie mich raten: Sie waren schon vorher allergisch, aber bei weitem nicht so schlimm wie die letzte Zeit?" Ui, jetzt wurde es aber mal richtig interessant.

Ich schniefte „Ja, das stimmt. Momentan getraue ich mich fast nichts mehr zu essen aus Angst, ich könnte im Nachhinein daran ersticken."

Es gibt also seit gut einem halben Jahr bei uns so gut wie nichts anderes als gekühlte Spätzle in allen Variationen, selbstgemachte Pizza oder die EINE Sorte Tiefkühlpizza, Frikadellen, Lendchen und „Kalt". Also Brötchen, Brot und Toast, für mich natürlich dann nur mit Käse oder g&g Fleischkäse-Aufschnitt. Des Weiteren meine selbstgebackenen Kekse und die Gummibärchen-Colaflaschen vom Aldi. Das wars dann auch für die Muddi. Ich hatte ja noch einen Termin in der Hautklinik in Heidelberg vor mir. In den setzte ich meine ganze restliche Hoffnung.

Jetzt aber zurück zu der Notärztin. Die hielt weiterhin meine Hand und sagte mitfühlend zu mir „wissen Sie, während so einer extremen psychischen Belastung, in der sie sich offensichtlich gerade befinden, sieht ihr Körper so ziemlich alles als Feind an, was ihm von außen zugeführt wird. Also selbst wenn sie im Normalfall bei weitem nicht so extrem darauf reagieren würden macht ihr Körper jetzt sofort ein Faß auf und wirft alle Abwehrmechanismen an, die er zur Verfügung hat. Und dann kann die Reaktion, so wie bei Ihnen gerade, schon mal sehr heftig ausfallen."

Ok, das klang äußerst plausibel, trieb mich aber in diesem Moment immer weiter in die Verzweiflung. Ich überlegte und fragte dann die Ärztin „hieße das im Umkehrschluss, dass ich mich „nur" seelisch wieder zu stabilisieren bräuchte und dann könnte ich wieder so gut wie alles essen, ohne zu reagieren?" Sie lächelte, wieder äußerst mitfühlend.

„Naja, Frau Weber, der Grundgedanken ist gut, aber selbst wenn sie sich einreden, es ginge ihnen gut und sie wären psychisch stabil.....ihr Körper und Geist lassen sich nur selten wirklich verkackeiern." Ups, das war deutlich.

„Die Reaktionen sind ja nun mal leider nicht Produkt Ihrer Einbildung, sondern sehr reell und können somit durchaus auch lebensbedrohlich werden. Hier kommen Sie um eine klinische Abklärung nicht wirklich herum." Ich drehte den Kopf auf die Seite und hätte am liebsten schon wieder geheult. Das klang wie „Sie haben jetzt die Wahl zwischen Pest und Cholera!" Beides doof irgendwie. Ich musste also viel an mir arbeiten und sah mich im gleichen Augenblick schon den Rest meines Lebens Spätzle, Fleischkäse, Brötchen, „Muddi"-Kekse und Gummibärchen essen. Das durfte doch wohl nicht wahr sein!

Der immer noch sehr aktuellen Corona-Situation geschuldet landete ich zunächst also allein in Weinheim im Krankenhaus. Weder Thorsten noch Ela durften zu mir ins Gebäude kommen. Nach gut eineinhalb Stunden in der Notaufnahme stand fest: es war dieses mal so schlimm, dass ich sogar über Nacht bleiben musste und sogar beinahe auf der Intensivstation gelandet wäre. Nur der Umstand das dort kein Bett frei war hat mir eine Nacht unter Monitorgepiepse erspart.

Also brauchte ich eine Tasche mit den wichtigsten Dingen: Wechselwäsche, mein Pad und Waschzeug. Außerdem MEIN Brot, das ich vertrug, meine eigenen Packung Margarine und eine Packung Fleischkäse zum belegen. Dann bat ich Ela mir noch zwei Kinderriegel in die Tasche zu packen. Ich höre jetzt manche direkt tief einatmen so auf die Art „Alter, die Frau hat Nerven, liegt im Krankenhaus und will Schokolade". Ich darf kurz was dazu erklären. Mir war schon im Februar aufgefallen, das überall auf diversen Schokoladen immer „kann Spuren von Nüssen enthalten" stand. Also überall.....bis auf den Kinderriegeln. Ich dachte erst an einen Druckfehler und beschloss, eine E-Mail an „Ferrero" zu schicken und zu fragen, ob sie sich vielleicht da irgendwie vertan hätten. Wochenlang passierte gar nichts, dann eines schönen Tages Mitte März, klingelte mein Handy. Eine Dame von „Ferrero" hatte sich meiner Frage angenommen und mir Folgendes versichert: Weder in den Kinderriegeln noch in den Überraschungseiern befinden sich Spuren von Nüssen. Es gäbe einfach mittlerweile zu viele Kinder mit Allergien, denen wollte man wenigstens den Genuss von Kinderschokolade ermöglichen. Also Kindern......UND DE MUDDI!

Ich war restlos begeistert.....und habe mich dann TROTZDEM nicht getraut einen zu essen. Zu dem Zeitpunkt hatte ich bestimmt schon mehr als ein halbes Jahr keine Schokolade mehr gegessen. An dem Tag dachte ich „jetzt bin ich an Ort und Stelle, wenn ich da reagiere kann mir wenigstens gleich geholfen werden".

Reines Kalkül also. Sie packte meine Tasche und Thorsten wollte sie mir bringen. Jetzt war das Ganze allerdings so organisiert, das der Patient eigentlich keinerlei Kontakt mehr mit seinen Angehörigen haben durfte, sobald derjenige im Krankenhaus aufgenommen war. Thorsten hätte die Tasche also unten am Empfang abgegeben müssen und sie wäre mir auf Station gebracht worden. Ohne das ich ihn hätte sehen dürfen. Gut, das hätten wir hinbekommen, ich durfte ja, wenn alles gut ging, am nächsten Morgen wieder heim.

Wir hatten allerdings ein ganz anderes Problem. Wie schon kurz erwähnt wäre an diesem Tag auch Thorstens Chopper geliefert worden. Und wie schon meine „Karla" wollten wir bar bezahlen. Ich hatte also 1800€ im Geldbeutel und wollte diese mitnichten unten an der Pforte hinterlegen. Diese Summe hätte ich meinen Mann lieber persönlich in die Hand gedrückt. Ich ging also fast auf die Knie, damit ich kurz vor die Krankenhaustür durfte. Thorsten konnte mir dort die Tasche geben und ich ihm den Umschlag mit dem Geld. Es war einen absolute skurrile Situation. Wir standen da wie bestellt und nicht abgeholt, die Krankenschwester hinter der Glasfront hatte uns fest im Blick. „Du kannst mich morgen früh um neun holen, ich geh dann wieder heim." Entschlossen schnappte ich mir den kleinen Trolley und wäre am liebsten SOFORT wieder mit nach Hause. Thorsten schüttelte lächelnd den Kopf. „Glaubst du, die lassen dich einfach so gehen?" Ich sah ihn grinsend an. „Das werden die dann schon sehen, wenns mir gut geht bin ich fort."

Gerade ging es mir, zugegebenermaßen, noch nicht wirklich gut, das Engegefühl im Hals war noch ziemlich ausgeprägt und die Zunge war auch noch ein Stück entfernt vom Ur-Zustand. Wir umarmten uns schnell und küssten uns ganz kurz (bevor wir „Mecker" bekamen), dann winkte ich Thorsten nach und schlich mit meinem Köfferchen zurück auf Station.

Wieder oben angekommen sah ich gerade eine Schwester aus meinem Zimmer kommen. „Ach, da sind Sie" sagte sie zu mir. „Ich habe Ihnen Ihr Abendessen auf den Nachttisch gestellt." Ich nickte, bedankte mich und räumte zunächst meine Tasche aus, bevor ich den Deckel vom Abendessen nahm.

Auf dem darunter stehenden Teller lag eine Scheibe Wurst, eine Scheibe Käse, abgepackte Butter, zwei Scheiben Vollkornbrot, eine kleine Gewürzgurke und ein Stück Paprika…..Mööööp! Schon vorbei (wobei es schon bei der „Wurst" vorbei war). Ich schnappte mir den Teller, zog meinen Schnutenpulli über und machte mich auf die Suche nach der Schwester. Ich fand sie auf dem Weg ins Schwesternzimmer und drückte ihr den Teller in die Hand. „Ach Frau Weber, haben sie keinen Hunger?" Sie sah mich leicht zweifelnd an. Ich hob die Abdeckung hoch. „Eigentlich schon, das Problem ist nur, das ich wegen einer Anaphylaxie hier bin und die bestimmt nicht besser wird, wenn ich DAS esse." Sie sah erst mich und dann den Teller ziemlich entgeistert an. „Ach du liebe Güte, daran hat natürlich keiner gedacht!" Was mache ich denn jetzt mit Ihnen?" Sie klang ernsthaft verzweifelt.

„Wenn Sie mir einfach einen leeren Teller und ein Messer geben würden wäre ich schon höchst zufrieden. Ich habe mein eigenes Essen dabei."

Sie versprach mir sofort alles zu bringen und ein paar Minuten später futterte ich zufrieden mein Fleischkäse-Butterbrot. Auch wenn mir das Schlucken noch etwas schwer fiel. Ela hatte mir noch eine Dose meiner bevorzugten Gummibärchen eingepackt, meine Versorgung war also absolut gesichert. Und da waren ja auch noch die Kinderriegel, drei an der Zahl.

Nachdem ich mein Brot zu Ende gegessen hatte und alles wieder feinsäuberlich in den Koffer verstaut hatte habe ich mich auf die lang ersehnte Schokolade konzentriert. Ich packte langsam den Riegel aus und roch daran. Dann steckte ich mir vorsichtig und langsam ein Stück in den Mund.

Mhhhhmmmmm…….. oder? Hm, also ich könnte jetzt nicht wirklich sagen, dass mich dieses Erlebnis vom Geschmackshocker gehauen hätte. Irgendwie hatte ich es mir wohl erheblich aufregender vorgestellt endlich mal wieder Schokolade zu essen. Ich glaube, ich hatte eine Art „Mundorgasmus" erwartet oder so. Fakt war, es war ok. Nicht mehr und nicht weniger. Und es kribbelte und schwoll nichts, also auch schon mal super. Dann dachte ich mir „gut, das könnte jetzt aber auch noch der Rest der ganzen Medikamente sein, die da alles noch gut in Schach halten." Ich nahm mir vor das morgen früh zum Frühstück nochmal zu testen. Ela war ja so vorausschauend und hatte mir gleich genügend „Pobematerial" eingepackt. Vorerst war ich mit allem versorgt und echt bedient. Mir gegenüber lag eine ältere Frau mit ausgeprägten Redebedarf. Links neben mir eine Dame in den Sechzigern, der sollte morgen, für sie ziemlich überraschend, die Galle entfernt werden. Die alte Dame gegenüber meldete gegen 19.00 Uhr an, sie müsse jetzt gleich fernsehen, schließlich käme da „die Katzenberger" und die dürfe sie nicht verpassen. Meine Nachbarin zur linken und ich mussten schmunzeln und ich fühlte mich fast ein wenig wie daheim. Auch dort hatte ich die Herrschaft über die Fernbedienung des Fernsehers schon lange abgegeben. Das Einzige, das hier ein wenig den allgemeinen Frieden störte, war das stetige Geblubber der Sauerstoffflasche, auf die die alte Dame angewiesen war. Die „Galle" telefonierte mit ihrer Familie über Lautsprecher, die ältere Dame ohne Luft fummelte an der Fernbedienung und zappte sich durch die Kanäle… ich war also über alles bestens informiert. Ich verließ kurz nochmal meine werte Schlafstätte und ging raus auf den Flur zum telefonieren. „Und Muddi, wie isses?"

Wie immer wenn ich unfreiwillig von zuhause weg war, bekam ich bei Thorstens Stimme einen ziemlich dicken Kloß im Hals, völlig Allergie-unabhängig versteht sich.

„Jo, geht schon. Die Zunge ist wieder etwas dünner, nur im Hals ist es noch ziemlich eng. Aber bis morgen ist das weg und dann holst du mich bitte sofort heim, ja?" Thorsten lachte. „Muddi, ich hol dich wann immer du willst, du musst es nur sagen."

Wir redeten ein paar Minuten und ich bekam noch Svenja an den Hörer zum „Gute Nacht" sagen. Dann legte ich deprimiert auf, Thorsten und ich wollten später nochmal schreiben. Im Zimmer war mittlerweile noch mehr Stimmung als vorhin. Die „Herrin der Fernbedienung" war bei „RTL" gelandet und guckte lautstark Nachrichten.

Bei meiner Bettnachbarin saß eine Krankenschwester und unterhielt sich mit ihr über die morgigen Op. Es mangelte also absolut nicht an Unterhaltung. Ich seufzte ergeben und baute mein Pad im Bett auf. „Stört es Sie, wenn ich noch ein wenig vor mich hinklappere?" fragte ich in die illustre Runde. Ich wollte ja nicht auch noch durch Dauergeräusche auffallen, die irgendjemanden zur Weißglut treiben würde. Da sich aber keine der Damen an mir zu stören

schien fing ich an zu schreiben. Das tat ich die nächsten zwei Stunden, zwischendurch schrieb ich noch ein paarmal per WhatsApp mit meinem Mann. Gegen 23 Uhr versuchte ich es mit schlafen. Und da war es dann auch schon wieder, dieses leidige Problem mit dem „Krankenhausschlaf".
Ich war morgens wie gerädert und zu meiner gewohnten Zeit hellwach und bereit heim zu gehen. Da war es blöderweise gerade mal halb sechs.
Ich entschied mich für waschen und frisch machen, um ab acht den zuständigen Ärzten mal auf den Zahn zu fühlen, wie es denn mit meiner zeitnahen Entlassung aussehen würde. Und wie durch ein Wunder stand sogar schon gegen halb acht eine junge Ärztin an meinem Bett und fragte nach meinem werten Befinden. Ich antwortete wahrheitsgemäß, dass das seltsame Gefühl in meinem Hals noch da war, das wäre aber jedesmal so. Und das ich natürlich in Folge des Kortisons und des Adrenalins noch ganz schön wuschig war. Aber ich wollte trotz allem, bitte schön, nach Hause. Schließlich musste sich ja irgendjemand um Svenja kümmern. Ela und Thorsten mussten ja eigentlich arbeiten.
Sie schaute sich meine Unterlagen durch und entschied dann „wir kommen gegen neun mit der Visite, dann soll das die Oberärztin entscheiden. Ich lege aber ein gutes Wort für Sie ein, obwohl wir sagen, dass man nach einer Anaphylaxie mindestens 24 Stunden unter Beobachtung stehen sollte."
Ach herrje, bloß nicht. Das würde mir ja gerade noch fehlen. Dann wäre ich ja vor heute nachmittag nicht daheim.
Ich telefonierte mit meinem Mann und sagte ihm kurzentschlossen dass er mich gegen neun Uhr abholen könnte. Kaum hatte ich aufgelegt kam schon das Frühstück. Ich entschied mich bei diesem Anblick für MEIN Brot und benutzte lediglich die abgepackte Butter. Dann startete ich einen neuen „Kinderriegel"-Versuch. Ich aß erst einen, dann gleich danach den anderen. Und es passierte….NICHTS. Und eigentlich hätte ich mich ja jetzt wirklich richtig freuen können. Aber erstens war meine Schokolust weniger ausgeprägt als erwartet und zweitens wars jetzt gar nicht mal sooo lecker. Eigentlich noch weniger als am Abend zuvor. Jetzt dürft ihr dreimal raten, wer seitdem nicht ein Stück Schokolade gegessen hat.
Um kurz nach neun verließ ich das Krankenhaus, wieder mal an den Armen total verstochen und noch ziemlich matschig im Hirn. Und ich schwor mir ab jetzt „essenstechnisch" nichts mehr zu riskieren.
HAHAHAHAHAHAHAHAHAHAHA!

MAI „_bekannt aus Film, Funk und Fernsehen……gute Presse, böse Presse"_ und die Geburt von „_Ronjas Welt"_

Bevor ich zu den Ereignissen komme, die eigentlich die Überschrift ausmachen, muss ich kurz vorher zwei sehr seltsame und auch schmerzhafte Tage erwähnen. Zum einen war da der 02.Mai, der 20. Geburtstag unserer großen Tochter Ela. Dank (immer noch) Corona war feiern mit Freunden für sie absolut unmöglich. Sie entschied sich also dafür mit uns zusammen abends zu essen und Nachmittags vielleicht mit Svenja und ihrem Freund Valentin Eis holen zu gehen. Keinem war groß nach feiern zumute, unsere Krawalli fehlte an solchen Tagen so sehr, dass es kaum zu ertragen war. Und genau so erging es uns genau eine Woche später nochmal. Da wurde Svenja acht Jahre alt. Wir feierten so, wie Svenja es sich gewünscht hatte. Sie bekam einen Käsekuchen, Geschenke und sogar Besuch. Und ganz oft an diesem Tag fiel der Satz „das findet Ronja gerade auch toll." Und ich begann, ganz heimlich, still und leise solche Tage zu hassen.

Genau zwischen diesen beiden Geburtstagen passierte wieder mal etwas, was mir im Nachhinein einiges an Kopfzerbrechen und auch ein wenig Ärger bescherte. Es war der 04.05. als der Anruf der bekannten deutschen Zeitung mit den vier Großbuchstaben über mein Handy reinkam. Sie hätten großes Interesse an einem Interview, es ginge darum wie es uns jetzt gehen würde, acht Monate DANACH. Wie wir unser Leben meistern und mit dem Ganzen jetzt umgehen würden. Und sie meldeten sich direkt für den nächsten Tag an. Ich freute mich eigentlich darauf, das war doch eigentlich eine gute Gelegenheit, über meine Bücher zu reden. Immerhin war und ist das Schreiben das Einzige, was mir an den meisten Tagen hilft nicht völlig durchzudrehen. Mein Kopf hat Beschäftigung und die Arbeit mit meinen Büchern tut mir unglaublich gut. Darüber wollte ich gerne mehr berichten. Am nächsten Tag kamen sie dann auch schon.

Eine junge Frau die das Interview führen sollte und ein älterer Herr, der Fotograf. Beide waren mir von Anfang an eigentlich recht sympathisch. Ich hatte von vorne herein erwähnt, dass ich nicht explizit über den Unfalltag reden werde.

Wir unterhielten uns einfach, sie machte sich Notizen, der Mann machte Bilder und drehte ein Interview mit mir.

Danach fuhren wir sogar noch auf den Friedhof zum Schatzkistenplatz, auch dort wurden noch eins zwei Bilder gemacht.

Als beide sich nach gut drei Stunden wieder verabschiedeten hatte ich sogar noch ein recht gutes Gefühl.

Die Fragen, die sie gestellt hatte, waren für mich in Ordnung gewesen, die Bilder, die der Fotograf gemacht hatte waren wirklich schön geworden. Sie zeigten mich beim Schreiben, beim Lesen, beim Blumen gießen und einfach nur auf der Klagebank sitzend. Und natürlich am Grab kniend. Wir hatten wirklich viel über meine Bücher geredet und auch über das, was wir noch alles für die Zukunft geplant hatten. Freitags schickte mir die Redakteurin, die bei mir war, dann den Vorab-Artikel. Ich las ihn mir durch und verlangte noch nach ein paar Änderungen. Dann war er perfekt. Ich war sogar ziemlich stolz darauf und begann ihn überall anzukündigen. Er sollte am kommenden Sonntag, zufälligerweise der diesjährige Muttertag, erscheinen. Wir ließen uns in der Tankstelle Rösch vier Zeitungen zurücklegen und fuhren Sonntags morgens schon früh mit meiner „Karla" und dem „Vadder" Chopper zusammen nach Affolterbach. Auch Thorsten war ziemlich stolz und sehr gespannt auf den Artikel. Wir holten vorher noch frische Brötchen und warfen uns danach beide auf die Bank an der Tankstelle und schlugen nervös die Zeitung auf. Ich begann zu lesen und traute meinen Augen kaum...!

Ich war schockiert und regelrecht fassungslos. Der Artikel hatte mit dem, den ich freitags zum vorab lesen bekommen hatte, überhaupt nichts mehr zu tun. Der, den wir gerade in den Händen hielten, strotzte nur so vor Mitleid und Gejammer. Außerdem standen dort Sätze drin, die ich zwar während unseres Gesprächs hatte fallen lassen, die aber nicht zum Bestandteil des Interviews hätten gehören sollen. Ich war entsetzt! Sie hatte mir meine Sätze regelrecht im Mund rumgedreht und so dermaßen auf die Tränendrüse gedrückt, dass mir beinahe schon schlecht wurde. Und noch dazu kaum ein Wort über meine Bücher. Sie hatte völlig ausser Acht gelassen, WARUM ich eigentlich mit dem Schreiben begonnen hatte und was es für mich bedeutete und bewirkte. DAS hier war wahrlich NICHTS, auf was ich stolz sein konnte. Im Gegenteil, dieses Geschmiere würde für Aufruhr sorgen.

Ich kann mich noch sehr genau daran erinnern, dass sie mich fragte, wie denn nun zur Zeit eigentlich mein Kontakt zu Chantal wäre. Sie fragte das so nebenbei, machte sich weder Notizen noch stellte sie das als Interview Frage. Also antwortete ich ihr wahrheitsgemäß: „Wir haben noch keinerlei Kontakt, irgendwann werde ich aber wahrscheinlich mal vor ihrer Tür stehen und sagen „lass uns reden". Weil ich FÜR MICH auf eine einigermaßen neutrale Ebenen kommen möchte miteinander umzugehen."

Ich erzählte ihr auch, dass ich mich damals sehr über diesen Blumengutschein aufgeregt habe.

Und sie nahm es so hin, wie in einem Gespräch unter guten Bekannten.

Genau diese paar Sätze aber wurden dann unglaublich ausgeschlachtet, im Vorab Artikel stand darüber kein Wort. Ich platzte fast vor Zorn und schrieb die Redakteurin an. „Schade, das dein Artikel nicht so gedruckt wurde wie du ihn mir weitergegeben hast. Das hier hat mit dem, was du mir geschickt hast, leider überhaupt nichts mehr zu tun." Und die lapidare Antwort folgte prompt: „Ich kann da nix dazu, das entscheidet mein Chef."

Na klar! Sie hatten erreicht was sie wollten. Sie hatten ihre reißerische Story über die trauernde Mutter, die auf so tragische Weise ihr Kind verloren hat und ich war blauäugig und dumm genug gewesen, dieser Zeitschrift und ihren Mitarbeitern zu vertrauen. Der Rest des Tages war gefüllt mit unzähligen Kommentaren im Internet über den Artikel, Katharina und auch Isabell verboten mir beide einstimmig auch nur einen davon zu lesen. Natürlich las ich sie trotzdem. Und stellte am nächsten Tag nochmal in einer persönlichen Videobotschaft klar, dass das SO mit Sicherheit alles nicht gedacht war.

Ich muss zugeben das ich über die folgende Woche hinweg mit einem sehr gemischten Gefühl einkaufen oder durch Wald-Michelbach gegangen bin, aus Angst, die Leute könnten mich dafür verurteilen. Einige sprachen mich an und man merkte, dass keiner so recht mit diesem Artikel einverstanden gewesen war. Ich hätte mir mit Anlauf in den A...llerwertesten beissen können.

Dieser Sonntag, an dem besagter Artikel erschien, war auch gleichzeitig mein erster Muttertag, an dem ich mich so leer und einsam fühlte wie fast noch nie zuvor. Ela hatte für mich einen wunderschönen Strauß Rosen besorgt und für Svenja ein kleines Büchlein mit Sprüchen, das sie mir freudestrahlend überreichte. Trotz allem fehlte mir etwas und ich kam mir schrecklich undankbar und mies vor. Ich hatte doch noch meine beiden anderen Kinder und doch...

Thorsten ging es übrigens am diesjährigen Vatertag nicht anders, er war auch nicht bereit, ihn als solchen zu feiern.

Am Tag nach Muttertag bekam ich ziemlich früh morgens eine E-Mail. RTL Hessen! Die waren durch den Zeitungsartikel wieder auf mich aufmerksam geworden und baten um Rückruf. Jetzt wusste ich ehrlich gesagt nicht, ob ich mich freuen oder ob ich Angst haben sollte. Ich atmete tief durch und wählte. Die Dame am Telefon klang äußerst nett (aber das war die Dame von der Zeitung ja anfangs auch, ich blieb also zunächst grundskeptisch.)

„Frau Weber, wir haben natürlich schon im Oktober von ihrer fürchterlichen Geschichte gehört, wollten Sie aber da erst mal vollkommen in Ruhe lassen. Nachdem wir aber nun gesehen haben, das die „…..-Zeitung" bei Ihnen angeklopft hatte wollten wir mal fragen, ob Sie bereit wären für „RTL Hessen" einen kleinen Beitrag mit uns zu drehen". Ich dachte angestrengt nach, jetzt bloß nichts Falsches sagen. DIESES Mal sollte es zu 100% nach meinen Regeln laufen. „Vom Prinzip her bin ich da absolut bereit, ich möchte nur eines von Vorne herein klarstellen: ich werde NICHT über den Unfall reden, auch nicht über das Verhältnis zu besagter Nachbarin. WENN Sie mit mir reden wollen dann über meine Bücher und über unsere Zukunft." Wir unterhielten uns lange am Telefon, ich erklärte ihr, wie und warum ich mit dem Schreiben begonnen hatte, was es mit mir und meiner Umwelt tat und wie wir momentan versuchten weiterzuleben. Und dann sagte die Dame am Telefon doch tatsächlich:

„Ihre Geschichte macht so Mut, es ist bewundernswert, wie Sie versuchen mit der ganzen Situation zurecht zu kommen. DAS ist doch eine viel schönere Story als wenn wir nur auf der Mitleidsschiene fahren. Bestimmt geben Sie ihren Mitmenschen mit ihrer Einstellung auch ein Stück Kraft mit auf den eigenen Weg. Eine Frau, die sich durch ihre Bücher ein Stück Leben zurückerkämpft. Ich verstehe nicht, wie die „….." Zeitung sich so eine Story entgehen lassen konnte. Wobei wir schon öfter schlechte Erfahrungen in der Hinsicht gemacht haben. Da wird jedes noch so kleine Drama regelrecht ausgeschlachtet, die großen Dramen sowieso. Frau Weber, wir machen eine schöne Story über Sie und ihre Bücher, wenn Sie einverstanden sind."

Na und ob ich das war. Auch wenn ich immer im Hinterkopf das leise Wörtchen „Vorsicht" rumsurren hatte. Dieses Mal würde ich jedenfalls genauestens auf meine Wortwahl aufpassen.

Am 11.05. war es dann soweit. Gegen zwölf Uhr mittags parkte eine Redakteurin von „RTL Hessen" vor unserer Tür, unten auf dem Grünsteifen stiegen ein Kameramann und ein Tontechniker aus dem Auto.

DAS war gleich mal eine ganz andere Nummer als die von der Zeitung. Wir hatten drei sehr entspannte, angenehme Stunden. Ich fühlte mich weder unwohl noch ausgefragt und gegen Ende durften sogar Ela und Svenja mit dazu kommen. Thorsten wollte nicht. Er hält sich von jeher bei sowas lieber zurück, ist der Mann im Hintergrund, unsichtbar, aber stets zur Stelle wenn ich ihn brauche. Oder wenn er merkt das ich gerade nicht weiterkomme. Ich erinnere mich daran dass die Redakteurin Svenja fragte, was sie denn an der Mama so toll findet.

Und Svenja antwortete, für mich völlig unvorbereitet: „weil sie einfach die beste Mama der Welt ist!"

Dem war nichts mehr hinzuzufügen. Und trotzdem hatte ich ziemlich Bammel vor der Ausstrahlung. Die Redakteurin hatte mir versprochen alles mit Herz und Verstand zu schneiden und zu bearbeiten. Und ich war mir dieses Mal sicher nichts gesagt zu haben was irgendjemand in den falschen Hals bekommen könnte. Als ich am 12. Juni den Beitrag zum ersten Mal sah saß ich gerade mit Thorsten und Svenja im „Café Alltagsglück" in Aglasterhausen. Katharina hatte mich per WhatsApp darauf aufmerksam gemacht dass er online sei und mit Kopfhörer im Ohr, einer zentimeterdicken Gänsehaut und Tränen in den Augen verfolgte ich gebannt, was das Team aus diesen zweieinhalb Stunden-Dreh gemacht hatte. Es war perfekt! Weder das ganz große Drama noch irgendeine Art von mitleiderregendem Getue. Der Beitrag war herzlich, warm und mutmachend. Er zeigte mich wie ich bin, nichts mehr und nichts weniger. Thorsten saß mir gegenüber und aß gerade mit Svenja zusammen Schokokuchen. Ich reichte ihm meine Kopfhörer und konnte beobachten, das auch er beim anschauen sehr berührt und zufrieden war. Und stolz! Wir zeigten es Svenja und die kriegte sich gar nicht mehr ein vor Grinsen und Freude. Sie trug bei der Aufzeichnung ihr T-Shirt mit dem Aufdruck „Löwenbaby". Katharina hatte es extra für sie anfertigen lassen und es ihr zum Geburtstag geschenkt. Jetzt zeigte sie darauf und meinte „Jetzt wissen alle, die das im Fernsehen sehen, das ich das Löwenbaby bin." Sie war so unglaublich stolz und ich schon wieder den Tränen nah.

Man könnte sich jetzt an der Stelle fragen was uns eigentlich ausgerechnet nach Aglasterhausen in ein Café verschlägt. Tatsächlich waren wir nicht nur zum reinen Vergnügen unterwegs, sondern ich war mal wieder „auf Tour". So nannten wir das mittlerweile wenn ich im Auftrag meiner Bücher unterwegs war. Und das war ich, beziehungsweise waren wir, ziemlich oft in den letzten Wochen. Trotz, oder eigentlich genau wegen Corona. Die Veröffentlichung meiner ersten „Werke" fiel genau in den ersten sogenannten „Lockdown"

Ende März. Ab dem Zeitpunkt wurden bundesweit sogenannte Kontaktsperren verhängt. Viele Geschäfte schlossen, man durfte nicht mehr in Cafés, Bars, Restaurants, Theaterbühnen, Kinos, auf Spielplätze und in Sporteinrichtungen. Die Schulen waren geschlossen, viele Firmen stiegen auf Kurzarbeit um, manche mussten in der Zeit sogar komplett schließen. Die, bei denen es möglich war, stiegen auf Homeoffice um. Die Zahl der Arbeitslosen stieg rasant an.

In manchen Bundesländern wurde sogar eine Ausgangssperre verhängt, man durfte nur raus zum Einkaufen oder zum arbeiten. Treffen mit Freunden, mit Verwandten, ja sogar mit der engsten Familie wurden untersagt. Viele Großeltern sahen wochenlang ihre Enkelkinder nicht, soziale Kontakte lagen völlig brach. Der Zugang zu den Lebensmittelgeschäften wurde auf eine bestimmte Personenanzahl beschränkt, an den Eingängen der Supermärkte und Geschäfte wurden Sicherheitsleute postiert, die den Einlass kontrollierten. Man stand manchmal ewig in der Schlange für ein Brot oder ein Paket Toilettenpapier (wenn man Glück hatte welches zu bekommen.) In der Zeit hörte man öfter den Spruch „das ist ja fast wie in der ehemaligen DDR." Am 29.04. kam ja dann noch die „Maskenpflicht" dazu. Konnte man vorher noch selbst entscheiden ob und wann man dieses Ding trug ging ab da quasi nichts mehr ohne. Die Geschäfte öffneten zwar nach und nach wieder, aber betreten durfte man sie nur noch mit dem Mund-Nasen Schutz. Eine völlig seltsame und fast unrealistische Situation. Die Menschen hatten regelrecht Angst voreinander, man war angehalten von jedem einen Abstand von 1,50 Meter einzuhalten. Engeren Kontakt durfte man nur zu den im Haus mitlebenden Personen einer Familie haben, der Rest war untersagt. Für die meisten eine schier unerträgliche Situation. Man versuchte dadurch die älteren und risikogefährdeten Menschen zu schützen. Und durch die Abstandseinhaltung und dem Kontaktverbot versprach man sich eine Eindämmung und weitere Verbreitung des Virus. Jeden Tag ließ sich irgendjemand eine neue Regelung und Vorschriften einfallen, oft erwies sich die Umsetzung dann als schwierig und musste neu überdacht werden. Man merkte, wie schwer das Einstellen auf diese so merkwürdige Situation doch fiel. Aber ich muss an dieser Stelle auch wirklich mal die Fahne unseres schönen Bundeslandes ganz hoch schwenken. Auch wenn hierzulande viel auf die Politik geschimpft wird und ich immer noch genauso viel davon verstehe wie in meinen Büchern zuvor (nämlich so gut wie gar nichts), so habe ich doch das Gefühl, hier gut aufgehoben zu sein. Das liegt unter anderem aber auch an unserem Landrat Christian Engelhardt. Auch wenn manche jetzt denken mögen „Jesses, jetzt fängt sie ja doch an zu politisieren, lass das Muddi, davon hast du doch eh keine Ahnung"….. stimmt, deshalb erwähne ich ihn auch nicht aus politischen sondern aus menschlichen Gründen.

Seit 2015 ist er der Landrat des Kreis Bergstraße und als solcher hatte er ab einem gewissen Zeitpunkt innerhalb der Corona Krise begonnen, sich jeden Abend über eine Live Stream an uns Bürger zu wenden und uns über die aktuelle Lage weltweit, deutschlandweit und insbesondere in Hessen und eben dem Kreis Bergstraße zu informieren. Wir waren also immer auf dem neuesten Stand was Regelungen, Lockerungen und sonstige Änderungen betraf. Und das, was er da leistete war wirklich manchmal unglaublich. Man sah ihm in den ersten Wochen an, wie sehr ihn die ganze Situation mitnahm. Wenn Thorsten und ich abends gemeinschaftlich zusammen über unsere Handys hingen und verfolgten, was unser Landrat Neues zu berichten hatte fiel öfter mal „heute sieht er aber schlecht aus" oder „richtig viel Schlaf scheint er gerade nicht zu bekommen."

Man sah ihm in der Anfangszeit an, wie sehr ihn die Situation als „Vater des Kreises Bergstraße" belastete. Aktuell berichtet er weiterhin immer wieder „live", mal aus seinem Büro, mal aus seinem heimischem Wohnzimmer. Zu der „Corona-Arbeit" ist in der Zwischenzeit wieder seine „ganz normale Arbeit" dazugekommen und trotzdem lässt er uns weiterhin ganz nah am Geschehen teilhaben. Und bleibt trotz allem immer Mensch, Ehemann und Familienvater. Und eigentlich wollte ich damit gerade einfach mal „Danke" sagen dass es auch noch SOLCHE Politiker gibt.

Und was ich tatsächlich EIGENTLICH erzählen wollte (bevor ich unerklärlicherweise wieder völlig abgedriftet bin) ist folgendes:

Da ja während des Corona Lockdowns auch die sämtliche Buchhandlungen geschlossen hatten rückte die Vorstellung meiner Bücher in somit zunächst mal noch ungewisse Ferne. Sämtliche bis dahin geplante Lesungen fielen ins Wasser und ich war komplett ausgebremst. Ein Zustand, der sich für mich, in meiner doch etwas schwierigen psychischen Verfassung, als äußerst schwierig erwies. Ich brauchte Action, mein Kopf und der Rest musste immer irgendetwas tun, sonst drohte ich durchzudrehen.

Jetzt war Stillstand angesagt und wir fingen an darüber nachzudenken, wie man am besten damit umgehen konnte.

De Vadder kam dann irgendwann auf eine absolut glorreiche Idee: wir drehen „Online Lesungen" und stellen sie auf YouTube ein. Und es begann mir einen Heidenspaß zu machen. Wir wurden immer mutiger, drehten an den unterschiedlichsten Orten im Haus und ich gewann mit jedem „Dreh" etwas mehr Selbstbewusstsein.

Und als es dann hieß „die Buchhandlungen dürfen wieder öffnen" war ich ständig unterwegs, um mich überall da vorzustellen wo ich es für wichtig hielt. Ich bekam das Bedürfnis, den Menschen unsere Geschichte nahezubringen, weil ich dadurch die Hoffnung hatte, das unsere kleine Krawalli somit immer ein Stück unvergessen bei jedem bleiben wird.

Und so ganz langsam, Stück für Stück, oder besser gesagt Buch für Buch, bemerkte ich, dass mir das sogar gelang. Ich durfte so viele Menschen mitnehmen auf unsere kleine Reise durch unser Leben, so viele neue Weggefährten kamen hinzu und immer mehr nahmen Anteil an dem, was uns so die letzten 23 Jahre widerfahren war.

Für mich war das, was in diesen Wochen passierte, nahezu perfekt. Nicht etwa weil ich dachte „Uii die Muddi wird berühmt" oder wie manche offenbar dachten „jetzt haben wir ausgesorgt", nein. MEIN großes Glück war die Beschäftigung die damit entstand. Mein Kopf hatte ständig irgendetwas anderes zum denken, meine Hände klebten nahezu pausenlos an der Tastatur. Auch, weil meinem Mann ein neuer Gedanken bezüglich meiner „Freizeitbeschäftigung" kam. Wobei, eigentlich war es ja im Grunde genommen die Idee unseres Freundes Dominik. Der sagte im Januar schon irgendwann mal zu mir „wieso schreibst du eigentlich nicht mal so etwas wie einen Roman? Das wäre doch genau dein Ding." Damals winkte ich ab. „Quatsch, sowas kann ich nicht. Da müsste ich ja irgendwas erfinden. Und ich wüsste ja auch gar nicht über WAS ich eigentlich schreiben soll. Wenn ich zum Beispiel über die französische Revolution schreiben würde gäbe das ein ziemlich kurzes, sehr dünnes Buch. Davon habe ich nämlich überhaupt keine Ahnung. Also lass ich das besser insgesamt."

Aber mein Mann fing an nachzudenken (und da weiß der geübte Leser ja mittlerweile, dass dabei meistens irgendwelche sonderbaren Ideen und Verrücktheiten rauskommen.) „Also Muddi, die Idee finde ich gar nicht schlecht. Du solltest wirklich noch etwas anderes schreiben ausser „MUDDI".

Wir wollen doch nicht, dass du in den nächsten Monaten nichts mehr zu tun hast (hahahah!!!).

„Alla guut (wie der Odenwälder zu sagen pflegt), ich mach mir mal Gedanken." Machte ich mir dann auch wirklich, ich hatte Blut geleckt und wollte das mit der Schreiberei gerne noch weiter ausbauen. Also warum nicht wirklich noch etwas ganz Anderes. Ich begann mir Gedanken darüber zu machen über was ich gerne schreiben würde.

Und recht schnell war klar das es irgendetwas mit „Familienleben" zu tun haben sollte, mit unterschiedlichen, verrückten Protagonisten und amüsanten Geschichten. Es sollte etwas werden, was man gerne mal einfach so zwischendurch in die Hand nimmt und was einem Spaß beim Lesen macht. Und es musste natürlich hier in meiner Heimat spielen, also am besten in Wald-Michelbach. Hier kenne ich mich aus, hier und in der Umgebung lebe und liebe ich mein Leben. Ich konnte ja schlecht meine Buchcharaktere in irgendeiner Stadt über eine „Karl-Hans-Gustav" Straße laufen lassen und die gibt es dann dort gar nicht.

Zum „Geschichtengerüst" brauchte ich nun nur noch einen Titel. Und jetzt darf mich keiner wirklich fragen warum, aber eines schönen Tages hatte ich klar und deutlich „Ronjas Welt" vor Augen. SO sollte mein neues Projekt heissen, das war die beste Idee die ich seit langem hatte. Ich würde unserer kleinen Krawalli ein Leben schreiben wie ich es mir für sie gewünscht oder erhofft hätte. Gleichzeitig würde die Geschichte fiktiv werden, also alles frei erfunden.

Ich begann also zu „plotten", so nennt man das wenn man sozusagen das „Grundgerüst" zu einer Geschichte beziehungsweise zu einem Buch erarbeitet. Ich dachte mir verschiedene Charaktere aus und überlegte mir, wie alt sie sind, was sie arbeiten, wie sie aussehen und in welchem Verhältnis sie zueinander stehen. Und ich musste zugeben, es begann mir Spass zu machen. Je mehr ich mich mit diesem neuen Projekt anfing zu befassen desto mehr merkte ich auch, wie gut das meinem Kopf tat. Ich war abgelenkt und beschäftigt, jedenfalls dachte ich das ganz zu Anfang.

Das Schreiben im Allgemeinen gestaltete sich indessen immer schwieriger, jedenfalls bei schlechtem Wetter. Jetzt könnte man denken „ach Gott, jetzt spinnt sie komplett. Was hat denn das Wetter damit zu tun ob man schreiben kann oder nicht??" Ich sehe sogar manche gerade mit dem Kopf schütteln.

Dazu gibt es folgende, eigentlich einleuchtende und so simple Erklärung....
Bei schlechtem Wetter war es drinnen zu laut!

Was man nämlich an der Stelle nicht vergessen darf: Svenja war immer noch zu Hause. Und vielleicht erinnert sich der Ein oder Andere dunkel daran das sie zu unglaublich lauten Selbstgesprächen neigt. Svenja hört man über drei Ortsteile hinweg wenns sein muss. Vor Corona lief alles seinen geregelten Gang. Da musste sie morgens gegen halb sieben raus, waschen, anziehen, Medikamente nehmen, ich richtete ihr ihre Frühstücksdose und gegen halb acht wurde sie abgeholt.

Danach ging ich ins Bad, erledigte meine Termine und Einkäufe, machte meinen Haushalt oder setzte mich hin und schrieb bis sie zurück war. JETZT war sie seit drei Monaten daheim und raubte mir an manchen Tagen meinen letzten hart erarbeiteten Nerv. Schlaf wird bei mir seit letzten Oktober überbewertet, ich weiß nicht wann ich das letzte mal länger als halb sieben geschlafen habe. Im Gegenteil, meistens war ich gegen fünf putzmunter und stand freiwillig auf (bevor mein Kopf anfing sich in verworrene Gedanken zu verstricken). Ich trank Kaffee, wartete bis Thorsten aus dem Haus war, trank nochmal Kaffee und ging Richtung Bad.

Meistens war es dann ungefähr acht Uhr morgens und ich saß geschniegelt und gebügelt in der Küche. Svenja schlief meistens um die Uhrzeit noch, man wusste leider nur nicht wie lange. Heißt, ich hatte einfach keinen echten Zeitplan. Schlief sie nur noch eine halbe Stunde brauchte ich vorher nicht wirklich etwas anzufangen. Schlief sie bis zehn oder halb elf wars auch nicht viel besser, weil ich dann erst mal gut eineinhalb Stunden brauchte, bis sie soweit versorgt war das sie sich ein wenig alleine beschäftigen konnte. Wenn ich mich morgens um acht hinsetzte und anfing zu schreiben und sie wurde kurz darauf wach brauchte ich meistens den Vormittag über gar nicht erst wieder weiterzumachen. Jetzt kommen wir zu dem Thema „schlechtes Wetter":

Svenja wollte morgens, wenn sie dann fertig war mit allem (gewaschen, angezogen, gefrühstückt) oft gerne wieder in ihr Bett. Dort lag sie dann und lernte an ihrem IPad, spielte mit ihrem Spielzeug oder sah fern. Oft genug ermunterte ich sie dazu, sich zu mir in die Küche an den Tisch zu setzen. Dann konnten wir entweder etwas zusammen machen oder sie konnte sich mit ihrem Pad beschäftigen und ich mit meinem. Und manchmal machte sie das tatsächlich. Sie saß dann neben mir in ihrem Therapiestuhl und tippte resolut auf dem Bildschirm herum. Jedes ihrer Lernprogramme machte einen Höllenlärm, schaltete ich aber den Ton aus verstand sie ja logischerweise nicht, um was es gerade ging und was sie zu tun hatte.

Wenn ich neben ihr sitzend und im Zuge meiner (versuchten) geistigen Konzentration ab und an ein Geräusch verursachte, wie mit den Lippen prusten oder mit der Zunge zu schnalzen, erschrak sie und warf dabei in schöner Regelmäßigkeit ihr IPad mit einem lauten Knall um. Und wenn das ein paarmal passiert war und ich dementsprechend irgendwann leicht genervt von der ständigen Zuckerei neben mir war wollte sie wieder zurück ins Bett. Unser Schlafzimmer, wo sie sich dann aufhält befindet sich nur eine Tür weiter zu unserer Küche. Und WENN sie sich im Schlafzimmer aufhält muss dort die Tür offen bleiben. Und sie brauchte immer noch eine weitere Geräuschquelle zusätzlich. Im Klartext muss man sich das folgendermaßen vorstellen: Svenja liegt auf dem Bett mit ihrem IPad, welches laut irgendwelche Fragen vorliest und das Kind überschwänglich lobt wenn es etwas richtig gemacht hat. Svenja erzählt und singt dazu so laut, dass sie oftmals das Pad überhaupt nicht mehr hört. Und über alledem kreist der unermüdliche Gesang von „Feuerwehrmann Sam" und seinen hilfreichen Gesellen über den CD-Player.

Ich sitze also einen Raum weiter mit Brummen im Kopf in Folge der abwechslungsreichen Geräuschkulisse.

Meine sowieso schon sehr in Mitleidenschaft gezogene Konzentration verabschiedet sich in solchen Momenten völlig. Und genau deshalb bevorzuge ich schönes Wetter. Dann kann ich mich nämlich in den Hof zurückziehen und ZWEI Türen zumachen.

Das nächste Problem war, das ich so oder so ungefähr alle halbe Stunde nach ihr schauen musste. Nach dem schweren epileptischen Anfall im März wollte ich da keinerlei Risiko eingehen und behielt sie ständig im Blick. Ich unterbrach mich also ständig selbst um nach ihr zu sehen. Erinnert sich noch jemand an meine Oma und an den Satz „wie gut dass du gerade da bist"?? Wenn ich nicht adoptiert wäre würde ich felsenfest behaupten, das läge in der Familie und hätte sich generationsübergreifend vererbt. Svenja konnte das nämlich auch nahezu perfekt. So gut wie jedesmal wenn sie mich sah wollte sie irgendwas von mir. Das fing an mit „kann ich was trinken?" über „haben wir noch Kekse?" ging über zu „das Pad ist leer" bis hin zu „Fernseher an!"

Ich entwickelte mich immer mehr zu ihrem persönlichen Faktotum. Ja, ich sah ein, das alles war auch für sie echt doof und auch meistens wirklich langweilig. Wir lernten jeden Tag ein wenig, lasen zusammen oder übten Silben und Zahlen. Aber ihr fehlten ihre Lehrerinnen und Freunde schon sehr. Bis eines Tages im April eine spannende E-Mail eintrudelte. Die Kinder sollten sich zweimal in der Woche „online" treffen. Dienstags wurde „Deutschunterricht" abgehalten und Freitags traf man sich zum „virtuellen Morgenkreis". Als ich mich das erste Mal mit den mir zugesandten Zugangsdaten in den Chatroom einwählte kam ich mir vor wie DER IT-Spezialist vorm Herrn.

Es klappte hervorragend und so sah Svenja wenigstes einmal in der Woche ihre Klassenkameraden und Lehrer wieder. Und sie war jedesmal mit Feuereifer dabei. Das hieß allerdings auch zweimal in der Woche am relativ späten Vormittag parat zu stehen. Davor etwas anzufangen war unsinnig, danach meistens erstmal auch. Aber da jammerte ich auf relativ hohem Niveau. Viele meiner Freundinnen mit schulpflichtigen Kindern befanden sich, ob der schulischen Situation, regelmäßig am Rande eines Nervenzusammenbruchs. Es gab trotz allem eine ganze Menge Hausaufgaben und schulische Dinge zu stemmen, worauf die meisten natürlich so überhaupt keine Lust hatten. Aufreibende Diskussionen waren da in den meisten Familien vorprogrammiert und an der Tagesordnung. Bei „unseren" ganz speziellen Mäusen war der Druck bei Weitem nicht so immens, was sie machen konnten und wollten wurde erledigt, alles andere konnte man nun mal nicht erzwingen.

Es war auch die Zeit in der ich anfing, meine Bücher in den umliegenden Lebensmittelgeschäften und Supermärkten anzubieten. Und da musste Svenja wohl oder übel jedesmal mit. Ich ließ sie immer kurz im Auto sitzen, bei offenem Fenster. Bisher war ja von großer Hitze oder Sommergefühlen noch nicht viel zu spüren, von daher hatte ich wegen der paar Minuten, in denen sie im Auto saß keine Befürchtungen. Sie fuhr sämtliche Touren anstandslos mit, es war eine kleine willkommene Abwechslung zu dem ansonsten öden Alltag.

Und wisst ihr wovon ich jetzt völlig abgekommen bin?? Von der Frage was ich in einem Café in Aglasterhausen zu suchen habe. DAS erkläre ich Euch aber jetzt im nächsten Kapitel….

JUNI „*Muddi on Tour*" und der fast ganz große Knall"

Gleich zu Beginn des Monats merkte ich, wie es mir tagtäglich psychisch immer schlechter ging. Ich war die letzten neun Monate immer der Meinung gewesen, ich kriege das alles irgendwie hin. Natürlich hatte ich immer wieder ziemlich schlechte Tage, aber ich fing mich meistens wieder, ich wusste, ich musste irgendwie weitermachen. Mir blieb ja eigentlich nichts anderes übrig. Das, was ich jetzt fühlte haute mich wahrhaftig fast aus den Latschen.
Ich vermisste meine kleine Krawalli so dermaßen das ich dachte, es zerreißt mich. Überall bekam ich entsetzliche Trigger, alles erinnerte auf einmal schmerzhaft an sie. Sei es ein Geruch, ein Geräusch, der Anblick einer Blume, eine sonst so harmlose Melodie, ein blitzartiger auftauchender Gedanke oder mal wieder irgendwo ein Kind das ich sah oder auch nur hörte. Ich hielt es kaum noch aus, wenn ich alleine war schrie und heulte ich oft minutenlang.
Mein „Notfallmedikament", das Tavor, wurde mein ständiger Begleiter.
Meine körperliche Verfassung ließ schwer zu wünschen übrig, ich bekam üble Magenschmerzen, Rückenschmerzen und Kopfschmerzen. Mir war ständig schwindelig und ich fühlte mich wie ausgemergelt. Ich konnte mich auf nichts mehr konzentrieren, ich war unglaublich schnell und ständig an meiner Belastungsgrenze. Und ich begann keinen Sinn mehr in dem Ganzen zu sehen. Genau genommen bekam ich Angst vor mir selbst. Ich war vollkommen hilflos meinen Gefühlen gegenüber, es hatte sich in der ganzen Zeit noch nie so dermaßen grausam angefühlt.
Meine Traumatherapeutin meinte dazu „sie neigen dazu ihre Emotionen und Erlebnisse in einen großen Karton zu verpacken und diesen zu verschließen. Das Problem daran ist nur, dass jeder Karton irgendwann einmal seinen Füllstand erreicht hat und dann alles oben wieder versucht rauszukommen. Und das passiert bei Ihnen gerade. Alles, was sie so erfolgreich versucht haben zu verdrängen kommt jetzt wieder hoch."
Na super, ganz toll. Klar war mir bewusst, dass ich um alles, was mit meiner Ronja zusammenhängt, eine hohe dicke Mauer gezogen hatte, zu der ich keinen Zugang hatte und die alle Erinnerungen meistens gut umschloss. Nur so konnte ich funktionieren. Sie blieb natürlich trotz allem immer bei mir, war immer in meiner Nähe, immer sehr präsent und oft fast greifbar neben mir. Sie darf weiterhin ganz eng bei mir „leben".

Nur „erinnern" wollte ich mich nun mal noch nicht!

Aber wie wenn sie es absichtlich tun würde wurde ich über gute zwei, drei Wochen hinweg ständig mit Erinnerungen und den beschissensten Momenten meines Lebens konfrontiert. Ich befürchte, ich ging meiner Umwelt, aber auch vor allem mir selbst, gehörig auf den Zeiger. Thorsten, Ela, Katharina, Ina, Reni, Michael, Mel…. alle waren sie da, immer bereit mir zuzuhören und bei mir zu sein. Aber wirklich helfen konnte mir natürlich niemand, da musste ich am Ende völlig alleine durch. Und nach kräftezehrenden, nervenaufreibenden zwei Wochen habe ich zu meinem Mann gesagt „wenn das nicht bald besser wird gehe ich freiwillig stationär! Ich halte das kaum noch aus und traue mir und meinen Handlungen selbst nicht mehr."

Er war ständig auf der Hut, das Leben mit mir wurde unglaublich anstrengend. Ich wusste das, konnte aber rein gar nichts dagegen tun. Ich nahm in der Zeit wieder mehr Tavor als die letzten Monate zuvor, sobald die Tabletten wirkten ließ der Schmerz etwas nach und ich war wieder in der Lage einigermaßen zu funktionieren. Aber anders als sonst nahmen sie mir die Schwere dieses mal nicht ganz, ein großer Rest war immer da und machte mir meinen Tagesablauf zur wahren Hölle. Um es klar zu sagen: ich wollte so nicht mehr leben!

Ich hatte mir so sehr erhofft, dass mit der Zeit, die nun vergangen war, alles etwas leichter werden würde. Und jetzt merkte ich dass gerade genau das Gegenteil passierte. Meine Traumatherapeutin meinte irgendwann „also Frau Weber, ich weiß irgendwie grad auch nicht weiter. Wie soll ich Ihnen denn noch helfen?"

Hmmm, verdammt gute Frage. Gab es überhaupt jemanden, der mir da helfen konnte? Ich befürchtete, bei näherem „Darüber nachdenken", eher nicht. Ich hatte diese traumhafte Erwartung das irgendjemand zu mir sagte „mach das so und so und dann tut`s nicht mehr weh und du kannst dich mit einem liebevollen Lächeln an deine kleine Krawalli erinnern!"

Aber selbst ICH wusste das es so nun mal nicht laufen würde. Trauerarbeit beinhaltet halt dann doch immer noch dieses kleine Wörtchen „Arbeit". Diese fürchterliche und grausame Phase dauerte dieses mal ganze drei Wochen. In dieser Zeit heulte ich, völlig entgegen meiner sonstigen Einstellung, jedem die Ohren voll. Und ohne meine besten Menschen, denen ein Blick genügte um zu sehen, wie dreckig es mir gerade ging, hätte ich diese

Zeit wohl kaum überstanden. Thorsten tat mir in dieser Zeit einfach nur wahnsinnig leid. Ich war so furchtbar anstrengend, wenn ich er gewesen wäre ich hätte mich glaube ich fluchtartig verlassen. Er hielt durch und stand mir tapfer zur Seite.

Und drei Wochen später konnte ich dann endlich wieder ein wenig lächeln. In der Zeit meines extremen inneren Kampfes habe ich „Ronjas Welt" Band 2 fertiggestellt. Ich brauchte so sehr Beschäftigung für mein Hirn das ich wieder fast Tag und Nacht an meinem Pad saß und meiner Phantasie und meinen Fingern freien Lauf ließ.

So, und JETZT kommen wir endlich mal zu „Aglasterhausen".

Ich habe in der Zeit, in der Reni und Michael zu meinen größten Fans, „Rückenstärkern", „Unterstützern" und Freunde wurden, noch eine andere Dame kennenlernen dürfen. Über tausend Ecken und Umwegen und tatsächlich eigentlich über Reni und Michael.

Brigitte! Brigitte wohnt in der Nähe von Aglasterhausen und hat mich eines schönen Tages einfach angerufen mit den Worten „ich habe jetzt so lange gezögert und meine Tochter hat auch gesagt „Mama lass das, belästige die Frau nicht", aber ich muss Ihnen einfach mal sagen wie toll ich Ihre Bücher finde und was für einen riesengroßen Respekt ich vor dem habe, was Sie schon durchgemacht haben und wie Sie damit umgehen. Ich finde einfach, jeder der in seinem Leben dauernd jammert und sich beschwert sollte zuerst mal IHRE Geschichte kennenlernen."

Ich war völlig platt. Ja, ich hatte bis dahin schon sehr viele positive Resonanz erhalten. Die Menschen verfolgten das, was ich tat und ganz viele fanden den Weg, den ich gewählt hatte, bewundernswert und stark. Etwas, das ich ganz am Anfang nicht wirklich verstand. Ich war (und bin es ganz oft immer noch) ganz weit weg von „stark". Das Schreiben wurde in den letzten Monaten zu einer meiner besten und hilfreichsten Therapien und ich schöpfte Kraft, wenn ich mit und an meinen Büchern arbeiten konnte.

Natürlich gab und gibt es jetzt auch den ein oder anderen Neider. Ich polarisiere sehr stark, dessen bin ich mir durchaus bewusst. Wobei ich solche Menschen manchmal gerne fragen würde auf WAS sie eigentlich neidisch sind. Da dürfte es doch bei mir wahrlich nicht allzu viel geben...

Das, was meine Bücher bewirkten und diese „Eigendymanik", die sie entwickelten, war im Grunde genommen nicht MEIN Werk.

So manches kranke Hirn äußerte wohl auch solche Sätze wie „jetzt auch noch schön Profit rausschlagen an dem Tod des eigenen Kindes!"
Was mich wieder mal zu folgender Frage führt: WIE BESCHEUERT KANN MAN EIGENTLICH SEIN???" Wobei, das wollte ich ja eigentlich nicht mehr fragen.
Von „Profit" war und bin ich übrigens, wen es jetzt mal genauer interessiert, noch verdammt weit weg. Ich möchte das wirklich gern kurz erklären:
Ein Buch rauszubringen kostet Geld, in der Art und Weise, wie wir es verlegen sowieso. Auch ICH muss meine Bücher vom Verlag kaufen und überall dort, wo sie geführt werden, bekommen die Händler ihre Prozente. Das heißt, jeder Buchhandel und jeder Markt bekommt seinen Anteil. Und der ist oftmals nicht wirklich gering. Als Autor stehst du tatsächlich ganz am Ende der Nahrungskette. Außer natürlich du bist weltberühmt. Dann rollt der Rubel von alleine. Und wir steckten einiges an Geld (wirklich EINIGES) in die Werbung. Denn sind wir mal ehrlich: wenn keiner weiß, das ich ein Buch geschrieben habe kann's auch keiner kaufen. Aber im Endeffekt muss ich zugeben, dass ich noch sehr lange davon bestimmt nicht werde leben können. Und da kommen wir wieder zu dem Punkt „Profit rausschlagen". Ich schreibe also vorrangig für MICH, was draus wird und wo mich das noch hin führt weiß kein Mensch.
Zum Thema Neider: ich war in den vergangenen Wochen öfter in der Zeitung anzutreffen, einige Formate haben Interesse angemeldet. Und dadurch, dass ich immer sehr offen mit dem umgehe, was ich tue, habe ich Menschen auf den Plan gerufen die dachten, sie müssten sich jedesmal etwas einfallen lassen, wenn bei uns wieder mal die Presse oder sonst irgendjemand mit Kamera auftauchte oder bei uns im Hof eine Veranstaltung geplant war (dazu erzähle ich Euch gleich noch etwas).
Wir hatten also jetzt einen freundlichen Nachbarn der entweder Rasen mähte, Holz schnitt oder am liebsten und vorzugsweise hupte wenn ich den Hof voller Menschen hatte. Wir amüsierten uns prächtig über dieses kindische Verhalten und fragten uns jedesmal, was er sich als nächstes einfallen lassen würde. Mittlerweile wurde er von uns „der Huper vom Hohenstein" getauft.
Und natürlich poste ich auch weiterhin alles, was ICH für richtig, wichtig oder einfach nur schön halte.
Mittlerweile habe ich mir ein, wie ich finde, wirklich gutes Motto zugelegt: „Ich habe einen breiten Buckel und einen dicken Hintern. An Ersterem könnt

ihr mir runterrutschen, an Zweitem dürft ihr mich beim vorbei rutschen lecken…!"

Zum Glück sind die Idioten in meinem Umfeld in der absoluten Unterzahl und ich werde dafür sorgen, dass es so bleibt.

Am 22. Juni passierte dann etwas ganz wundervolles, jedenfalls für mich (wobei ich glaube, auch für so einige andere Mütter, deren Kinder in Svenjas Klasse waren): Svenja durfte bis zum Beginn der Sommerferien wieder in die Schule! Das hieß fast FÜNF Wochen wieder mal fast völlige Unabhängigkeit für die Muddi.

Ich fühlte mich zwar fast wie eine absolute Rabenmutter als ich dem Bus morgens um halb acht hinterher winkte, muss aber auch sagen, dass ich händereibend vor Freude wieder zurück in die Küche bin und mir erst mal in aller Ruhe einen zweiten Kaffee gemacht habe. Ich freute mich auf die Stunden des ungestörten Schreibens, auf spontane Touren mit meiner „Karla" und auf die Möglichkeit, jeden Tag so lange ich wollte auf den Friedhof zu gehen. Außerdem verabredete ich mich gleich mal mit Sandra zum Frühstücken und machte mir einen Friseurtermin. Die kommenden fünf Wochen mussten gut genutzt werden. Ich wusste ja schließlich nicht, wie es dann weiterging. Genau genommen wusste das ja keiner. Die Lockerungen, die bis dahin in Kraft getreten waren, konnten ganz schnell wieder ins genaue Gegenteil umschlagen. Also wollte ich Zeit sinnvoll aber auch erholsam nutzen.

Am 29.07., pünktlich zum Beginn der Sommerferien, war sie dann nämlich wieder für die nächsten sechs Wochen daheim.

JULI _„Küchenexperimente, nachhaltige Begegnungen und ein Stück furchtbare Endgültigkeit"_

So, und schon wieder bin ich abgewichen vom eigentlichen Thema. Wir waren bei Brigitte und warum sie absolut erwähnenswert ist. Wir telefonierten also an dem Tag bestimmt eine Stunde lang und ich war gerührt über ihren Enthusiasmus und ihres Lobes über meine Bücher.
Wir sind seitdem in ständigem Kontakt und SIE war es auch, die mich nach Aglasterhausen brachte. Sie rief mich eines Tages an und meinte „du, ich habe die Besitzerin vom Café „Alltagsglück" getroffen. Das ist ein ganz süßes kleines Café mitten in Aglasterhausen. Und die ist auch so eine ganz Liebe. Ich habe sie angesprochen wie es aussehen würde wenn du dort mal eine Lesung abhalten würdest und sie war sofort hellauf begeistert. Ich gebe dir die Nummer, du rufst sie am besten gleich mal an." Jetzt war ich wirklich von den Socken. Ich hatte mittlerweile schon zwei Lesungen in unserem ortsansässigen Café, beziehungsweise Bäckerei absolviert. Allerdings noch mit nur mäßigem Erfolg. Dank Corona trauten sich nur ganz wenige zu kommen. Aber auch da hatte ich wieder tolle Menschen im Hintergrund die sofort gesagt haben „das machen wir!" So wie die liebe Biggi oder der Chef der Bäckerei, Karl-Heinz Lipp.
Jetzt also vielleicht Aglasterhausen. Man muss dazu sagen, das Reni und Michael auch nur knapp eine Viertelstunde von Aglasterhausen weg wohnen und die taten in dem Umkreis ja wirklich alles, um mich und meine ganzen Werke bekannt zu machen. Mittlerweile haben sie sogar ihren Geschäftshänger mit meiner Werbung bedrucken lassen. Manchmal weiß ich wirklich nicht genau, wie ich meine Rührung und vor allem meine Dankbarkeit über solch eine unglaubliche Unterstützung zum Ausdruck bringen soll. Mir fehlen bei sowas schlicht und ergreifend oft völlig die Worte (und das mir!!).
Das heißt, ich war im Neckar-Neckar Kreis nicht mehr völlig unbekannt, außerdem hatte ich mit Brigitte nun noch jemanden, der bereitwillig und mit Feuereifer die Werbetrommel rührte. Also dachte ich mir „warum nicht?"
Ich telefonierte also ein paar Tage später mit der Chefin des Café „Alltagsglück" und wir hatten sofort einen Zugang zueinander. Sie war tatsächlich begeistert von der Idee und so kam es das ich am 11.07 zum

ersten Mal aus meinem gewohnten Territorium ausbrach und andere Landkreise eroberte.

Die erste Lesung war innerhalb von ein paar Stunden völlig ausgebucht und so hängten wir zwei Wochen später gleich nochmal eine dran. Wir hatten uns außerdem mal wieder etwas überlegt, womit man den mittlerweile treuen „Fans" eine Freude machen könnte. Und so wurde die Idee der „Hoflesung" geboren. Ich liebe unseren Hof. Er ist für mich im Sommer mein kleines Wohnzimmer, überall grünt und blüht es, unter der Markise sitze ich geschützt vor der Sonne, die maritime Deko ringsum tut ihr Übriges. Dieser Ort ist mein absoluter sprichwörtlicher „Heimathafen". Sobald es wärmer und angenehmer draußen wurde verlegte ich meine „Schreibaktivitäten" gerne nach draußen. Und ich liebe diese Momente, in denen Menschen auf einmal völlig überraschend im Hof stehen, nur um mal nach mir zu sehen und eine Tasse Kaffee mit mir zu trinken.

Wir überlegten uns also wie wir, angesichts „Corona", so eine Hoflesung gestalten könnten ohne irgendwelche Vorschriften oder festgelegte Maßnahmen zu missachten. Und vor allem wieviele Menschen dann kommen dürften, so das wir immer noch den gebotenen Sicherheitsabstand einhalten konnten. Als wir das alles bis ins kleinste Detail geplant hatten drehte ich ein kleines Video. Darin gab ich ein Gewinnspiel bekannt. Wer bis zu einem gewissen Zeitpunkt mit „MUDDI" kommentierte kam in den Lostopf und hatte die Möglichkeit einen gemütlichen Nachmittag bei Kaffee und Kuchen bei uns und mit mir im Hof zu verbringen. Ausserdem würde ich natürlich aus meinen Büchern vorlesen. Und gleichzeitig verlosten wir unter allen Teilnehmern vier „Ronjas Welt"-Bücher. Die Resonanz war unglaublich. Und eine Woche später durfte Svenja als „Glücksfee" Zettelchen aus einer alten Keksdose ziehen, auf denen die Namen der Teilnehmer standen. Sie war so aufgeregt und glücklich und völlig begeistert bei der Sache. Im Juni saßen also dann zum ersten Mal acht Menschen bei mir im Hof und lauschten meinen Erzählungen.

Diese Aktion hatte natürlich zur Folge das der „Huper vom Hohenstein" mal wieder in Aktion trat. Dieses mal musste er meine gelesenen Worte mit fröhlichen Holzsägegeräuschen untermalen. Sogar meine Gäste mussten lachen. Ich hatte ein Mikrofon vor der Nase und war also trotz allem wunderbar zu verstehen. Aber es sei ihm ja gegönnt, der nächste Winter kommt bestimmt. Und Holz konnte man ja nie genug haben.

Wir mussten unser eigentlich geplantes Datum aber um eine Woche verschieben.

An dem Tag, an dem die erste Hoflesung stattfinden sollte, war ergiebiger Regen gemeldet und so sagte ich schweren Herzens ab und verschob das Ganze.

Was zur Folge hatte das zwei meiner Gewinner an dem Tag dann nicht kommen konnten. Und weil mir das leid tat haben wir kurzerhand beschlossen, ein zweites Gewinnspiel auszurufen.

Und von vornherein die beiden mit einzuplanen. Dieses mal würde das Ganze allerdings an einem Sonntag stattfinden. So konnten wir „Holzsägern", „Rasenmähern" und „Hupern" (ziemlich alles vereint in einer Person) völlig aus dem Weg gehen. Und so saß am 19.07. wieder der Hof voll, bei herrlichstem Sonnenschein und wunderbar ruhigem Umfeld!

Die „Endgültigkeit" von der ich in der Überschrift rede, traf mich beziehungsweise uns dann einigermaßen überraschend.

Wir hatten ja schon im Januar den Grabstein für unsere kleine Krawalli ausgesucht (oder mehr aussuchen müssen). Damals hieß es, sehr wahrscheinlich würde er erst Anfang Mai geliefert werden. Und eigentlich dachte ich, es würde bestimmt „schön" werden (irgendwie ein doofes Wort in diesem Zusammenhang) wenn ihr Schatzkistenplatz endlich fertig sein würde. Dank (wieder mal) Corona zögerte sich die Lieferung aber hinaus, unser Steinmetz konnte uns auch noch nichts genaues sagen. Bis er mir mittwochs den 1. Juli eine Nachricht schickte. „Wenn ihr wollt kann ich Euch am Samstag den Stein setzen."

Ja, natürlich wollten wir das....aber mir machte es auch auf einmal ziemlich Angst. Wenn ich Euch jetzt versuche etwas zu erklären, dann wundert Euch nicht falls ihr es nicht versteht. Das liegt nicht an Euch!

Ich versuche nur zu übermitteln was ich fühlte und ich befürchte, es wird schwer sein zu verstehen und sehr wahrscheinlich auch komplett konfus: Die ganze Zeit hatte unsere Krawalli noch Thorstens selbstgebaute Umrandung ums Grab und ihr kleines schlichtes Holzkreuz auf dem einfach nur „Ronja" stand, mit Geburtstag-und Sterbedatum. Es war irgendwie „leicht und unbeschwert". Jetzt, mit dem Wissen, dass dort ein Stein stehen würde mit einer festen, starren Einfassung verursachte mir Beklemmungen. Die ganze Zeit, wenn ich tagtäglich bei ihr war, hatte ich noch das Gefühl, es wäre alles „offen", so als hätte ich jederzeit eine Art Zugang zu ihr.

Wenn jetzt der Grabstein dort stehen würde wäre dieser Zugang quasi verschlossen. Außerdem würde dann ihr kompletter Name dort stehen, sozusagen unwiderruflich „in Stein gemeißelt".

Ich hoffe Ihr versteht einigermaßen, was ich meine.

Wir hatten uns ja wirklich Gedanken gemacht wie der Stein aussehen sollte, so das er all das widerspiegelte, was unser Sonnenschein geliebt hatte. So hatte er die Form eines Buches. Nicht, wie einige der weiter oben schon erwähnten Spezialisten gerne denken, weil die Mutter Bücher schreibt. Das war beim Aussuchen und Planen keinerlei Gedanken wert, weil ich da erst seit ein paar Wochen am Pad saß und wahrlich noch nicht wusste, wohin mich diese Reise führen wird.

Nein, das Buch stand für ihre Liebe zu Büchern, die sie mit ihren knapp zwei Jahren entwickelt hatte. Wie ihre Mutter saß sie selten irgendwo ohne ein Buch in der Hand. Für die linke Buchseite hatten wir unseren „Familienanker" (das Tattoo auf meinem Bein und Hauptbestandteil des Buchcovers) als Bronze anfertigen lassen. Unter diesem Anker stand in Anführungszeichen „Krawalli". Wir hatten darum gebeten, das uns der Steinmetz eine zusätzliche Note anfertigen sollte, die wir bei Bedarf zu dem Anker hinzufügen konnten. SOLLTEN wir tatsächlich nochmal das übergroße Glück haben und einen neuen Erdenbürger in unserer Familie willkommen heißen dürfen dann würde natürlich auch er einen Platz (beziehungsweise eine Note) an meinem Tattoo bekommen. Und dann natürlich auch auf dem Grabstein unserer dritten Tochter.

Der Steinmetz schickte uns den Vorab-Entwurf per Bild und hatte dort die besagte Note aber schon mit angebracht. Es bedurfte einiger Erklärungskunst warum die Note da JETZT noch nicht mit dran durfte. Einige aufmerksame Mitbürger hätten es mit Sicherheit sofort gesehen und völlig falsche Schlüsse gezogen.

Und so bekam unsere Räubertochter am 04.07 ihren Grabstein auf ihren Schatzkistenplatz.

Ich hatte an diesem Tag meine zweite Lesung beim Café „Lipp" und war emotional ein wenig instabil. Ich erklärte warum und was dieser Tag für uns bedeutete. Montags durften wir das Grab dann wieder bepflanzen und dekorieren. Sie bekam natürlich auch wieder ihr großes, blau-weißes Windrad mit den kleinen dunkelblauen Ankern. Damit schien sie auf eine Art und Weise immer wieder zu versuchen, mit mir zu „kommunizieren" (nein, es braucht sich immer noch niemand Gedanken um meinen geistigen Allgemeinzustand zu machen. Ich bin weder völlig durchgeknallt noch komplett irrational).

Ich habe schon Videos von diesem „Phänomen" gemacht.

Ich gehe IMMER den gleichen Weg hin zu ihr und jedesmal, kurz bevor ich dort bin, fängt das Windrad an sich zu drehen.

Und auch zwischendurch, wenn ich ihr etwas erzähle. Es fühlt sich an, als würde sie mir antworten. Und das ist eigentlich ein ziemlich gutes Gefühl.

Sie bekam noch einen kleinen Leuchtturm, der die ganze Zeit über in meinem Lesezimmer gestanden hatte. Und ihre ganzen kleinen Windräder, die uns die Floristin damals mit in den Blumenschmuck eingebunden hatte.

Außerdem legte ich ihr wieder die Steine hin, die wir ihr von der Schweiz, genauer gesagt von der Eigernordwand, mitgebracht hatte. Und natürlich fanden auch wieder die selbstgemachten Holzfiguren „Feuerwehrmann Sam", „Bobo", das „Sandmännchen", der Stein, den Svenjas Schule für Ronja bemalt hatte, zwei weiße Engelsfiguren, davon einer mit Buch und eine Figur, bestehend aus Mama-Hase und Tochter-Hase, die sich liebevoll anblicken, ihren Platz. In der Mitte des Grabes steht eine bronzene Laterne mit einem Herz. Darin steht ihre kleine LED-Kerze. Die hat sie von Anfang an. Ich habe daheim noch eine größere Ausgabe davon bei uns im Flur in einer „Ronja" Laterne stehen. Beide Kerzen werden mit Batterien versorgt und haben einen Timer. Jetzt im Sommer gehen sie um neun Uhr abends an und um drei in der Nacht wieder aus.

Sie werden immer zu gleichen Zeit neu „programmiert". So weiß ich: wenn die Kerze im Flur ausgeht beziehungsweise die Batterien leer sind dann ist das oben am Schatzkistenplatz genauso. Und so habe ich auch von zuhause aus immer eine Verbindung zu ihr. Bunte Blumen machen das kleine Grab komplett und immer noch gebe ich den Buchstaben ihres Namens jeden Tag einen Kuss wenn ich bei ihr bin.

Ich hatte weiterhin mit meinen Büchern richtig gut zu tun, zu meinem großen Glück. Als „Ronjas Welt" 2 bereit war zur Veröffentlichung hatte ich schon mit der Arbeit an „Ronjas Welt" 3 begonnen. Und hatte einen Mords-Spass. Nachdem klar war, um was es ungefähr gehen sollte, musste Ela wieder als

Fotomodell fürs Buchcover herhalten. Wir hatten spezielle Kleidungsstücke und Utensilien besorgt und schossen auch gleich das Cover für Band 4. Gleichzeitig trat ein Café/Hotel in Grasellenbach an mich heran zwecks Planung einer dortigen Lesung. Und ich rief mit meinen ganzen bisherigen Aktionen auch noch einige Zeitschriften auf den Plan. Ich begann, mit mentaler Unterstützung von Thorsten und vor allem Reni und Michael, aber auch einiger anderen, ziemlich stolz auf das zu werden, was ich tat.

Und ich hatte mich psychisch wieder einigermaßen gut im Griff. Sogar, als etwas passierte, womit ich eigentlich so gar nicht gerechnet hätte. Dazu muss ich kurz ein Stück zurück.

Erinnert Ihr Euch noch an meine „Fruchtbarkeits-Schublade"? Ich hatte begonnen, sie weitgehend außer acht zu lassen. Vor allem, nachdem ich einen Termin im Kinderwunschzentrum hinter mich gebracht hatte.

Jesses hatte ich mich da aufgeregt. Von Fingerspitzen- und Taktgefühl waren die so unglaublich weit weg wie ich vom Marathon laufen. Ich schilderte an einem Mittwoch im Juni dort meine Geschichte und dann hieß es prompt: „Naja Frau Weber, Sie sind halt auch eigentlich schon zu alt, ab 45 machen wir hier sowieso nichts mehr. Ich nehme Ihnen jetzt mal Blut ab und dann gucken wir nach Ihren Hormonwerten und auch nochmal nach dem „Anti-Müller" Hormon. Aber ich kann Ihnen gleich sagen, so richtig große Hoffnung brauchen Sie sich da nicht zu machen.

Wir machen nochmal einen Termin für die kommende Woche, sollte ich aber anhand der Blutwerte sehen, dass da nichts mehr zu machen ist, brauchen Sie den auch gar nicht wahrnehmen. Ich werde Sie am Montag anrufen!"

Sie zeigte mir noch einige Tabellen mit denen sie mir verdeutlichen wollte, das ich überhaupt keine Chance mehr auf eine weitere Schwangerschaft hätte.

……….WAS???

Ich kam mir so dermaßen klein, hilflos und völlig vera… vor das ich diese Frau Doktor am liebsten gefragt hätte, ob IHR denn schon mal jemand so ins Gesicht gesagt hätte dass sie eigentlich viel zu alt für alles sei. Jedenfalls mal wenn man von ihrem Gesicht ausginge. Und ob sie vielleicht irgendwelche Probleme mit ihren sexuellen Aktivitäten hätte, weil irgendwo her musste diese absolute Negativität und schlechte Laune ja wohl kommen. Ich hielt aber wohlweislich meine Klappe, das würde sonst nur äußerst unschön enden. Sie aber haute mir nur ein geringschätzes Grinsen und ein

„ich melde mich" um die Ohren und schickte mich wieder vor die Tür. Dort war ich zunächst sekundenlang völlig sprachlos. Wie konnte jemand in so einer Praxis, in denen Frauen ein und ausgingen die meistens eh schon am Rande der Verzweiflung waren, nur so dermaßen unmenschlich und dumm reagieren?

Die Arzthelferin wiederum war ein nettes Persönchen. Sie nahm mir Blut und ich verließ, unglaublich ernüchtert und immer noch völlig von den Socken, die Praxis. Thorsten, Svenja und ich fuhren dann am darauffolgenden Samstag nach Ludwigsburg ins „Breuniger Land". Wir wollten uns dort einen schönen Tag machen und gleichzeitig ein bisschen Werbung betreiben.

Auf dem Weg dorthin klingelte mein Handy, auf dem Bildschirm stand „Anonym". Ich nahm ab, meldete mich und dann hieß es „hier ist das Kinderwunschzentrum, Doktor Winkler am Apparat." Ich holte tief Luft. Wenn sich diese Person jetzt schon Samstags meldete würde das bestimmt nichts gutes heißen. Wahrscheinlich würde sie mir jetzt gleich genüsslich aufs Brot schmieren das sie Recht gehabt hätte und ich mir unseren Kinderwunsch am besten gleich in die Haare schmieren sollte.

„Ja, also ich habe ihre Blutwerte und es sieht eigentlich ganz gut aus."

.......HÄ???

Jetzt hätte ich gerne gefragt, ob sie sich eventuell verwählt hatte. Immerhin hieß es ja bis vor drei Tagen noch so ungefähr „Sie sind zu alt und somit so gut wie unfruchtbar, also lassen sie es!" Aber mitnichten.

Die Frau Doktor schien selbst überrascht von meinen erstaunlich guten Werten. Sogar dieses „Anti-Müller" Hormon sah mit einem Male gar nicht mehr sooo schlecht aus. Im Gegenteil!

„Nun, mit einem Wert von 2,17 sind Sie quasi, was Ihre Fruchtbarkeit angeht, noch in den besten Jahren. Und selbst alle anderen Werte sehen wirklich nicht schlecht aus.

Wir sehen uns also zu dem Termin am Freitag."

Hörte ich da etwa ein klein wenig Reue? Sie klang tatsächlich ein wenig zerknirscht. Ich legte auf und berichtete Thorsten von diesem überaus seltsamen Gespräch. Und er sagte das, was er eigentlich immer zu diesem Thema sagte „siehst, ich sag's doch. Du machst dich zu verrückt. Du musst mal deinen Kopf ausschalten." Ja, schöner Spruch, nur leider leichter gesagt als getan. Wir verbrachten einen schönen Tag unterwegs, ich fühlte mich sehr erleichtert und schöpfte wieder etwas mehr Hoffnung.

An besagten Freitag zum Termin mussten wir Svenja mitnehmen. Thorsten verbrachte mit ihr die Zeit in Heidelbergs Fußgängerzone während ich nervös auf meinen „Unterboden-TÜV" wartete.

Es sollte heute darum gehen zu gucken, inwieweit meine körperlichen Voraussetzungen AUCH dafür geschaffen waren nochmal ein Baby zu bekommen. Und siehe da, eine Dreiviertelstunde später wusste ich: ich bin noch gut in Schuss und mein Körper somit zu allen Schandtaten bereit. Ich dürfte halt nur keine Wunder erwarten.

Und ich sollte nach Möglichkeit sobald wie möglich zur Krebsvorsorge. Eigentlich also sehr sehr gut, bis auf diesen letzten Satz. Ich machte mich auf die Suche nach dem Rest meiner Familie und erzählte Thorstens grinsend von dem Ergebnis. Und ja, ich musste wohl wirklich lernen, meinen Kopf da rauszuhalten.

Dann kam der 23. Juli. Ich war einen Tag vorher irgendwie schon total nervös und fühlte mich seltsam. Ich war nun seit zwei Tagen überfällig. Und es tat sich nichts. Also öffnete ich meine berühmt-berüchtigte Schublade, schnappte mir einen meiner zahlreichen Schwangerschaftstests und fiel fast vom Klodeckel, auf den ich mich in diesen unerträglichen drei Minuten Wartezeit gesetzt hatte. Der war eindeutig POSITIV. Und alle anderen, die ich an diesem Tag noch machte, auch. Ich stand völlig neben mir. Konnte das tatsächlich sein? Ich getraute kaum, mich zu freuen. Und beschloss für mich auch Thorsten zunächst mal noch nicht viel davon zu sagen. Sollte das wirklich wahr sein, dann bekäme er einen Test unter die Nase gehalten auf dem eindeutig „schwanger" stehen würde. Und für den wollte ich noch mindestens zwei Tage warten um wirklich sicher sein zu können.

Ich erwähnte lediglich, das meine Tests eindeutige Striche hatten, das hätte aber noch nichts zu heißen. Am nächsten Tag machte ich gleich frühmorgens noch einen Test, der war genauso positiv wie am Tag zuvor. Ich hörte Thorsten schon „Nicht dein Ernst" sagen und begann ganz verhalten, mich zu freuen. Bis zum frühen Nachmittag....

Am Tag meiner zweiten Lesung in Aglasterhausen am 25.07 verlor ich unter ziemlich starken Schmerzen unser Baby, wenn auch natürlich in einem sehr frühen Stadium. Ich war natürlich ziemlich enttäuscht und auch ein klein wenig traurig. Auch wenn ich das ja schon vorher gewusst hatte, dass das in meinem Alter keine Seltenheit ist. Aber besser als mein Mann konnte ich es dann auch wirklich nicht ausdrücken...

„Siehste, klappt doch noch."

Stimmt, das wäre somit bewiesen. Also dann, auf ein Neues. Und jetzt hatte Ronja da oben noch einen kleinen Spielkamerad mehr. Irgendwie hatte dieser Gedanke absurderweise etwas tröstliches.

An diesem Tag war aber auch noch etwas ganz anderes geplant. Es war ja ein Samstag und am folgenden Tag hatte Michael Geburtstag. Wir hatten eigentlich vereinbart dass wir nach der Lesung zu Reni und Michael fahren würden und dort mit ihnen in Michaels Geburtstag rein zu feiern. Beide waren natürlich auch wieder mit auf meiner Lesung.

Sie lassen mich bei sowas nicht im Stich und so habe ich immer zwei vertraute Gesichter im Publikum. Und wertvolle Helfer beim Organisieren. Thorsten ist natürlich auch jedesmal mit dabei. Aber so manches mal muss er den Raum verlassen wenn ich irgendetwas vorlese, was bei ihm zu starke Erinnerungen hervorruft.

Es war also geplant nach der Lesung nach Neidenstein zu fahren. Das Wochenende zuvor saßen wir zu viert Abends bei uns im Hof. Michael sah erst seine Frau dann mich an.

„Hör mal, wir haben uns da was überlegt. Wir saßen die letzten Abende öfter bei uns auf dem Balkon und haben festgestellt, das es bei uns ringsum Lärm gibt den wir Dir eigentlich überhaupt nicht zumuten möchten."

Ich sah es ihm und Reni an. Sie sprachen von Geräuschen, die Kinder verursachen. Meine Freunde begannen auf Dinge zu achten die mir weh taten und die ich kaum aushielt. Oder auf Dinge, die im Allgemeinen schwierig für mich waren. Und so waren die meisten in meinem Umfeld denen ich offenbar am Herz lag. Manche Worte wurden in meinem Beisein nicht mehr in den Mund genommen (meistens hatte es etwas mit Autos zu tun) und man vermied es, mit mir über Kinder zu sprechen. Oftmals hörte ich aber auch „ich habe heute das und das gegessen und dabei sofort daran gedacht das du das jetzt schon wieder nicht hättest essen können. Und dann hast du mir voll leid getan."

Ich liebte die Menschen dafür, dass sie sich so sehr Gedanken um mich und um mein Wohlergehen machten. Ich bin mir bewusst, dass das gerade heutzutage nicht selbstverständlich ist.

Michael holte Luft und sagte dann: „also wir haben uns da was überlegt. Wir fahren nach der Lesung mit zu euch und wir bestellen Essen, da wo DU auch gefahrlos essen kannst (sie wussten, DAS konnte ich nur bei der

„Sportlerklause" in Affolterbach. Die Wirtin Nicole achtete immer peinlich genau darauf, dass ich genau das bekam womit ich satt wurde und den Rest des Abends dann auch zuhause verbringen konnte. Meistens waren es einfach nur zwei schön angebratene „nackte" Schnitzel mit Pfeffer und Salz) Außerdem haben wir ein Zimmer in Grasellenbach in dem Hotel gemietet, in dem im August deine Lesung stattfinden soll. So können wir uns gleich mal die nächste Location von de Muddi angucken. Wir werden also dort übernachten, dann können wir zusammen rein feiern und du fühlst dich auch wohl. Und am nächsten Morgen können wir sogar noch zusammen frühstücken."

Ich muss jetzt wohl keinem sagen das ich vor lauter Rührung ein paar Tränchen vergoß?

Wir waren sofort begeistert von diesem Plan und vor allem ich freute mich auf ein paar unbeschwerte Stunden mit richtig lieben Menschen. Das ich mich an diesem Tag nur mit Ach und Krach aufrecht halten konnte vor lauter Schmerzen ahnte ich da ja auch noch nicht.

Ich absolvierte also meine Lesung vor tollem Publikum und hatte wie immer richtig viel Spass dabei. Ich merkte immer mehr, dass das genau mein Ding zu sein schien.

Danach machten wir uns auf den Weg zurück nach Wald-Michelbach, Reni und Michael hinter uns her. Wir fuhren erst nach Grasellenbach und brachten das Gepäck von den dreien ins Hotel.

Reni ´s Tochter Christina war dieses mal mit von der Party, bei der Lesung und auch später bei uns im Hof. Thorsten hatte am Tag zuvor ein leckeres Rezept mit ziemlich viel Fleisch auf Facebook entdeckt. Und beim darüber lesen festgestellt, dass da nichts drin war, was mir gefährlich werden konnte. Wir beschlossen den Essensplan somit zu ändern und genau das für den kommenden Abend vorzubereiten. Außerdem hatten wir auch schon diverse andere Vorbereitungen getroffen. Wir wollten Michael wirklich überraschen und haben Raketen organisiert. Die wollten wir um Punkt zwölf abschießen. Um da mit niemandem Ärger zu bekommen habe ich die Aktion vorher beim örtlichen Ordnungsamt und der Polizei angemeldet.

Wobei der Polizist zu mir sagte „wissen Sie, selbst WENN einer bei uns anruft und sich beschwert.... Bis wir bei Ihnen eintreffen haben Sie die Raketen ja doch schon abgeschossen und was sollen wir Ihnen dann noch nachweisen?" Ich musste lachen, er hatte absolut recht. Aber ganz nach dem Motto „trau schau wem" haben wir uns lieber völlig abgesichert. Michael ist begeisterter Hobby-Eisenbahner und wir haben ihm für seine Anlage zwei LKW´s gebastelt. Einen davon beschriftet mit seiner und meiner Werbung, hinten drauf ein Bild von mir auf dem fett „Danke" stand und oben auf dem Dach der Spruch „Muddi on Tour".

Auf dem zweiten LKW waren Bilder von ihm, Reni und Christina, außerdem das Zeichen seines Lieblingsfussballvereins. Wir waren also gerüstet.

Während wir auf der Rückfahrt von Aglasterhausen zu uns waren hatte Ela das vorbereitete Fleisch schon mal in den Ofen geschoben und eine halbe Stunde nachdem wir alle bei uns zuhause angekommen waren konnten wir essen. Ich habe noch meine obligatorischen Spätzle dazu gemacht und konnte somit gefahrlos und zufrieden futtern. Nach dem Essen haben wir Stadt-Land-Fluß gespielt und uns dabei königlich amüsiert.

Dann schnappte sich Thorsten sein Akkordeon und er und ich haben noch ein wenig für musikalische Untermalung gesorgt. Ela hatte ich Vormittags eine Schüssel mit allen nötigen Zutaten bereitgestellt und eine Backform mit Teig vorbereitet. Daraus backte sie dann den Zwiebelkuchen, den Michael so gerne isst. Er sollte seine „Geburtstagstorte" werden. Um kurz vor zwölf sagte ich zum Vadder „du solltest jetzt noch in den Keller das Pony füttern." Es war unser Codewort für „du kannst jetzt runter und die Raketen richten." Und natürlich sahen uns die drei an als wäre uns die letzten Stunden irgendetwas nicht bekommen. Thorsten machte sich auf den Weg in den Keller wo er die Raketen deponiert hatten.

Um Punkt zwölf sangen wir Michael ein fröhliches „Happy Birthday", sogar Svenja war mit im Hof. Dann schoss Thorsten die Raketen ab und Michael war sprachlos. Wir saßen dann noch im Hof bis es fast zwei Uhr nachts war. Reni, Michael und Christina fuhren nach Graselllenbach und wir haben noch ein wenig aufgeräumt und sind dann ziemlich schnell in Richtung Bett. Ich hatte den ganzen Tag immer mal wieder die heftigsten Schmerzen gehabt. Vielleicht hätte ich auch zum Arzt gehen sollen, aber ich ging davon aus, das sich das Ganze spätestens in drei Tagen legen würde. Was es ja dann auch tat. Aber diese drei Tage waren fast schon unerträglich.

Am nächsten Morgen hatten wir uns bei uns zum frühstücken verabredet. Ich war dementsprechend ziemlich früh draußen... aber wann bin ich das mal nicht? Spätestens um halb sechs ist bei mir die Nacht vorbei. Ich machte mich also fertig um Brötchen holen zu gehen, als ich in der Küche bei einem Kaffee saß war es gerade mal sieben Uhr. Vor unserem weit geöffneten Schlafzimmerfenster fuhr gerade ein Auto vorbei und hupte dreimal. Der „Huper von Hohenstein" hatte also wieder zugeschlagen. Es sollte wohl die Rache für die letzte Nacht darstellen, offenbar setze derjenige voraus, dass wir noch tief und fest schliefen. Eigentlich schade das diese durchaus drollige Idee absolut ins Leere lief.

Gegen neun saßen wir zu fünft bei uns im Esszimmer, draußen war es, ganz anders als noch am Vortag, ziemlich eklig, nass und frisch. Ela und Svenja schliefen noch. Wir frühstückten gemütlich und unterhielten uns noch eine ganze Weile.

Gegen Mittag machten sich drei dann auf den Heimweg und Thorsten und ich sind fast ohne Umwege wieder zurück ins Bett. Ich habe geschlafen bis abends um halb sechs, dann haben wir die Reste vom Vorabend vernichtet um gleich danach wieder in den Federn zu verschwinden.

Ich hoffte mal das die Ärztin vom Kinderwunschzentrum nicht doch noch recht hatte... ich fühlte mich auf alle Fälle gerade unheimlich alt.

Was meine Experimente in der Küche betrifft wissen ja die meisten, dass ich da mehr als vorsichtig, um nicht zu sagen ängstlich bin. Ich riskiere NICHTS mehr, was mir eventuell mal wieder einen Aufenthalt in diversen Kliniken im Umkreis einbringen konnte. Aber ich hatte einen unheimlichen Jiieper (das Wort gibt es offiziell!) auf Schokokuchen. Natürlich nicht gerade das geeignetste Nahrungsmittel für mich. Fertige Schokolade enthält nun mal IMMER Spuren von Nüssen und ich hatte auch immer noch ein wenig Angst vor Kinderschokolade. Dann stolperte ich durch Zufall über einen Artikel bei Facebook bei dem es um Schokolade ging und irgendwo fiel der Begriff „selbstgemacht". Ich begann sofort zu recherchieren und war ein paar Minuten um eine Erkenntnis schlauer und um ein Problem reicher. Ich brauchte Kakaobutter! Man konnte sich tatsächlich Schokolade in der heimischen Küche selbst herstellen. Und alles was ich dafür brauchte vertrug ich, das hatte ich ausprobiert. Ich hatte vor längerem mal wieder Marmorkuchen gebacken, weil ja auch der Backkakao keinerlei Spuren enthielt.

Als ich dann gaaaanz vorsichtig ein Stück davon probiert hatte war klar:

backen war also auch nicht das Problem, solange ich peinlich genau darauf achtete, was alles zum Rezept gehörte. Notfalls musste ich es etwas abwandeln. Also Backkakao funktionierte, Kakaobutter würde es auch, da war ich mir sicher. Nur noch ein bisschen Zucker und schon konnte ich mir meine erste eigene Schokolade herstellen. Ich war ja fast schon aufgeregt. Ich warf meinen Thermomix an, der seit meinen seltsamen Essgewohnheiten sowieso mehr oder weniger ein ausgesprochen trauriges Dasein fristete. Dort schmolz ich die Kakaobutter, gab Kakaopulver dazu und ein wenig Zucker. Danach musste das Ganze ab in den Kühlschrank.

Am nächsten Tag hatte ich etwas, was zwar ganz genauso wie Schokolade aussah….. aber so dermaßen bitter schmeckte, dass es meinen gesamten Geschmackssinn völlig durcheinander brachte. Bäh, das war weit weg von „lecker". Also dann, nicht pur essen sondern am allerbesten sofort zu meinem heiß ersehnten Schokokuchen verarbeiten.

Das Resultat war dann beinahe genauso gewöhnungsbedürftig wie die selbstgemachte Zutat.

Man konnte ihn zwar essen ohne das es einem ständig unfreiwillig das Gesicht verzog, aber man musste auch ziemlich viel dazu trinken. Da war wohl noch viel Luft nach oben was die Herstellung betraf. Aber der Anfang war somit gemacht und ich höchst zufrieden.

Am 29. Juli hatte ich einen Termin den ich schon sehr lange fast sehnsüchtig erwartet hatte: den Termin in der Hautklinik wegen meiner Allergien. Es wäre Svenjas letzter Schultag gewesen vor den Ferien und sie hätte an dem Tag nur bis um 12 Uhr Schule gehabt. Mein Termin war aber schon um neun, also wäre es, egal wie, etwas eng geworden. Wir beschlossen also sie schon einen Tag früher von der Schule daheim zu lassen und mitzunehmen. Reni, Michael und Thorsten wollten mit ihr in den Zoo solange ich bei meinem Termin war. Der ist ja nur ein paar Meter weg von der Hautklinik, von daher passte das perfekt.

Ich war richtig aufgeregt und nervös. Immerhin hatte ich die Hoffnung, dass die für mich eine Art „Patentlösung" hatten, womit ich mich vielleicht endlich wieder ein bisschen ausgewogener ernähren konnte. Ich wäre zu allem bereit, auch wenn ich dafür einen stationären Aufenthalt in Kauf nehmen

müsste. Wir trafen uns um halb neun mit Reni und Michael an der Kinder-
bzw. Haut-und Frauenklinik in Heidelberg.

Svenja freute sich richtig auf den Zoobesuch, für MICH wäre das in dem
Moment der absolute Horror geworden. Viel zu viele Erinnerungen an
unseren letzten Urlaub in Berlin würden mich da einholen. Und so war ich
froh, das sie mal wieder ein schönes Erlebnis haben würde und ich mich nicht
quälen musste. Man musste sich, infolge der Corona-Pandemie schon vorab
Online anmelden, da immer nur eine bestimmte Anzahl Besucher im Zoo sein
durften. Thorsten hatte vier Eintrittskarten für 9:30 Uhr gebucht.

Ich verabschiede mich also von den vieren und trollte mich Richtung
Anmeldung. Es war bei weitem nicht so voll wie ich erwartet hatte und guten
Mutes setzte ich mich in den Wartebereich.

Ich hatte vorsorglich mein Pad dabei, sollte es doch länger dauern könnte ich
wenigstens ein bisschen was arbeiten. Doch dazu sollte es gar nicht erst
kommen. Ungefähr zehn Minuten später wurde ich von einer jungen Ärztin
herbeizitiert. Und natürlich ließ sie sich von mir zunächst meine nervigen
„Probleme" schildern. Ich erzählte ihr alles, von meinen ständigen
Krankenhaus -Aufenthalten über meine seltsamen Reaktionen bis hin zu dem
Verlust meiner kleinen Krawalli. Man merkte, dass sie ziemlich angestrengt
überlegte. Ich merkte aber auch, dass sie am liebsten, glaube ich, sofort
gesagt hätte das wahrscheinlich all das gerade nur an meiner Psyche lag.
Gedacht hatte ich es mir ja selbst schon ziemlich oft, aber dann fielen mir viel
zu viele Situationen ein in denen ich schon genauso reagiert hatte. Und da
war eigentlich noch alles in Ordnung, sprich meine kleine Ronja war noch bei
mir. Im Endeffekt konnte es also doch nicht wirklich NUR an meiner Psyche
liegen? Sie tippte auf ihrer Tastatur rum und sah mich dann nachdenklich an.
„Wir machen Folgendes: wir nehmen Ihnen jetzt Blut ab und schauen nach
sämtlichen verfügbaren Werten die eine Allergie manifestieren könnten.
Außerdem überprüfen wir die Stoffe von denen Sie angegeben haben zu
reagieren. Ich denke mal das wir die Nüsse, den Sellerie und eventuell auch
Zwiebeln und Paprika mit in die Allergie-Liste aufnehmen können. Bei allem
anderen bin ich mir wirklich nicht sicher. Sollte sich herausstellen, das Sie
tatsächlich auf KEINE der getesteten Allergene reagieren dann können Sie
beruhigt wieder fast normal essen. Dann gebe ich Ihnen schwarz auf weiß,
dass Ihnen nichts passieren wird. Natürlich kann es dennoch sein, dass Sie
trotzdem körperliche Symptome aufweisen. Sie können dann aber sicher sein

dass Ihnen tatsächlich nichts passieren wird, ihr Körper täuscht Ihnen dann quasi nur eine Anaphylaxie vor." Aha…

„Ich werde Sie am 12.08. zwischen 14 und 16 Uhr anrufen. Und dann besprechen wir die Ergebnisse und die weitere Vorgehensweise. Keine Angst, wir kriegen das schon wieder hin, egal in welche Richtung es geht."

Sie war echt total nett und ich fühlte mich sehr verstanden und auch wirklich irgendwie beruhigt. Und so setzte ich mich wieder ein paar Minuten in den Wartebereich bis mich eine andere Dame zum Blutabnehmen holte. Gegen halb elf stand ich schon wieder am Eingang und machte mich gemächlich auf in Richtung Zoo. Unterwegs telefonierte ich mit Thorsten.

„Wir haben ein Problem." Er stöhnte auf, wir hatten ja heute morgen noch damit gerechnet, dass ich stationär bleiben muss. „Oje, was ist?" Ich musste schmunzeln, er hatte offenbar ein wenig Angst dass er jetzt planen müsse wie es mit Svenja weiterginge wenn ich im Krankenhaus bliebe.

„Nein, alles gut, ich bin nur schon fertig."

Ich hätte ihn eigentlich gerne noch etwas weiter gequält, aber wenn's um mich und meine Gesundheit ging verstand er ziemlich wenig Spaß. „Wo bist du jetzt?" fragte er mich.

„Ich bin auf dem Weg zu Euch, also genau genommen bin ich sogar schon fast da. Ich würde versuchen ob sie mich vielleicht zu euch rein lassen und dann käme ich euch suchen." Ich merkte Thorsten an das er zögerte. „Muddi, ich weiß jetzt ehrlich gesagt nicht ob das hier was für dich ist. Hier sind unheimliche viele Kinder und ich glaube auch nicht, dass sie dich reinlassen. Du stehst ja nirgends auf der Reservierungliste."

Ich überlegte und wusste aber natürlich das er mit allem recht hatte. Ich bekam ja schon im „Rhein-Neckar" Zentrum Schnappatmung wenn zu viele Kinder um mich herum liefen. Und ich hörte schon im Hintergrund, während ich mit Thorsten telefonierte, Kindergebrüll. Also verabredeten wir uns draußen am Eingang. Svenja`s Limit wäre wohl auch schon erreicht, sie war, was diverse „Ausflüge" anging, ja sowieso noch nie besonders strapazierfähig. Sie war ja eigentlich viel lieber daheim. Ich konnte es ihr nicht wirklich verübeln. Dort hustete wenigstens keiner, es war (meistens) nicht zu warm oder zu kalt und sie konnte sich hinlegen und in Ruhe spielen. Als ich den Zoo-Eingang erreicht hatte war ich froh um die Entscheidung NICHT reingehen zu müssen. Überall waren Familien mit ihren Kindern, es war kaum zu ertragen. Ich suchte mir eine Bank, die, als wenn sie für ich gemacht gewesen wäre, mit dem Rücken zum Eingang stand und ich so wenigstens nichts sehen musste. Über meine Kopfhörer versuchte ich dann noch die Geräuschkulisse einigermaßen auszublenden und wartete auf meine vier Zoobesucher. Es dauerte eine ganze Weile, dann kamen sie durch das Drehkreuz.

Svenja grinste zufrieden, Michael schob den Rehabuggy. „Na, was hast du alles gesehen?" Ich lächelte sie an. Sie zählte auf, auch wenn ihr dabei einige Tiere durch die Lappen gingen. Mein Mann erzählte mir ganz stolz das er auf der Elefantenwaage gestanden hatte. Und dann zeigte er mir das Bild mit dem Wiege-Ergebnis. Ich war, sagen wir mal, etwas irritiert.

Er war jetzt bestimmt nicht dick und durch meine seltsamen Ess- und Kochgewohnheiten bekam er ja eigentlich auch nicht mehr wirklich viel „Richtiges" zu essen. Man könnte sich jetzt fragen, warum er nicht einfach unterwegs mal was isst. Möglichkeiten gab es da ja bestimmt öfter. Aber das war noch nie sein Ding.

Thorsten kann den ganzen Tag ohne Essen auskommen, lediglich der Kaffee darf nicht fehlen. Früher hat er immer gesagt (Achtung, jetzt wird's romantisch mit einem Hauch von Schmalz...)

„ich freue mich halt so den ganzen Tag auf de Muddi ihr Essen das ich mir genügend Hunger bis Abends aufheben will."

Ja, manchmal neigt er leicht zu Übertreibungen „grins". Wobei ich früher tatsächlich ziemlich gut kochte und auch äußerst abwechslungsreich.

Aber das er jetzt soooo wenig wiegen sollte konnte ich eigentlich gar nicht glauben. Das wären ja mindestens 20 Kilo weniger als ich aktuell hatte. Und ich war mittlerweile bestimmt nicht mehr die Allerdickste. Er schaute mich mitleiderregend an.

„Siehst du, so abgemagert bin ich schon. Weil wir nur noch „kalt" oder Spätzle essen. Bald muss man mich bestimmt künstlich ernähren."

Ich blies empört die Backen auf und stemmte die Hände in die Hüften. Und so ganz glauben konnte ich diese Zahl auch nicht wirklich. Ich sah Reni und Michael fragend an. „Du musst da nochmal 20 Kilo dazurechnen, dann stimmt das. Die haben die Waage auf -20 eingestellt, warum auch immer."

Michael klärte mich auf und ich war ernsthaft erleichtert. Schließlich wollte ich ja nicht unbedingt am plötzlichen Hungertod meines Mannes schuld sein.

„Dann wiegst du ja ungefähr so viel wie ich" stupste ich meinen Mann an.

Der sah mich prüfend an und zog die Augenbrauen hoch. Eine seiner weniger schönen Macken: Komplimente machen ist nicht so ganz sein Ding. Im Gegenteil. Also er sagt einem jetzt eher nicht ob man gut aussieht, gerade wenn man sich ein wenig zurechtgemacht hat. Das findet er sowieso meistens unnötig . Also diese „Aufbrezelei". Wenns nach ihm ginge würde ich die meiste Zeit in Jeans und Pullover oder ganz normalem T-Shirt rumlaufen. Und am besten in Turnschuhen. Ich ignorierte also seinen Blick und widmete mich Reni. Plaudernd liefen wir zurück an die Kinderklinik, wo wir unser Auto geparkt hatten. Ela hatte sich an diesem Tag Urlaub genommen weil Valentin Geburtstag hatte und die rief ich jetzt an.

Wir wollten eventuell mit Reni und Michael noch ein bisschen in die Altstadt, vielleicht hatten Ela und Valentin Zeit und wollten auch vorbeikommen. Dossenheim ist ja quasi nur einen Katzensprung von Heidelberg entfernt, bei schönem Wetter fuhren die zwei ja sogar mit dem Fahrrad zum Dienst.

„Moin, na, was macht ihr?" begrüßte ich sie fröhlich am Telefon.

„Wir wollten jetzt gleich hoch aufs Schloss, warum?"

Ich schaute in die Runde. „Wir wollten alle zusammen noch in die Altstadt, wollen wir uns nicht kurz treffen?" Ich merkte an Ela`s Zögern, dass sie eigentlich nicht wirklich Lust dazu hatte. Aber sie sagte „Ja, können wir machen. Aber wir bleiben nicht lange, wir wollen dann weiter." Sie würden demnächst losfahren. Reni und Michael fuhren mit uns und zehn Minuten später luden wir Svenja wieder aus dem Auto und Michael schob sie Richtung Altstadt.

„Da kann ich schon mal üben für die Enkel." Offenbar machte es ihm tatsächlich Spaß. Als wir das „Wiener Kaffeehaus" erreichten warteten Ela und Valentin schon auf uns. Wir gratulierten Valentin zum Geburtstag und schoben dann zwei Tische zusammen. So wäre Platz genug für alle. Aber Ela meinte „wir gehen gleich weiter, wir wollen hoch zum Schloss wandern, das wird sonst zu spät." Sie redete noch eine ganze Weile mit Svenja während Reni und ich Kaffee für uns und unsere Männer und eine Fanta für Svenja holten. Als wir wiederkamen und uns setzten verabschiedeten sich Ela und Valentin schon wieder. Sie würde am Freitag nach Hause kommen, darauf freute sich Svenja schon sehr. Ela war seit einiger Zeit die Woche über bei Valentin in Dossenheim und Svenja vermisste ihre grosse Schwester. Aber die war nun mal mittlerweile 20 Jahre alt und führte somit weitgehend ihr eigenes Leben.

Mit ihr hatten wir allerdings eine ganze Zeit lang ziemlich anstrengende und nervenzehrende Diskussionen. Noch im Mai haben wir Abende damit verbracht sie zu überreden eine Lehre anzutreten. Und eigentlich stand das auch eine ganze Weile überhaupt nicht zur Debatte. Dann machte sie im Juni ein Praktikum auf der Wache in Wald-Michelbach. Eigentlich eine ganze Woche lang. Am zweiten Tag schrieb sie mir morgens „ich schaffe das gerade überhaupt nicht und breche das Praktikum jetzt ab!" Ich war leicht verwirrt, konnte aber ihren Grundansatz eigentlich durchaus nachvollziehen. Ein paar Stunden später kam sie heim und lag mir erst mal minutenlang in Tränen aufgelöst in den Armen. Hauptproblem waren IHRE Trigger. Sie fühlte sich laut eigener Aussage gerade überhaupt nicht bereit für eine Ausbildung zum Notfallsanitäter.

Sollte bei einer der Stellen, bei denen sie sich beworben hatte, eine Zusage kommen, dann würde sie denen eine Absage erteilen.

Hm, damit war ich dann allerdings weniger einverstanden. Ich wollte, dass sie eine gesicherte Zukunft vor sich hat. Ihr Plan sah also folgendermaßen aus: sie wollte ein Jahr als Rettungssanitäter auf dem KTW (Krankentransportwagen) mitfahren. Um auf einem RTW (Rettungswagen) mitfahren zu können brauchte sie den C1-Führerschein der sie dazu berechtige, den Rettungswagen zu fahren. Da sie den aber nicht hatte konnte sie vorerst eigentlich nur auf dem KTW fahren.

Dann kam sie mit „dann mach ich halt den C1, gebt ihr da was dazu?" ums Eck. Jaaaa, Ela, vom Prinzip her schon, aaaaber... während der Ausbildung zum Notfallsanitäter würde sie den Führerschein bezahlt bekommen. Also war das im Grunde genommen, meines Erachtens, rausgeworfenes Geld für etwas, dass sie bei genauerem Hinsehen und Nachdenken auch umsonst haben könnte.

Und ich befürchtete, dass sie nach einem Jahr merken würde, wie bequem das Leben so ganz ohne Lernerei sein konnte und dann würde sie nie wieder eine Lehre antreten. Als Rettungssanitäter verdient man aber wahrlich nicht die Welt. Zum Miete bezahlen, Auto, Versicherungen, Handy und Leben würde es irgendwann eng werden. Und so richtig viel Rente würde das später auch nicht wirklich werden. Das alles versuchten wir ihr zunächst mit Vernunft, später auch mit einer gewissen Strenge klar zu machen. Wir boten ihr an, sie dieses Jahr noch zu unterstützen, vielleicht würde sie sich in dem Zeitraum wieder ein wenig stabilisieren. Aber ich setze ihr eine Bedingung:

Ich wollte das sie mir unterschrieb, dass sie nach dem Jahr die Lehre wirklich beginnen würde. Und nicht auf ewig vor sich hin dümpelte. Meinen Vorschlag lehnte sie rigoros ab! Da wurde sogar ICH dann mal etwas deutlicher: „weißt du, dein „ich fühle mich dazu jetzt gerade nicht bereit" verursacht in mir leichtes Unwohlsein. Manchmal muss man auch einfach mal die Arschbacken zusammenkneifen, ob man will oder nicht. Ich werde auch nicht gefragt, sondern MUSS jeden Tag irgendwie weitermachen. In deinem Alter hatte ich meine Lehre beendet, eine eigene Wohnung, ein Auto und habe mir meinen Lebensstandard selbst finanziert. DU liegst uns mit mindestens 30 noch auf der Tasche, wenn du so weitermachst. Und darauf habe ich keine Lust. Natürlich lassen wir dich nicht hängen, aber du musst lernen auch mal auf deinen eigenen Füssen zu stehen!"

Das ihr meine Ansage so überhaupt nicht gefallen hat sah ich an ihrem Gesichtsausdruck. Aber das musste mal gesagt werden, jetzt lag es an ihr.

Es dauerte gut zwei Wochen. Dann trafen wir, also Thorsten, Svenja und ich, uns eines schönen Samstag Vormittag mit ihr in der Heidelberger Altstadt. Ich wollte die hiesigen Buchhandlungen abklappern und mich vorstellen. Ela war eigentlich in Dossenheim, hatte aber Zeit und kam dazu.

Auch an diesem Tag saßen wir in diesem „Wiener Kaffeehaus".

Wir waren entspannt und unterhielten uns bis Thorsten fragte „und, wie siehts aus?" Ela machte sofort dicht, ich sah es ihr an. Ich atmete tief ein und aus, das würde jetzt wieder in unschönen, sinnlosen Diskussionen enden. Und darauf hatte ich eigentlich überhaupt keine Lust. Ela sah uns an, atmete ebenfalls tief, holte ihr Handy raus und meinte „ich muss euch etwas zeigen". Oje, ich machte mich schon bereit für ein Ultraschallbild und sah mich im Geiste schon meine Enkel durch Wald-Michelbach schieben. An Thorstens Reaktion wagte ich gar nicht erst zu denken. Ela starte eine Sprachnachricht und ließ uns zuhören. Den genauen Wortlaut weiß ich ehrlich gesagt nicht mehr, ich schildere euch in meinen Worten um was es darin ging.

Ela hatte sich beim Kreisverband Bergstraße zur Ausbildung als Notfallsanitäterin beworben und der Mann in der Sprachnachricht bot ihr quasi, wenn man ihn richtig interpretierte, eine Ausbildungsvertrag an.

Ich fing an zu heulen, mitten in der Fußgängerzone. Das durfte doch jetzt nicht wahr sein. Da bekam sie so eine tolle Chance geboten und Ela „fühlte sich nicht bereit". Sie sah mich an und merkte natürlich, wie verzweifelt ich war. Die ständigen Diskussionen und die Angst um ihre Zukunft kosteten mich Kraft und haufenweise Nerven. Und beides hatte ich nun mal seit Oktober nicht mehr wirklich.

„Wenn der mir wirklich einen Ausbildungsvertrag geben will werde ich annehmen." Ich schaute sie mit tränenverschleiertem Blick an. „WAS?? Ist das dein Ernst?" Sie nickte. „Ja, ich habe es mir noch mal durch den Kopf gehen lassen. Und ich glaube das ist eine gute Entscheidung."

Ich kenne das Gefühl „Glück" seit letzten Oktober eigentlich nicht mehr wirklich, es existiert auch in meinem Sprachgebrauch fast gar nicht mehr. Zum „Glücklichsein" fehlt mir einfach viel zu viel.

Aber in diesem Moment, in dem meine große Tochter mir sagte, dass sie einen großen Schritt in die richtige Richtung machen würde, war ich diesem Gefühl wenigstens mal wieder so nahe wie schon lange nicht mehr.

Nun zurück zum 29. Juli. Wir saßen also zu fünft in der Heidelberger Altstadt und tranken Kaffee, Ela und Valentin hatten sich mittlerweile wieder verabschiedet und waren auf dem Weg zum Schloss. Ich erzählte Reni von meinem, mittlerweile begründeten Verdacht vom vergangenen Wochenende, nämlich unser Baby verloren zu haben. Sie ist eine der Menschen, denen ich sowas anvertraue weil ich weiß, das sie sich mit uns gefreut hätte. Und weil sie in der kurzen Zeit zu einem unheimlich wichtigen Menschen für mich wurde, genauso wie ihr Mann Michael.

Nach dem Kaffee gabs noch was zu futtern für Svenja und dann sind wir langsam zurück zum Auto. Wir haben Reni und Michael zurück zu ihrem Auto gefahren und machten uns dann auf den Heimweg. Wir waren noch keine zwei Minuten unterwegs als ich Reni anrief und sie fragte ob sie nicht noch mit zu uns kommen wollte.

Und so saßen wir knapp eine Stunde später alle zusammen bei uns im Hof und genossen die gemeinsame Zeit. Als mein Handy klingelte und eine Heppenheimer Nummer dran war dachte ich mir zunächst nichts dabei. Ich nahm ab, meldete mich und sprang vor lauter Überraschung von meinem Sitzplatz auf.

„Hallo Frau Weber hier ist das Büro des Landrates. Der Herr Engelhardt möchte Sie gerne persönlich kennenlernen." Ich war sprachlos und völlig von den Socken. Und ich überlegte schon wie ich das mit Svenja bewerkstelligen sollte wenn ich nach Heppenheim kommen sollte. „Das wäre zwar jetzt etwas kurzfristig aber hätten Sie nächste Woche Dienstag Zeit für uns? Wir würden Sie gerne bei Ihnen daheim besuchen."

Oh mein Gott!! Das war ja fast nicht zu glauben… der Herr Landrat persönlich bei mir im Hof! Ich war schon am Telefon völlig aufgeregt. Wir besprachen noch die Details und einige Minuten später kam eine E-Mail mit den Einzelheiten die ich bestätigen musste. Ich hatte leichte Schnappatmung und berichtete dem Rest am Tisch aufgeregt mit wem ich gerade telefoniert hatte. Auch Thorsten bekam große Augen und lachte erstaunt. Reni und Michael freuten sich mit dem Satz „das hast du dir auch echt verdient."

Herr Engelhardt und ich hatten immer mal wieder sporadisch Kontakt, er war über meine Bücher und die Geschichte, die mich zum Schreiben gebracht hatte, über diverse soziale Medien bestens informiert. Jetzt würde ich ihn also persönlich kennenlernen dürfen. Das würde definitiv mein bisheriges Highlight werden.

AUGUST „hoher Besuch, das „Fische-Desaster" und Zweifel an der Menschheit"

An dem darauffolgenden Samstag waren Thorsten und ich mal wieder ein bisschen alleine unterwegs. Wenn Ela zuhause ist machen wir das ab und zu mal. Sie nimmt mir Svenja dann komplett ab, geht mit ihr duschen, wickelt sie, versorgt sie mit ihren Medikamenten und mit Essen. Für mich also kurzzeitig eine völlige, oft auch sehr nötige, Entlastung.

Wir waren also unterwegs und mussten aufgrund einer kompletten Straßensperrung durch Kreidach wegen Sanierung über für unseren Heimweg über Rimbach zurück nach Wald-Michelbach fahren.

Und kamen an unserem ehemaligen „Stamm-Aquaristik" Laden vorbei. Der Gedanke „Haustier" war immer wieder mal ein Thema. Aber ich wollte partout nichts womit ich Gassi gehen musste, was mir irgendwo Stroh oder Federn aus dem Käfig schmiss oder wo ich wieder wochenlang ständig mit putzen beschäftigt war (ihr erinnert euch vielleicht...). Das nächste, über das ich Euch gerne berichten möchte, nenne ich in Gedanken gerne unser „Fische-Desaster"

Ich hatte irgendwann mal in den Raum geworfen „ein Goldfisch in einem Glas, das wärs. Nicht viel zu tun, den Fisch beim blubbern zugucken, fertig." Ich hatte diese Gläser vor Augen wie sie in diversen Zeichentrickfilmen vorkamen, in denen das Fischlein sich freute wenn man heimkam und das fröhlich und vergnügt in seinem Bowleglas seine Runden zog. Eine Pumpe würde ich ja nicht brauchen, jedenfalls hatte ich noch in keinem dieser Filme eine gesehen (hört auf mit dem Kopf zu schütteln!!).

Wir hatten früher schon mal ein hundert Liter Becken mit Neons, Guppys und anderem Flossengetier. Das ist bestimmt 15 Jahre her. Es stand im Wohnzimmer und musste mindestens alle zwei Wochen intensiv gesäubert werden. Da hieß für mich (also solche Dinge betreffen immer nur MICH): Schlauch rein, Wasser ansaugen und dann gründlich den Boden „abmulchen". Bevor jetzt jemand irgendwelche Phantasien zum Thema „ansaugen" entwickelt: das war regelmäßig das Ekelhafteste was man mir antun konnte. Um Unterdruck zu erzeugen musste ich das Aquariumwasser ja zunächst mit dem Mund anziehen und wenn der Schlauch dann mit Wasser gefüllt war konnte man ihn in den Eimer halten.

Das ich da natürlich in schöner Regelmäßigkeit meine Schnute voller Fischwasser hatte war abzusehen. Ich war eigentlich nur froh, dass sich kein Fisch beim Ansaugen in den Schlauch verirrte. Die Vorstellung einen Saugwels zurück ins Becken spucken zu müssen trug jetzt nicht wirklich zu meiner Erheiterung bei.

Also DAS wollte ich schon mal definitiv nicht mehr. Deshalb fand ich ja auch die Idee mit dem Goldfisch perfekt. Er könnte neben mir stehen wenn ich schreibe und wir würden uns ab und zu verständnisvoll anblinzeln. Außerdem würde er bestimmt keinen Lärm oder Dreck ausserhalb seines Glases veranstalten. Also somit das perfekte Haustier.

Wir also rein in besagten Laden und zunächst mal erwartungsvolle Blicke in die Runde geworfen. Da standen einige Gläser die genau dem Format in dem ich es mir vorgestellt hatte. Allerdings alle mit einem Haufen Zubehör bestückt. Thorsten sagte noch „siehste Muddi, ich habe es dir doch gleich gesagt. Einfach nur ein Goldfisch in einem Glas funktioniert nicht."

Das wollte ich jetzt genauer wissen und sprach fröhlich grinsend die neben mir werkelnde Fachkraft an. „Nein, sie können zwar einen Fisch in einem runden Glas halten, aber selbst der benötigt dann eine Pumpe." Sie lachte. Hm schade, ich hatte mir das so schön vorgestellt. Nun denn, jetzt waren wir ja schon mal hier, also könnten wir uns ja auch mal ein wenig umsehen was es denn da sonst noch so gab. Meinem Gemahl stachen kleine Becken ins Auge, nahezu winzig im Vergleich zu dem welches wir damals hatten. Gerade mal knapp 20 Liter passten in diese sogenannten „Nano"-Becken. Neben solch einem Becken entdeckte er ein „Paludarium" (ich kann mir diesen Namen bis heute nicht merken, obwohl es nun schon einige Zeit bei uns im Flur steht). Das ist ein Minibecken mit einem kleinen Berg an dem Wasser runterläuft. Es hat bis runter auf die Wasseroberfläche verschiedenen Ausbuchtungen in denen man Pflanzen setzen kann und sah wirklich schon ohne Pflanzen und Fisch zugegebenermaßen richtig toll aus. Nun denn, liebe Fischefachfrau, erzähl uns mehr... wir durften laut ihr in dieses Becken Kampffische setzen, die wären unglaublich anspruchslos. Einmal die Woche einen Becher Wasser raus und einen frischen Becher rein, fertig. Absaugen müsste man das eigentlich nicht und wenn dann nur ungefähr zweimal im Jahr. Super! Perfekt! DAS nehmen wir. Da ich ja nun schon etwas Erfahrung mitbrachte wusste ich, dass so ein Becken zunächst „einlaufen" musste, heißt es muss erstmal ein paar Tage ohne Fische bei laufender Pumpe stehen dass sich das Wasser „Fischgerecht" entwickeln kann.

Also dann.... Kaufen wir halt ein „Paludarium". Es würde sich bestimmt gut zuhause im Esszimmer auf der hinteren Kommode machen. Wir nahmen gleich noch ein paar Pflanzen mit und machten uns dann ziemlich zufrieden auf den Heimweg.

Zuhause bestückten wir das Ganze mit den Wasserpflanzen und versprachen Svenja, dass sie sich in Zukunft um die Fische kümmern dürfte wenn die denn dann da wären. Sie freute sich riesig. Sie war zu unserer ersten „Aquariumzeit" damals ja noch nicht auf der Welt. Wir ahnten ja (mal wieder Gott sei dank) noch nicht, dass das alles ein bisschen anders werden würde als geplant (ich und planen, da isses wieder!!).

Das Becken sah tatsächlich toll aus in der Ecke im Esszimmer und ich freute mich darauf bald die Fische einsetzen zu können.

Vorher aber erwartete ich ja noch ziemlich hohen Besuch. Mich umtrieb die Vorfreude, die Neugierde, der Respekt aber auch ziemliche Nervosität vor dem Besuch unseres Landrates. Außerdem waren wir gespannt wie die Flitzebögen ob sich der „Huper von Hohenstein" wieder etwas einfallen lassen würde. Immerhin hatte ich morgens via WhatsApp Status angekündigt, dass etwas ganz Aufregendes heute bei uns im Hof stattfinden sollte. Wir wussten aber auch dass das Auto unseres Landrates in unserer Straße auffallen würde und von daher möglicherweise geplante Aktionen unseres kleinen Störenfriedes ins Wasser fallen könnten. Spätestens dann, wenn er bemerken würde, um wen oder was es sich dieses mal bei meinen Andeutungen drehte. Zunächst kamen, sozusagen als Vorhut, zwei Herrschaften von der Pressestelle des Kreises, Herr Engelhardt würde aber nachkommen, er wäre praktisch schon auf dem Weg hierher. Ich hatte Herzklopfen bis zum Hals und wusste eigentlich gar nicht warum. Ich hatte Streuselkuchen gebacken und Kaffee gekocht und harrte nun der Dinge die da kommen sollten.

Thorsten war extra früher vom Arbeiten nach Hause gekommen, ich glaube er war fast noch aufgeregter als ich. Er sagte noch „ich glaube kaum das er Kuchen essen wird. Der muss ja dann auch wieder weiter."

Und dann kam er. Stieg aus, lief auf mich zu, begrüßte mich mit dem typischen „Corona-Ellenbogen-Gruß" (der Nachfolger des mittlerweile verpönten Händeschüttelns) und setzte sich. Und von jetzt auf gleich war meine Nervosität vollkommen verflogen. Er war so herrlich normal und entspannt das ich ab da weit weg war von Aufgeregt sein. Sofort fragte er mich wie es mir ginge und nahm meinen angebotenen Kaffee gerne an. Er erzählte mir wo er gerade herkam und was er dort gemacht hatte und ich hatte das Gefühl mit einem alten Freund im Hof zu sitzen. Er war ernsthaft interessiert und neugierig auf das, was ich hier so das letzte dreiviertel Jahr auf die Beine gestellt hatte. Sein Fotograf machte immer mal wieder Bilder und seine Pressesprecherin behielt die Uhr im Auge. Immerhin war ich ja heute nicht sein einziger und letzter Termin, nach mir ging es für ihn nahtlos weiter. Ich war hocherfreut, dass er sich sogar wie selbstverständlich ein zweites Stück Kuchen nahm. Irgendwann deutete seine Pressesprecherin diskret auf die Uhr. Er nickte, machte aber noch keinerlei Andeutungen aufstehen zu wollen. Irgendwann erhob sie sich und meinte „Herr Engelhardt wir müssten jetzt wirklich gehen." Sie lächelte. Ich schnappte mir die „Büchertasche" die ich für ihn gerichtet hatte, da meinte er „wir machen aber noch ein paar Bilder für meine sozialen Medien. Am besten mit Ihren Büchern."

Da stand ich nun also an einem sonnigen Dienstagnachmittag neben unserem hessischen Landrat bei uns im Hof und hielt stolz meine Bücher in die Kamera. Und wieder mal war es für mich kaum zu fassen was das, was sich als meine einzig funktionierende „Therapie" herauskristallisiert hatte, doch für unglaubliche Wellen schlug. Als er sich verabschiedete und meine prall gefüllte Büchertasche neben sich ins Auto stellte ging ich zurück in den Hof und schenkte mir in aller Seelenruhe den fünften Kaffee für diesen Tag ein und mampfte höchstzufrieden ein Stück Streuselkuchen. Thorsten hatte sich, während ich mich beim Verabschieden noch mit Herrn Engelhardt unterhalten hatte, mit dessen Pressesprecherin unterhalten. Jetzt kam er zu mir in den Hof und schenkte sich ebenfalls noch einen Kaffee ein.

„Du sollst noch warten mit der Veröffentlichung von deinen Bildern. Sie schickt dir die Freigabe per Email, erst dann darfst du darüber schreiben." Ok, verstand ich. Auch wenn ich natürlich gerne sofort darüber berichtet hätte WER denn nun an diesem Tag bei mir gewesen war. Das hatte ich nämlich morgens in meinem Status nur angedeutet.

Ein paar Tage später bekam ich besagte Email, ein paar Minuten vorher war ein Bericht von Christian Engelhardt über unsere Begegnung auf seinen sozialen Kanälen zu finden. Er bezeichnete mich dort als „unglaublich stark" und „ein echtes Beispiel wie man positiv und stark mit einer Krise umgehen kann". Und er dankte mir für das „inspirierende Treffen".

Meine Herren war ich stolz und auch ziemlich GErührt und BErührt.

Ich teilte die tollen Bilder auf meinen diversen Kanälen und spürte prompt, wer mit meiner Präsenz mal wieder ein echtes Problem hatte.

Manche Menschen sollten sich echt aufs Hupen beschränken, zu mehr ist ihr Kleingeist offenbar nicht in der Lage. DAS bekamen wir ein paar Wochen später noch ziemlich deutlich zu spüren. Aber dazu später mehr.

Ungefähr eine Woche später bekam ich dann eine Nachricht von „meinem" Landrat: „ich habe den ersten Band am Wochenende fertig gelesen."

Und das von einem der, zu der Zeit, meistbeschäftigen Personen des Kreises.

Die nächste Aktion in dieser noch jungen Woche betraf dann wieder unsere neuen flossigen Mitbewohner. Also beziehungsweise des nach Hause holens der Selbigen. Ich packte donnerstags nachmittags Svenja ins Auto und machte mich, bewaffnet mit einer alten kleinen Babyflasche voller Aquarium-Wasser auf nach Rimbach. Die sollten dort das Wasser untersuchen und wenn alles gut war konnten wir gleich unsere gewünschten Fische mitnehmen. Svenja war wahnsinnig aufgeregt. Gott sei Dank war es an diesem Tag noch nicht ganz so warm wie die Woche die dann folgte. Ich ließ also alle Fenster im Auto runter, parkte genau vor dem Geschäft und ließ Svenja im Auto sitzen.

Ich übergab der Dame meine Flasche und wartete gespannt auf das Ergebnis.

„Das Wasser ist völlig in Ordnung, wenn Sie wollen können Sie heute gerne schon Fische mitnehmen." Ui, super. Wir hatten uns Kampffische auserkoren, die wären wohl äußerst pflegeleicht und anspruchslos. Und ich durfte, laut der Dame, vier Stück in unser kleines Becken setzen. Das passte ja nahezu perfekt. Ich bin ja eher so der Mensch für himmlische Zeichen, Karma, Omen, Voraussagungen und dem Hang zum Spirituellen. Und die Zahl VIER war nun mal seit Ende Oktober mein nächstes Ziel. Außerdem gab es in meinem Buch „Ronjas Welt" drei Mädels, so sollten die Fischlein jetzt heißen. Und der vierte wäre mein sogenannter „Omen-Fisch". Vier weibliche Kampffische stellvertretend für die VIER Kinder die ich insgesamt haben wollte…

Bevor ich jetzt weitererzähle muss ich dazu sagen, dass der „Omen-Fisch" der Erste war, der nach ein paar Tagen tot an der Wasseroberfläche trieb. Da bekam ich dann doch leichte Zweifel (wenn auch eher an meinem Geisteszustand). Die anderen drei hießen Anja, Finja und natürlich Ronja.

Als ich mit der Tüte voller Fische zurück ins Auto kam flippte Svenja fast aus. So nah hatte sie diese Tiere noch nie gesehen, und voller Freude strahlte sie „ich bin jetzt eine Fische-Mama!"

In einer weiteren Tüte befanden sich noch drei Pflanzen und dann machten wir uns vorsichtig wieder auf den Weg nach Hause. Die Tüte mit den Fischen hatte ich neben mir auf dem Beifahrer-Sitz angeschnallt.

Zuhause brachte ich zunächst die Fische ins Esszimmer und setzte dann Svenja in ihren Stuhl. Sie wollte hautnah dabei sein wenn ich die Vier in ihr neues Zuhause setzte. Nach einer Viertelstunde Eingewöhnung war es dann soweit und Svenja saß noch gute zehn Minuten mit großen Augen vor dem „Paludarium" und bestaunte das muntere Treiben. Dann verkündete sie „so, ich geh jetzt Fernseh gucken." Was ja für die dazugehörige Mutter dann mehr oder weniger heißt „bring mich rüber, leg mich hin, gib mir noch was zu trinken und am besten ein paar Kekse und mach mir den Fernseher an!"

Bis ich wieder zurück ins Esszimmer kam um nochmal nach den vier Fische-Weibern zu sehen waren sie alle hinter dem künstlichen Felsen verschwunden. Na toll.

Die nächsten zwei Tagen haben wir drei der Fische nicht einmal mehr gesehen, lediglich der „Ronja-Fisch" schwamm munter durch das kleine Becken und kam jedesmal an die Scheibe wenn einer von uns davor stand.

Samstags waren Thorsten und ich mal wieder alleine unterwegs. Und der fand ziemlichen Gefallen an dem Geplätscher des „Paludariums" und an dem Gedanken, dass da wieder tierische Lebewesen im Haus waren. Nach unserem obligatorischen kleinen Frühstück und kurzem Bummel durchs „Rhein-Neckar" Zentrum fuhren wir also nochmal in das „Fischfachgeschäft". Mein Gemahl hatte ein Kampffisch-Männchen ins Auge gefasst. Sozusagen die Transe unter den Fischen (lieb gemeint!). Die Männchen haben, je nach Färbung, einen unfassbar schönen Schweif, oder wie Svenja sagt „der sieht ja aus als hätte er einen Rock an". So ein Männchen darf man aber nur alleine in einem Becken halten, die dulden keinerlei Konkurrenz (ab da überlegte ich manchmal ob Thorsten irgendwo in seiner Ahnenlinie mal einen Kampffisch hatte...)

Wir schauten uns also erneut um und blieben an einem weiteren sogenannten „Nano"-Becken hängen. Davon gab es einige und in jedem schwamm ein Kampffisch-Männchen. Die Becken waren spärlich dekoriert und somit äußerst übersichtlich. Und fassten gerade mal 20 Liter Wasser. Ein kleiner, gläserner Würfel. Auch da sollte die Pflege und Reinigung wohl äußerst einfach und komplikationslos vonstatten gehen. Und es kostete wahrlich nicht viel, wir waren immer noch im zweistelligen Bereich.

Also dann, auf der anderen Seite des Esszimmers stand ja auch noch ein Schrank und auf dem war auch noch genügend Platz für so ein kleines Becken. Dieses Mal bekamen wir sogar etwas wirklich praktisches angeboten. Das „Paludarium", in dem die Weibchen schwammen, musste ja einige Tage ohne Fische „einlaufen".

Jetzt machte die Dame das von Thorsten ausgesuchte Becken leer und füllte das bereits „fertige" Fischwasser in eine Tüte. Somit konnten wir zuhause das Männchen sofort einsetzen. Wir suchten uns ein besonders schönes Exemplar aus, mit gemustertem Kopf und langem blau-rotem Schweif. Dieses Mal hatte ich also auf dem Heimweg einen Fisch auf dem Schoß, der gelassen in der Tüte hin und her schwappte. In einer weiteren Tüte hatten wir vier Schnecken, zwei für jedes Becken. Die sollten darin für Ordnung und Sauberkeit sorgen (man könnte dann also behaupten ich habe die Fähigkeiten einer Schnecke).

Daheim angekommen richteten wir das Aquarium ein, setzten das Männchen ein und warfen die Pumpe an.

Ach du liebe Güte! Ging's nicht noch ein bisschen lauter?

Wir erinnerten uns an unser altes Becken vor 15 Jahren und wussten, es dauert noch einen Moment bis die Pumpe sich vollgezogen hatte und dann würde sie doch bestimmt ruhiger werden. Ha, von wegen. Sie brummte fast lauter als ein Panzer beim Kaltstart. Im Geschäft war uns das logischerweise überhaupt nicht aufgefallen, da waren die Nebengeräusche laut genug. Hier, im stillen und beschaulichen Esszimmer, würde uns das Geräusch über kurz oder lang völlig in den Wahnsinn treiben (also mich eher „über kurz").

Nun denn, jetzt war es halt so, vielleicht würden wir uns ja auch noch daran gewöhnen. Der Fisch unterdessen erschien uns ziemlich hektisch. Ob das so im Sinne des Erfinders war? Er „wedelte" mit seinem Schweif wie ein Irrer, es sah aus als würde er mitten im schönsten Sturm stehen. Dann hängte er sich in immer kürzer werdenden Abständen völlig erschöpft an die Pumpe und machte den Anschein als sei er 50 Kilometer gejoggt. Thorsten beschloss die Strömung der Pumpe ein wenig zu drosseln und siehe da... der Fisch wurde schlagartig ruhiger. Auf der gegenüberliegenden Seite war nach wie vor, außer „Ronja", niemand zu sehen. Wir waren also jetzt stolze Besitzer zweier

Aquarien. In dem einen sah man nix ausser einen Fisch, obwohl vier drin waren. Und in dem anderen hatte sich der Fisch gerade noch fast alle Schuppen abgezappelt vor lauter Hektik.

Irgendwie alles noch suboptimal. So richtig zufrieden war ich nicht. Die Pumpe war immer noch zu laut und nach Thorstens intensiver Recherche im Internet würde sie wohl auch nicht mehr leiser werden. Wir würden jetzt aber erst mal abwarten müssen wie und ob sich die Fische einleben würden. Zwei Tage später rief ich bei dem „Fachgeschäft" an und fragte, ob das denn normal sei das von den Weibchen nix zu sehen sei ausser von Einer.

„Ja das ist völlig normal, die müssen sich ja auch erst mal eingewöhnen. Das kann schon bis zu einer Woche dauern." Also hieß es wohl abwarten und Tee (beziehungsweise Kaffee trinken).

Genau eine Woche später hatte ich für samstags abends eine Lesung angenommen. Reni und Michael waren diese Woche über in Urlaub gewesen und wollten irgendwann nachmittags zu uns kommen um abends mit auf die Lesung zu gehen (wie immer). Thorsten und ich waren morgens wieder mal ein bisschen unterwegs. Die Woche über hatten wir meistens wenig Zeit für uns und wenn Ela am Wochenende daheim war und nach Svenja schauen konnte nutzte ich gerne die freie Zeit, um mal ein bisschen rauszukommen und um mal etwas anderes zu sehen und zu hören. Gerade in der Ferienzeit brauchte ich diese kleinen „Pflegepausen" dringend. Ich merkte sowieso immer mehr und öfter, wie schwer es für mich wurde Svenja adäquat zu versorgen. Natürlich machte ich nach wie vor alles was in meinen Kräften stand, aber die Pflege kostete mich unglaublich viel Kraft. Mittlerweile legte sie mir Thorsten Abends ins Bad, damit ich sie fertig machen konnte und danach wieder zurück ins Bett. So ersparte ich mir wenigstens schon mal zwei Touren. Doch den Tag über hatte ich sie für mich alleine, da war niemand da der sie mir mal abnehmen konnte.

Deshalb genoss ich diese kleinen „Alltagsfluchten" umso mehr. Also, erst Kaffee und Käsebrezel bei unserem Stammbäcker und dann die Frage „und jetzt?" Reni und Michael waren noch auf der Autobahn unterwegs, sie würden nicht vor vier da sein. Wir hatten also noch gute fünf Stunden Zeit. Wir beschlossen nach Heidelberg in den „Kölle-Zoo" zu fahren. Vielleicht hatten die dort noch eine Idee wie wir unsere Weibchen zu etwas mehr „Action" im Becken überreden konnten. Und wir dachten ernsthaft über die

Anschaffung eines anderen Aquariums nach, die Pumpe in dem Glaswürfel raubte uns allabendlich den letzten Rest Nerven.

Die Aquaristik Abteilung in diesem Geschäft ist echt spitze und nach ein bisschen umgucken schnappten wir uns einen jungen Verkäufer und klagten ihm unser Leid.

Und wieder mal kürze ich jetzt hier komplett ab: der „Glaswürfel" war viel zu klein und vor allem viel zu spärlich eingerichtet für einen Kampffisch. Der brauchte nämlich von Haus aus ein völlig (Achtung Fachwort!) „verkrautetes" Umfeld. Sprich, das Aquarium musste voller Pflanzen sein, von oben und von unten. Erst dann fühlten Kampffische sich wohl.

Und sie vertrugen keine starke Strömung weil sie ständig versuchen mussten dagegen anzukämpfen und irgendwann die Segel strichen. Sprich den Geist aufgaben (deshalb also auch dieses hektische Geflatter mit seinem „Rock"). UND die vier Weibchen in diesem Mini-„Palidarium" seien viel zu viel. Da hatte aber der „Omen-Fisch" ja eh schon das Zeitliche gesegnet. Es waren also bloss noch drei. Lange Rede gar kein Sinn:

das Männchen musste so schnell wie möglich in ein anderes Becken wenn wir wollten das er sich wohlfühlt und vor allem weiterlebt. Und Pflanzen, Pflanzen, Pflanzen. Wir kauften also ein 30 Liter großes Becken mit gaaaanz leiser Pumpe, drei Tüten voller Pflanzen und zwei Rennschnecken (ich kann nix dazu, die heißen so.) Ab jetzt sollte ich für eine Woche jeden Tag einen sogenannten „Teilwasserwechsel" durchführen. Also Hälfte Wasser aus dem Becken, mit frischem Wasser auffüllen, Bakterien dazu, Wasser testen...

SO sah also „wenig Arbeit und Aufwand" aus???

Aber was tut man nicht alles für seine neuen Mitbewohner? Ich fühlte mich ganz dunkel an Nana erinnert und musste bei dem Gedanken an meine nächtlichen und zahlreichen Putz- und Desinfizier-Aktionen milde schmunzeln. Jetzt waren's also Fische die mich die nächste Zeit auf Trab halten würden. Auch gut. Wieder daheim richteten wir das neue Becken ein, die nächsten fünf Tage musste es nun ohne Fische drin „einlaufen". Same Procedure as...

Gegen vier kamen wie versprochen Reni und Michael und ich begann mich ein wenig aufzubrezeln für die Lesung. Der Abend im Hotel „Gassbachtal" in Grasellenbach wurde ein voller Erfolg, es waren mehr Menschen da als ich erwartet hatte. Der Tag war extrem heiß und ich hatte schon mit einigen Absagen gerechnet. Aber im Gegenteil. Und wieder fühlte ich mich unheimlich gut mit dem was ich tat. Einige meiner Freundinnen und alten Bekannten waren anwesend, sogar Sandra mit ihrer Schwester. Und die örtliche Presse samt Fotografen. In solchen Momenten war ich wieder mal stolz und spürte meine kleine Krawalli unglaublich nah und eng an und in meinem Herzen. Ich spürte ihre Anwesenheit wie eine kleine, warme Umarmung und wusste, dass auch sie bestimmt stolz auf ihre Mama war. Ich hätte sie so gerne nochmal in den Arm genommen...

Reni, Michael, Thorsten und ich standen danach noch eine ganze Weile draußen vorm Hotel und redeten bis wir uns verabschiedeten und jeder zu sich nach Hause fuhr.

Sonntags, nach dem ersten von fünf geplanten „Teilwasserwechseln" beobachteten wir das „Palidarium". Immer noch war außer „Ronja" kein anderes Weibchen in Sicht. Ich war mir nicht mal sicher ob sie überhaupt noch lebten. Das Becken war so blöd geschnitten dass wir die Rückseite kaum einsehen konnten. Sie schienen sich dort zu verstecken. Irgendwie nicht unbedingt eine Dauerlösung. Svenja meinte ab und zu leicht enttäuscht „wo sind denn jetzt die ganzen Fische hin? Wieso kommen die denn nicht raus?" Tja, verdammt gute Frage.

Die naheliegenste Lösung war also folgende: die Weibchen brauchten genauso ein großes Becken wie das Männchen. Das „Palidarium" war zwar bildhübsch anzusehen und wir mochten das gleichmäßige Geplätscher des Wassers sehr, aber es schien gänzlich ungeeignet für die Haltung unserer bunten Mitbewohner. Das waren sie nämlich, schön bunt. Jede für sich in einer anderen Farbe. Außer „Ronja". Die war gemustert, in den wildesten und schönsten Tarnfarben. „Anja" war rot, „Finja" dunkelblau und der „Omen-Fisch" war hellblau gewesen.

Wir entschlossen uns also am nächsten Tag nochmal genau so ein Becken wie das vom Männchen zu holen und die Weibchen umzusetzen. Was aber auch bedeutete ich müsste ALLEINE nach Heidelberg fahren. Also mit Svenja im Schlepptau. Ich habe Ela angeschrieben. Die würde nur bis 14:00 Uhr arbeiten und könnte sich dann mit mir dort treffen. Dann müsste ich Svenja nicht mit rein nehmen. Ich hatte im Auto gerade weder Platz für Rolli geschweige denn für den Rehabuggy und wollte sie nicht über zwei Stockwerke schleppen müssen. Im Auto alleine sitzen bleiben, bei dieser mittlerweile brütenden Hitze draußen, war überhaupt keine Option. Ich wusste aber auch noch, dass Thorsten die Woche zuvor über irgendwelche

Umwege an den „Kölle-Zoo" gefahren war, weil diverse Straßen gesperrt waren. Und ich tendiere ja orientierungstechnisch da eher Richtung „Muschel". Wenn man mich irgendwo hinwarf wusste ich selten auf Anhieb wo ich bin, geschweige denn wie ich dahin gekommen war und vor allem wie ich wieder zurück kommen sollte.

Eine meiner, wie ich finde, sehr charmanten kleinen Schwächen (mein Mann sieht das eventuell ein kleines bisschen anders).

Wenn er weiß das ich alleine unterwegs bin und ihn anrufe fragt er meistens nicht „was ist?" sondern „Na Muddi, wo kurvst du wieder rum?" Mein „Meisterstück" war mal ein Umweg von über sieben Stunden.

Da wollte ich eigentlich nach Karlsruhe zu der Bundeswehr-Vereidigung meines damaligen Freundes. Und stand irgendwann völlig verzweifelt in Bad-Mergentheim, also genau in der entgegengesetzten Richtung. Und damals gab es noch kein Handy! Ich musste mir also eine Telefonzelle suchen und habe von dort völlig aufgelöst meine Mutter angerufen, die meinen geografischen Fehltritt mit einem äußerst ungläubigen „WO BIST DU???" quittierte. Abends gegen halb acht war ich dann endlich in Karlsruhe angekommen und mein Freund stocksauer. Vielleicht war das auch der ausschlaggebende Punkt mich kurz danach nach Strich und Faden zu betrügen. Aber egal, ich schweife schon wieder ab.

Ich tippte also Montags noch mit einigermaßen guter Laune die Adresse in mein Navi und machte mich auf den Weg… und FAST hätte es auch auf Anhieb geklappt. Wenn ich nicht insgesamt dreimal im Kreis gefahren wäre weil ich die Straßeneinfahrt partout nicht gefunden habe. Ela stand schon auf dem Parkplatz und schaute mich dementsprechend leicht irritiert an. Immerhin hatte ich bei unserem letzten Telefonat gesagt, dass ich laut Navi gleich da wäre. Das „gleich" dann nochmal eine Viertelstunde dauern würde wusste ich ja auch nicht. Blöde Baustelle halt! Sie setzte sich zu Svenja ins Auto und ich ließ die Klimaanlage brummen. Meine Laune befand sich ziemlich tief in meinem ausklappbaren Taschenkeller. Die Hitze setzte mir extrem zu und ich wollte nur so schnell wie möglich fertig werden und wieder nach Hause. Thorsten wollte demnächst auch noch dazu kommen, der hatte noch mit Reni und Michael einen gemeinsamen Termin absolviert. Ich machte mich also schon mal alleine auf den Weg Richtung „Problemlösung". Und erwischte, wie schon beim letzten mal einen echten Fachmann mit offensichtlicher Ahnung von Kampffischen.

Und als ich so mit ihm fachsimpeltend durch die Gänge wanderte auf der Suche nach den Dingen, die wir jetzt noch brauchten, lief ich an einem Pärchen vorbei und dachte noch so „Huch, den Mundschutz kennste doch..." Ich sah genauer hin und erkannte Reni und Michael. Die hatten sich vor einigen Wochen nämlich Mundschutz... ähm ich bin gerade auf der Suche nach der Mehrzahl... Schutze, ... Schütze, ... Schutzer... klingt alles komisch... Also sie hatten sich vor einigen Wochen mehrere Mund-Nasenmasken (HA!) mit meinem „MUDDI"-Buch vorne drauf machen lassen.

Und die waren mir jetzt natürlich beim Vorbeirauschen ins Auge gestochen. „Was macht ihr denn hier?" Ich freute mich total die beiden zu sehen. Sie grinsten.

„Du bist eben schon mal an uns vorbei gelaufen und hast uns überhaupt nicht wahr genommen." Oje, diese verdammte Hitze. „Wir hatten gerade nichts besseres zu tun und dann dachten wir wir begleiten euch mal." Hach, die zwei sind echt süß!

Ungefähr eine Dreiviertelstunde später sind wir wieder raus, mit dem gleichen Becken wie dem das wir vor zwei Tagen gekauft hatten, Unmengen an Pflanzen, Teststreifen um die Wasserqualität zu bestimmen und zehn Garnelen, die neben den Schnecken für ein sauberes Becken sorgen sollten. Also wieder genug Arbeit für die nächsten Tage. Weil auch da hieß es jetzt für eine Woche täglich Teilwasserwechsel, um die Weibchen sobald wie möglich umsetzen zu können. Aber wenn alles ordnungsgemäß laufen würde, ja DANN hätte man damit so gut wie keine Arbeit mehr. Laut dem „Kampffisch-Experten" vom Geschäft. Dessen Worte in Gottes Gehörgang!

Zwei Tage später kippte das Wasser im „Paludarium" komplett um. Also nicht das Becken, sondern das Wasser nahm eine besorgniserregende Qualität an. „Anja" war von uns gegangen und hatte, dadurch das sie halb verwest in der Pumpe hing, die Wasserqualität gleich mitgenommen. Also mussten wir „Finja" und „Ronja" sofort in das neue Becken umsetzen und peinlich genau auf die Wasserqualität dort achten. Dabei fiel mir auf, dass „Ronja" „Finja" ständig durchs Wasser scheuchte und mit Feuereifer durchs Gestrüpp jagte. „Finja´s" Flossen waren schon total zerfleddert. Ich befürchtete, dass das nicht lange gut gehen würde. Und tatsächlich musste ich „Finja" drei Tage später aus dem Wasser fischen und auf den Weg allen Fleisches Richtung Kläranlage schicken. Seitdem beherrscht „Ronja" alleine das Becken, ihre „Putzfrauen" lässt sie wenigstens weitgehend in Ruhe. Und sie frisst einem

das Futter fast aus der Hand. Thorsten schüttelt manchmal den Kopf wenn er das sieht und meinte letztens: „Ich glaube, genau so wäre sie auch geworden…"
Und ich wusste sofort, was er meinte…

Gleich zwei Tage später passierte dann wieder mal etwas unglaublich Spannendes. Das Rhein-Neckar Fernsehen „RNF" war auf mich aufmerksam geworden und hatte mich als „Gast des Tages" ins Studio nach Mannheim eingeladen. Reni und Michael würden nach Svenja schauen während Thorsten und ich um halb sechs abends in Mannheim sein mussten. Das Ganze sollte ungefähr eine Stunde dauern. Die beiden kamen gegen fünfzehn Uhr, weil sie sich vorher gerne noch ein wenig mit Svenjas Umgang vertraut machen wollten.
Eigentlich war das ja alles gar nicht wirklich kompliziert, aber man muss wissen wie man sie hebt und trägt.
Die beiden kamen pünktlich und wir setzten uns noch ein Weilchen in den Hof, wo kurze Zeit später auch Thorsten dazu stieß. Und während wir uns alle so unterhielten meinte Thorsten mit einem Mal „willst du nicht vielleicht mit Reni nach Mannheim fahren und Michael und ich bleiben hier bei Svenja?"
Ich sah ihn erstaunt an. Eigentlich hatte ich ja gedacht er würde sich einen Besuch in einem Fernsehstudio nicht entgehen lassen wollen. Aber es war brüllend heiß an dem Tag und meinen Mann hatte eine gewisse wetterbedingte Unlust gepackt. Und ich musste zugeben ich freute mich darauf dieses Ereignis mit Reni zusammen erleben zu können. Also machten wir uns gegen vier auf den Weg, während Michael daheim mit Svenja spielte und Thorsten versuchte, den Sender des „RNF" auf unserem Fernseher einzustellen.
Wir waren gegen kurz nach fünf dort, es waren fast unerträgliche schwüle 37 Grad in Mannheim. Ich schwitzte mir fast einen Wolf. Ich wollte ja nicht in kurzen Hosen ins Fernsehen. Meine Oberschenkel haben hinten so leichten „Hagelschaden". Für den Hausgebrauch, sprich Zuhause, war das natürlich kein Problem, da sah mich kaum einer wirklich. Aber den Zuschauern wollte ich den Anblick einer hautfarbenen Kraterlandschaft doch lieber ersparen. Also hatte ich eine knielange Jeans und ein rotgeblümtes Oberteil an.

Das allerdings fast ärmellos. Meine Oberarme sind nicht ganz so „wellig" wie meine Oberschenkel und da ich ja nicht die Queen bin würde ich wohl auch kaum in die Kamera winken müssen (wobei meine „Winke-Ärmchen" förmlich wie geschaffen für so etwas sind).

Wir machten uns auf die Suche zum Studioeingang. Schon die Atmosphäre dort versetzte mich in eine Art Ehrfurcht.

Irgendwann kam eine junge Dame ums Eck, fragte nach meinem Namen und führte uns in eine Art Warteraum. Zehn Minuten später holte sie mich in die Maske.

„Seit Corona müssen sich unsere Studiogäste leider selbst abpudern. Das ist aber notwendig, weil die Kamera sonst zu viele Glanzpunkte einfängt." Während sie mir das erzählte gab sie einen kleinen Berg Puder auf ein Kosmetiktuch und öffnete ein Einmachglas auf dem „Gäste" stand. Darin befanden sich kleine Schwämmchen zum Auftragen des Puders. Ich nahm in einem der vier alten Friseurstühle Platz, die in dem Raum nebeneinander standen. Reni setzte sich neben mich. Die junge Dame meinte noch „der Moderator wird so in zehn Minuten zu Ihnen kommen und den Ablauf mit Ihnen besprechen." Da fiel mir noch was ein. Ich war nämlich bis zu dem Moment davon ausgegangen, dass das alles aufgezeichnet wurde und dann später gesendet werden würde.

„Nein, die Sendung heute ist live." Sie lächelte. Ich nicht.

Na Mahlzeit, jetzt war ich noch nervöser als zuvor. „Live" hieß, ich musste ziemlich genau aufpassen was ich sagte, also nach Möglichkeit nicht ewig durch die Gegend stottern, sondern flüssige und auch noch einigermaßen geistreiche Antworten geben. Reni neben mir verzog den Mund zu einem breiten Grinsen und meinte „ach komm, das schaffst du doch! Weißt du was? Ich bin froh, dass sie das nicht zu mir gesagt hat mit dem Puder. Ich wüsste gerade echt nicht was ich damit anfangen soll." Ich musste lachen und vergaß somit einen Moment meine Aufregung. Dann klatschte ich mir gewissenhaft den Berg Puder aufs Gesicht und verteile ihn gekonnt über den Rand des Halses bis hoch zur Stirn. Ich kam mir augenblicklich vor wie zugekleistert. Vielleicht erinnert sich ein paar daran dass ich mir eigentlich nur meine Augen schminke und den Rest des Gesichtes meistens sich selbst überließ. In diesem Moment wusste ich auch wieder warum. Es fühlte sich nicht wirklich schön an, aber ich musste zugegeben, es sah gar nicht mal so schlecht aus. Und ich war somit „kameratauglich". Der Moderator ließ wohl noch etwas auf sich warten, Reni und ich vertrieben uns die Wartezeit in dem wir uns die Wände oberhalb des großen Schminkspiegels näher betrachteten. Dort hingen die Autogrammkarten derer, die den Sender schon besucht hatten. Wir erkannten einige der Herrschaften die dort versammelt waren. Unter anderem den bekannten Stand-up Comedian Bülent Ceylan. Der stammt ja aus Mannheim und war wohl hier schon öfter zu Gast.

Ich fühlte mich seltsam, jetzt auch hier auf so einem Stuhl zu sitzen, da wo vielleicht schon Bülent irgendwann mal gesessen hatte.

Und meine Nervosität stieg minütlich. Dann kreuzte der Moderator auf. Erst dachte ich „ach herrje, ob der nötige Geduld mit einem Odenwälder Landei wie mir haben würde?" Er wirkte leicht hektisch, wenn auch Gott sei dank super nett. Auch er musste sich alleine abpudern und in der Zwischenzeit erklärte er im grob den Ablauf der Sendung. Parallel dazu erschien ein Tontechniker und verkabelte mich. Er fummelte mir ein Kabel durchs T-Shirt und knipste mir ein kleines Mikrophon an den Ausschnitt. Den dazugehörigen Abnehmer heftete er mir an den Hosenbund. Dann wurden wir ins nebenan liegende Studio geführt. Reni durfte mit und wurde auf die Tribüne platziert. Für mich gab es einen Platz auf der Couch in der „Talk-Ecke". Von dort aus konnte ich beobachten, wie so eine Sendung vorbereitet wurde.

Jeder der Anwesenden, der gleich live was zu erzählen hatten, musste einen sogenannten „Soundcheck" durchführen, sprich das Mikrofon wurde der Sprachlautstärke angepasst. Es waren zwei Moderatoren anwesend, beide lasen zur Probe einen Teil ihres Textes, den sie später während der Sendung vortragen würden. Ich überlegte mir was ich für die Tonprobe sagen wollte und schnappte mir kurzerhand „Ronjas Welt". Daraus lies ich ein kleines Stück, so erzählte ich wenigstens keinen Quatsch wie „Check 1-2…".

Wolfgang, MEIN Moderator, also der, der später in der Sendung das Interview mit mir führen würde, setzte sich zu mir auf die Couch.

„Na, aufgeregt?" fragte er mich. Ich musste kurz überlegen. Jetzt, wo ich hier saß und einfach abwartete legte sich komischerweise meine Aufregung völlig. Außerdem hatte ich ja noch Reni im Hintergrund, die mir in regelmäßigen Abständen ein aufmunterndes Lächeln Richtung Couch schickte. Ich bekam gesagt wo ich mich hinzusetzen hatte, und dann probierte der Kameramann einige Einstellungen. Er stammte aus dem Gorxheimertal, also gar nicht mal weit weg von mir. Wolfgang kam nochmal zu mir und meinte „die Handschuhe könntest du vielleicht noch irgendwo neben dich legen."

Ich war sekundenlang total irritiert bis mir bewusst wurde, von was er sprach. Ich hatte Ronjas Hasen in der Hand und während ich redete spielte ich ihm unbewusst an den Ohren. Ich hob ihn hoch. „Meinst du das? Das sind keine Handschuhe." Ich musste lächeln. „Oh, ist das der Hase von deiner Kleinen? Dann kannst du ihn natürlich in der Hand halten." Ich war dankbar, ihn in meiner Tasche zu lassen wäre fast nicht in Frage gekommen. Es fühlte sich gut an Ronja damit ein Stück bei mir zu haben. Dann ging's los.

Beide Moderatoren kommentierten gekonnt die zugeschalteten Beiträge und ich wartete, mittlerweile ziemlich entspannt, auf meinen Einsatz. Nach einem weiteren Werbeblock war es dann soweit. Wolfgang setzte sich zu mir auf die Couch und stellte mir innerhalb der nächsten fünf Minuten Fragen zu mir und meinen Büchern. Und ich redete als hätte ich noch nie etwas anderes gemacht als Fernseh-Interviews gegeben. Und das alles ohne Stottern, peinlichen Denkpausen oder seltsamen Satzformulierungen. Meine Herren war ich stolz! Und Reni auch. Als der nächste Werbeblock eingeblendet wurde und mein Teil somit vorbei war strahlte sie mich an und schickte mir zwei hochgestreckte Daumen.

Als die Sendung vorbei war und ich zufrieden zurück in die Maske stolzierte um meine Tasche zu holen kam Wolfgang uns nach. „Vielleicht sehen wir uns zu „MUDDI 3" ja wieder. Ich fand das sehr interessant heute mit dir."

Ich übergab ihm noch eine Tasche mit jeweils einem Buch, Lesezeichen, Kugelschreibern und „MUDDI" Milchkaffee. Er versprach in seinem Urlaub reinzugucken und mir Rückmeldung zu geben.

Gegen halb acht abends waren wir wieder zuhause in Wald-Michelbach. Zwischenzeitlich waren auf meinem Handy unzählige Nachrichten eingegangen. Viele hatten meinen „Live"-Auftritt verfolgt und beglückwünschten mich. Ich freute mich immer noch, dass das alles so gut geklappt hatte. Aber das schönste Kompliment bekam ich dann von Svenja. „Ich habe dich im Fernsehen gesehen, du hast sogar meinen Namen gesagt. Ich bin ganz stolz auf dich Mama!" Hach…

Eine Woche später fuhren wir mal wieder nach Stuttgart, dieses Mal in die Innenstadt. Einfach so, ich hatte das Gefühl unbedingt mal raus zu müssen. In der Woche davor bekamen wir Post von unserem Anwalt. Den hatten wir auf Anraten seit Oktober letzten Jahres. Die Staatsanwaltschaft hatte ja Anklage erhoben, ein Umstand der mich unglaublich viel Nerven und noch viel mehr Kraft kostete. Jedesmal wenn wir einen Termin bei unserem Anwalt hatten musste ich ihm bis ins kleinste Detail alles vom Unfalltag erzählen. Jede Kleinigkeit war für ihn wichtig. Ich war jedesmal ganz nah am Rande eines Nervenzusammenbruchs und Tage danach noch völlig neben der Spur. Noch immer versuchte ich, wenn auch oft ziemlich erfolglos, alles irgendwie zu verdrängen.

Bei solchen Terminen brach alles wieder über mir zusammen wie ein mühsam erbautes Kartenhaus.

Und durch Corona war ein Ende noch lange nicht abzusehen. Keiner konnte uns sagen wann und ob es zu einer Verhandlung kommen würde. Dieses „in der Luft hängen" war grausam, ich sehnte mir eigentlich nur ein Ende des Ganzen herbei. Ich wollte endlich versuchen damit abzuschließen. Nur so wurde das nix. Und nein, Chantal und ich hatten immer noch keinen Kontakt. Außer im Vorbeifahren hatten wir uns auch seitdem nicht ein einziges Mal irgendwo gesehen, nicht mal zufällig. Komisch eigentlich…

Wir bekamen also mal wieder Post von unserem Anwalt und ich war heilfroh, dass Thorsten ihn zuerst aufmachte. Drinnen befand sich eine Aussage einer Frau (nein, nicht von Chantal). Außerdem noch der abschliessende Krankenhausbericht.

Den wollte ich auf keinen Fall lesen, genauso wenig wie die ganzen Gutachten. Aber diese Aussage forderte innerhalb von Sekunden meine gesamte Aufemerksamkeit.

Sie war im Juni bei der Staatsanwaltschaft eingegangen und beinhaltete bösartige Lügen und haltlose Unterstellungen. Gegen mich!

Ich war von einem Moment auf den anderen wie ausgeknockt. Schnappte nach Luft, schrie vor Zorn, Ungerechtigkeit und maßloser Verletzung. Thorsten versuchte mich zu beruhigen. Ich brauchte eine ganze Weile, dieses Schreiben war bisher der Gipfel an Bösartigkeit. Um dazu Stellung beziehen zu können musste ich mir das alles nochmal haargenau durchlesen und kontaktierte dann nochmal unseren Anwalt. Wir vereinbarten einen Termin und ich setzte voller Wut einen kleinen, alles aussagenden Satz in meinen WhatsApp Status „manche Menschen sind nicht mal mehr meine Spucke wert"!! Versehen mit unzähligen Wut-Smileys. Ich wusste, die betreffenden Personen würden es lesen. Taten sie dann auch. Jedes Smiley und jedes Wort in diesem kleinen Satz beinhaltete alles das, was ich die letzten Monate für diese Personen empfand. Und jetzt war das Fass sprichwörtlich übergelaufen. Ich bekam unglaublich viel Zuspruch auf meinen kleinen „medialen

Wutausbruch", auch wenn ich keinem verriet, um was es letztendlich ging. Keiner der Menschen, die mich WIRKLICH mochten, wollte, dass ich mich über irgendetwas so dermaßen aufregen musste. Viele machten sich Sorgen, man wusste, dass ich eigentlich ein friedlicher, sanftmütiger Mensch bin. WENN ich austickte dann musste etwas wirklich Relevantes vorgefallen sein. Wir bekamen vier Tage später einen Termin bei unserem Anwalt. Reni und Michael hatten wir informiert, sie würden in der Zeit nach Svenja sehen. Svenja zu solchen Terminen mitzunehmen war ein Ding der Unmöglichkeit. Erstens ging es dort um Dinge, die selbst ICH kaum verkraftete. Wie oft schon hatte ich mir während einer unserer Anwaltsterminen die Ohren zugehalten, während Thorsten und der Anwalt sich zum Beispiel über das Gutachten unterhielten. Ich wollte nichts davon hören! Ich hatte so oder so schon zu sehr mit meinen eigenen „Dämonen", sprich Bildern, zu kämpfen. Kleine intensive Details brauchte ich dafür nicht auch noch.

Zweitens hatte Svenja ja, wie Ihr vielleicht noch wisst, „Rhabarber-Ohren". Und bevor die irgendwo Unheil anrichteten durfte und konnte sie bei solch wichtigen Terminen eben einfach nicht dabei sein.

Und bevor jetzt einer fragt „warum guckt dann Ela nicht?":

Ela musste arbeiten, in der letzten Zeit lassen sich ihre und meine, beziehungsweise unsere Termine irgendwie kaum noch miteinander vereinbaren.

Aber wir wussten Svenja bei Reni und Michael in guten Händen, die freute sich schon wieder auf eine ungestörte Zeit zum spielen mit den Beiden.

Eigentlich hatte ich die vage Hoffnung, dass es bei diesem Termin dieses Mal wirklich nur um die Aussage dieser diabolischen Frau gehen würde und um die Widerlegung ihrer unfassbaren Sätze. Aber natürlich zog mir unser Anwalt diesen Zahn gleich zu Beginn in dem er meinte „dann gehen wir jetzt nochmal Minute für Minute den 30.09. durch..."

Als wir eineinhalb Stunden später die Kanzlei verließen war ich am Ende meiner kompletten Kräfte und reif für die Psychiatrie. Und ich hasste diese Frau, der ich das zu verdanken hatte. Wir wussten, dass fast diese gesamte Familie schon länger mit uns, also vorzugsweise mit mir und dem was ich tat, ein absolutes Problem hatte. Und man hatte auch schon auf diverse Art und Weise versucht, mir da irgendwie an den Karren zu fahren. Bisher nur leider ohne sichtbaren Erfolg. Jetzt versuchte man es also offenbar auf diese Art

und Weise. Dumm, verlogen und persönlich angreifend. NOCH halte ich mich stark zurück, erzähle weder etwas über das, WAS in diesem Schreiben stand noch WER mir das angetan hat. Aber ich weiß, der Tag wird kommen. Da halte ich mich gerne an die altbekannten Lebensphilosophie:
„Karma f… jeden!!!"
Ich hatte mich mit Thorsten vor der Kanzlei getroffen, er kam direkt vom Arbeiten. Wir waren also mit zwei Autos unterwegs. Und jetzt, danach, wollte er mich nicht wirklich alleine nach Hause fahren lassen. Ich setzte mich durch und machte mich trotzdem alleine auf den Nachhauseweg. Aber ich war froh als ich wieder daheim im Hof stand.
Thorsten war schon da und saß mit Reni und Michael bei einer Tasse Kaffee. Ich ließ mich aufs Polster meiner Bank fallen und begann hemmungslos zu weinen. Dabei hatte ich mich eigentlich die letzten zwei, drei Wochen gerade wieder etwas mehr im Griff. Mit einem Schlag war nun meine mühsam aufgebaute Stärke und Kraft wieder zerstört worden. Ich wusste ich würde einige Zeit brauchen bis ich ungefähr wieder da war, wo ich mental noch vor einer Woche war. Und ich begann immer mehr zu hassen. Nicht gut!
Reni strich mir immer wieder beruhigend über den Rücken. Thorsten meinte „Muddi, mach dich doch nicht verrückt. Der Anwalt macht das schon, und wenn es soweit ist darf jeder wissen, was manche Menschen doch offenbar für ein langweiliges, unwichtiges Leben haben."
Er hatte recht. Um im Mittelpunkt zu stehen reicht es wohl tatsächlich manchmal wenn man einfach nur dumm ist.

Ich werde Euch aber jetzt erst Mal von etwas ganz anderem erzählen: dem Ergebnis meines Allergietestes!!
Und bevor jetzt manche nägelkauend vor Aufregung „uiuiuiui" denken und sich vor Spannung aufrecht hinsetzen…. Ihr könnt Euch entspannen, raus kam nämlich… NIX!
Jaaaa, genauso habe ich auch geguckt. Einen Tag früher als erwartet, nämlich am 11.08 klingelte nachmittags mein Handy.
„Hallo Frau Weber. Ich wollte Sie gerne über das Ergebnis der Blutuntersuchung informieren. Also alles das was wir getestet haben war negativ, das heißt Sie haben auf nichts reagiert. Sollten Sie weiterhin so

massive Reaktionen auf Essen bekommen rate ich Ihnen dringend zu einer psychosomatischen Behandlung. Ich werde Ihnen die Ergebnisse per Post zukommen lassen, dann sehen Sie was wir alles getestet haben und vor was Sie eigentlich wirklich keine Angst mehr haben brauchen. Ich wünsche Ihnen für die Zukunft alles Gute!"

Da saß ich nun und starrte noch sekundenlang mein Handy an als hätte gerade Peter Pan persönlich angerufen. Na prima, ich würde es also in den nächsten Tagen schwarz auf weiß in den Händen halten können das ich definitiv das „fehlende-Geschirr-im-Küchenmöbel-Syndrom" hatte….

Um es deutlicher zu benennen „nicht alle Tassen im Schrank!!" (geht bei mir sowieso nicht, in einer ist schließlich immer Kaffee!).

Ich schrieb es in unsere „Muddi"-WhatsApp Gruppe (ja die gibt's) und machte eine „verzweifeltes Gesicht"-Smiley dazu. Weil so richtig kapieren konnte ich das jetzt wahrhaftig nicht. Immerhin war es ja NICHT so, dass diese ganzen Symptome und Befindlichkeiten erst NACH Ronjas Unfall aufgetaucht wären. Sie waren schon gut zwei Jahre vorher da gewesen und hatten sich nur innerhalb der letzten Zeit massiv verschlimmert. Also konnte das doch Bitteschön nicht wirklich komplett an meinem maroden Hirn liegen??

Michael und Reni sind mit einem Arzt befreundet dem sie meine Geschichte erzählt hatten. Auch die mit meinen seltsamen Essgewohnheiten. Ein paar Tage später telefonierten besagter Arzt und ich miteinander. Er riet mir, nach einem längeren sehr herzlichen Gespräch, mir nochmal zwei zusätzliche Werte von meinem Hausarzt abnehmen zu lassen. Die könnten eventuell nochmal etwas mehr Aufschluss über meine aktuelle Situation geben. Also, auf ein Neues….

Und knapp eine Woche später hieß es dann erneut … NIX!!!

Gut, jetzt war wohl der Zeitpunkt gekommen mich ernsthaft damit auseinander zu setzen das ich wohl wirklich unglaublich einen an der Waffel hatte. Ich beschloss nun tatsächlich, über eine psychosomatische Therapie nachzudenken. So wie es aussah, musste ich jetzt wohl wieder lernen normal und vernünftig zu essen. Seit nunmehr gut eineinhalb Jahren hatte ich mich stark unter Kontrolle und achtete peinlich darauf, was ich aß. Das sollte nun alles mit einem Mal anders sein können? Ich sollte von jetzt auf gleich wieder essen (und trinken) können was ich wollte? Woher aber kamen dann diese ganzen allergischen Reaktionen? Sie waren schließlich für andere sichtbar und für mich sehr real spürbar. Ihr seht, so richtig wohl war mir bei der ganzen Sache überhaupt nicht und aktuell tüftele ich noch an einer akzeptablen Lösung. Wobei da jetzt das wohl Naheliegenste wäre zu denken, dass ich halt vor eineinhalb Jahren schon genauso einen an der Klatsche hatte wie jetzt.

Ich möchte Euch an der Stelle gerne mal noch einiges von mir und über mich erzählen. Dinge, die Ihr wahrscheinlich noch nicht wusstet oder die Ihr Euch vielleicht auch nicht ganz vorstellen könnt. Aktuell bin ich eine 44jährige Frau. 1,55 Meter groß (beziehungsweise klein) mit einigermaßen normaler Figur und halblangen schwarzen Haaren (wobei ich bei der Farbe gerne mal ein wenig variiere. Mal sind sie lila, mal leicht rötlich, mal blauschwarz und in letzter Zeit immer öfter und ziemlich rasant Oma-grau. Aber im Grunde ihres Daseins sind sie kohlrabenschwarz).

Ich trage Kontaktlinsen, weil ich ohne sie bald einen Hund bräuchte und eine gelbe Binde mit drei schwarzen Punkten am Oberarm. Bei einer Dioptrien von -12,5 ist man froh, wenn das Gegenüber spricht und man den jeweiligen Menschen an der Stimme identifizieren kann.

Früher trug ich eine Brille, bis zu meinem 13.Lebensjahr. Und war somit das geborene Mobbing-Opfer. Meine Brillen die ich bis dato trug, hätten zweifelsohne das Prädikat „sittenwidrig" verdient. Die Erste hatte ein simples, weißes, rundes Metallgestell, die zweite verlieh mir dafür das Aussehen einer gestrengen Schuldirektorin mit Schluppenbluse. Das Gestell an sich wäre vielleicht gar nicht mal so schlimm gewesen. Richtig gruselig wurde es erst, als die Brillengläser in der passenden Dioptrien-Zahl verbaut waren. Ich weiß nicht ob Ihr das kennt. Aber je stärker die Kurzsichtigkeit umso kleiner werden die Augen hinter den Gläsern (bei der Weitsichtigkeit ist das logischerweise genau andersrum, da sieht man dann ständig so aus als wäre man leicht erstaunt).

Ich trug also eine fiese Brille, deren Gläser mir das Aussehen einer halbblinden Spitzmaus verliehen und hatte zu allem Überfluss eine unglaublich bescheuerte Frisur. Zu der ich ganz am Anfang noch nicht mal etwas konnte. Kurzer Rückblick:

Man teilt Affolterbach und das sogenannte „Owwerdorf" und ins „Unnerdorf", also „Oben" und „Unten". Wobei ich bis heute nicht ganz genau weiß, wo da die imaginäre Grenze zu ziehen ist. Wir wohnten im „Owwerdorf" und dort gab es einen sogenannten „Herrenfriseur". Mein Vater ging dort regelmäßig hin und ganz oft durfte ich ihn begleiten. Ich war jedesmal fasziniert von den schönen Stühlen und den vielen Scheren, Kämmen und Umhängen die es dort zu sehen gab. Und weil der Friseurladen praktischerweise nur ein paar Schritte von meinem Elternhaus entfernt war bekam ich dort meinen ersten, sehr zweckmäßigen Haarschnitt verpasst.

Man ging damals noch davon aus, dass die Haare schneller und dichter wuchsen, wenn man sie einmal bis quasi auf die Wurzeln runter schnitt und dann fröhlich vor sich hin wachsen ließ. Gut, ganz so schlimm wars dann nicht. Als ich damals mit meiner Mutter wieder zurück nach Hause lief hatte ich eine astreine „Prinz-Eisenherz-Gedächtnisfrisur".

Die blieb mir dann auch noch gut vier Jahre erhalten. Also eigentlich vom Kindergarten bis über die gesamte Grundschulzeit. Danach wurde es nur leider nicht wirklich besser. Ich wurde zu einem großen Fan der Sängerin „Nicki". Und wollte dementsprechend so mit 11 die gleiche Frisur haben wie sie. Ich sag's gleich: war ne saublöde Idee. Das Ganze endete in einem „Vokuhila" und sah an mir persönlich alles andere als gut aus. Die Brille tat da natürlich ihr Übriges. Ungefähr zwei Jahre später hatte ich dann nochmal die unglaublich blöde Idee einer damals hochmodernen Dauerwelle. Im Ergebnis sah ich aus wie eine Mischung aus nassem Schaf und Paul Breitner. Wobei die blonden Strähnen in dem wirren Gewuschel auch nicht unbedingt zur Verbesserung beitrugen.

Apropos: Ich hatte ja etwas weiter oben schon über meine kleineren Haarfärbe-Experimente berichtet. Ich glaube das bisher mutigste (und auch bekloppteste) in der Richtung habe ich mit 19 getrieben: Ich fuhr damals ein fliederfarbenes E-Kadett Cabrio (Ihr erinnert Euch vielleicht) und wollte, so als zusätzlichen Hingucker, gerne dazu BLONDE Haare. Und natürlich ging ich dafür NICHT in einen Friseursalon, also sprich zu einem Experten. Nein, die Muddi dachte sich frisch-fromm-fröhlich-frei: Das bisschen „heller" kriege ich doch auch alleine hin. Das traurige Ende vom Lied:

ich sah aus wie eine Ampel im Mittelteil, mein Haar hatte die Farbe eines knackigen Gemüses angenommen und es hätte nicht viel gefehlt und ich hätte im Dunkeln geleuchtet.

Aber ich bin immer der Meinung, man sollte fast alles im Leben mal ausprobiert haben . Jetzt bin ich schlauer: BLOND werde ich schon mal nicht mehr. Wahrscheinlich wird's dann doch eher über kurz oder lang grau (wobei ich befürchte eher „über kurz"). Mein Aussehen katapultierte mich damals auch nicht gerade in die Rangliste der „hübschesten Mädchen der Schule". Im

Gegenteil. Da bin ich wieder bei dem Thema „Mobbing-Opfer". Ganz so lustig gemeint war das nämlich gar nicht. Ich wurde über drei Jahre lang ziemlich fies gemobbt in der Schule. Und zwar die drei Jahre, in denen ich auf dem Gymnasium in Wald-Michelbach war. Da hatte mich nämlich meine Mutter hin geschachert. Auch wenn ihr so gut wie alle davon abgeraten hatten. Keiner traute mir das Abitur zu, ich mir selbst eigentlich auch nicht. Aber meine Mutter hatte ja von jeher ein unglaublichen Ehrgeiz was mein Weiterkommen betraf und so verbrachte ich drei quälende Jahre auf dem Überwald-Gymnasium in Wald-Michelbach.

Ich hatte nur drei Freundinnen. Der Rest verhöhnte mich, wann immer er konnte. Man beschimpfte mich, schubste mich rum, lachte mich aus, zog über mich her oder ignorierte mich einfach. Ich fuhr damals sogar mit in die Skifreizeit, obwohl ich mich viel lieber zuhause irgendwo verkrochen hätte. Mit dem Ergebnis das ich vor lauter Kummer zwei Tage vor der Heimfahrt sehr hohes Fieber bekam und fast von meinen Eltern abgeholt werden musste. Da meine schulischen Leistungen dementsprechend immer schlechter wurden musste selbst meine Mutter einsehen, dass es überhaupt keinen Sinn machte mich noch länger auf dem Gymnasium zu lassen und so wechselte ich auf die Realschule und machte dort die 7. Klasse nochmal.

Ich fühlte mich gleich viel wohler. Hier waren meine alten Freunde wieder und auch sehr viele Affolterbacher. Auf dem Gymnasium war ich in einer Klasse mit Kindern aus anderen Ortschaften gewesen, hier war ich nun wieder ein Stück mehr „daheim". Ich hatte im Nu wieder einen Haufen Freunde, engagierte mich im Schulwesen und machte mit großer Freude bei verschiedenen AG´s mit. Am liebsten waren mir die Theater AG und die sogenannte „Bläserklasse" (Contenance bitte, ja?)

Ich spielte Klarinette und Saxophon, übernahm diverse Rollen in den Theaterstücken, war zwischendurch Klassensprecherin und war endlich wieder akzeptiert und ein Teil der Gemeinschaft. Das hielt bis zur Ausbildung. Dort fing ich an zu polarisieren (etwas was ich bis heute offenbar unglaublich gut beherrsche). Es gab nur zwei Arten von Menschen: die einen liebten mich und die anderen hassten mich. Und ehrlich gestanden wusste ich gar nicht genau, warum. Ich tat nichts, über was es sich zu aufregen gelohnt hätte. Ich sah mittlerweile um Längen besser aus als noch fünf Jahre zuvor. Ich hatte eine ansehnliche Figur, meine Haare hatten endlich einen vorzeigbaren Schnitt, mein Klamottenstil hatte die Richtung „süß mit einem Hauch sexy" und ich war fröhlich und offen. Aber es gab immer wieder Leute, die sich unglaublich an mir störten. Heute ist mir das ja bekanntermaßen völlig schnuppe, damals tat es zwischendurch immer mal wieder ziemlich weh. Weil ich es nun mal nicht verstand. Und seltsamerweise waren es meistens die Frauen, die mit mir ein Problem hatten. Die Männer eher weniger. Und das wiederum fand ich nun wieder gar nicht mal so schlecht. Da ich von Haus aus recht spärlich mit Zärtlichkeiten und Nettigkeiten bedacht worden war holte ich das mir jetzt nun halt woanders. Und die Männer, die ich so um mich rum hatte, waren in solchen Dingen sehr viel freigiebiger und so wechselte ich manchmal meine Freunde und Liebschaften wie andere ihre Unterwäsche. Ich fühlte mich wohl und begehrt und es tat gut, zu spüren, dass man jemandem wichtig war. Von vergebenen Männern ließ ich die Finger, es gab schließlich noch genügend andere.

Und solange ich Single war konnte ich tun und lassen was ich wollte. Meinen ersten „festen" Freund hatte ich dann mit 15, wenn auch nicht wirklich lange. Danach kamen noch einige andere, nie hielt eine Beziehung wirklich lange. Es wurde mir immer ziemlich schnell langweilig oder die Kerle wurden zu anhänglich. Und richtig ernst war es mir sowieso mit keinem. Auch wenn ich mich, in offenbar völlig geistiger Umnachtung, mit einem von den vielen VOR Thorsten ganz romantisch in einer Silvesternacht „verlobt" habe. Ich dachte damals meine Mutter erschlägt mich. Es waren im Endeffekt nur Freundschaftsringe, aber da dachte ich zum ersten Mal dieser Mann wäre nun meine Zukunft. Mit SECHZEHN wohlgemerkt. Mein Glück war dabei eigentlich noch, dass er mich knapp ein viertel Jahr später mehrmals betrogen hat und ich mich somit wieder in den freien Markt werfen konnte. Ich bediente zu der Zeit in Wald-Michelbach im „Pub", ganze drei Jahre lang. Wenn ich an die Zeit zurück denke muss ich grinsen. Das waren echt wilde Jahre mit tollen Leuten. Mehrmals in der Woche abends und so gut wie jedes Wochenende stand ich hinter dem Tresen und zapfte Bier oder kreierte Cocktails. Manchmal fuhr ich Nachts um vier die Stammgäste noch nach Hause und machte mich dann auf den Weg Richtung Erbach ins Krankenhaus zu meiner Schicht. Thorsten war auch damals schon immer präsent, wir hatten ja fast die gleiche Clique.

Und wir spielten ja auch zusammen in einer Band. Die hatten er und sein bester Freund (vielleicht erinnern sich einige noch an ihn, das war der, den ich quasi damals mit Thorsten betrogen hatte) gegründet. Und mich irgendwann gefragt ob, ich nicht Lust hätte mitzusingen. Als ich zu der Band „Die Cookies" dazu stieß waren es mit mir sieben „Musiker". Schlagzeug, Gitarre, Keyboard, E-Bass….. alles war vertreten. Wir waren alle mit Feuereifer dabei und nahmen unsere Sache sehr ernst. Und tatsächlich hatten wir auch einige Auftritte. Wir spielten auf Hochzeiten, Polterabenden und Geburtstagen. Aber am legendärsten war unser Auftritt auf der Wald-Michelbacher „Kerwe" (in anderen Orten auch Kirchweih oder Kirmes genannt). Wir spielten mit unserem damals noch sehr spärlichen Repertoire vor dem Rathaus. Eigentlich nur als „kleiner Happen zwischendurch". Unsere Liedauswahl reichte da gerade mal für ungefähr zwei Stunden Unterhaltung. Gespielt haben wir dann über die ganzen drei Tage hinweg jeden Abend, die Stimmung war jedesmal bombastisch.

Während der Ausbildung wohnte ich ja dann überwiegend im Schwesternwohnheim in Erbach, gleich neben dem Krankenhaus. Ich musste dort niemandem Rechenschaft über mein Tun ablegen und so erinnere ich mich heute manchmal noch an den einen oder anderen heißen Flirt, der mir in der Zeit über den Weg lief. Aber auch da war Thorsten irgendwie immer schon im Hintergrund. Aber da sollte ja bekanntermaßen erst noch sein Freund dazwischenkommen.

Thorsten sagte irgendwann mal zu mir, kurz nachdem wir das erste Mal die Nacht zusammen verbracht hatten:

„du warst für mich immer so unerreichbar, ich hätte mir niemals zu träumen gewagt, dass wir beide mal zusammen kommen. Ich will dich schon so lange…"

Das daraus eine so lange und intensive Geschichte werden würde ahnte ja wirklich noch keiner. Ihr seht, ich war wahrlich nicht die Tugendhafteste unter Gottes Sonne. Aber eigentlich habe ich nur so das schätzen und lieben gelernt, was ich heute habe. Und manchmal weiß ich nicht, ob ich es gut finden soll das Ela so GANZ ANDERS ist als ich.

Natürlich muss sie nicht mit dem gesamten Überwald und dem halben Kreis Bergstraße im Bett gewesen sein.

Aber Erfahrungen sind doch irgendwie auch wichtig, oder?

Aber gut, es ist ihr eigenes Leben und sie muss wissen wie und mit wem sie es verbringen möchte. Als ich nach der Ausbildung dann in Grasellenbach im Seniorenheim anfing zu arbeiten war „de Vadder" ja dann auch wieder da, immer irgendwo in meiner Nähe. Und der Rest ist Geschichte…

September „ein unbekannter neuer Weg, viele kleine Wege und ein Engelgeburtstag"

Dieses Kapitel wird wahrscheinlich eher weniger lustige Abschnitte enthalten, dafür aber umso interessantere. Schon seit ein paar Wochen wurde ich von den verschiedensten Menschen, inklusive meiner Traumatherapeutin, auf den 30.09. angesprochen. Meine Therapeutin meinte, man müsste mich bis dahin emotional und psychisch etwas mehr festigen und stabilisieren. Alle anderen machten sich Gedanken um mich, wie ich diesen Tag rumkriegen würde.

Es war DER Tag vor genau einem Jahr an dem mir meine geliebte kleine Ronja, unsere Krawalli von der Seite gerissen wurde.

Jeder der uns kannte wusste, oder konnte sich zumindest denken, dass dieser Tag nicht so sang- und klanglos an uns vorübergehen würde. Ich wollte dass man sich an sie erinnert und war egoistisch genug mir zu wünschen, dass sie keiner jemals vergessen sollte. Thorsten ist meinen Ideen gegenüber ja Gott sei Dank prinzipiell ziemlich aufgeschlossen.

„Ich möchte für unsere Krawalli eine Gedenkfeier veranstalten. Hier bei uns zu Hause." Ich sah ihn fast bittend an. Und er überlegte gar nicht erst lange.

„Wenn du das willst machen wir das. Wie hast du dir das vorgestellt?"

Natürlich war ihm klar, dass ich diesen Tag im Kopf schon ziemlich fertig geplant hatte und jetzt wartete er auf meine Ausführungen. Wir saßen mit einem Kaffee zusammen auf der „Klagebank", er war gerade vom Arbeiten nach Hause gekommen. Jetzt wo ich so darüber schreibe fällt mir auf, dass viele unserer wichtigen und stellenweise auch zukunftsverändernden Gespräche immer auf der „Klagebank" stattgefunden haben.

„Ich hatte gedacht, ich mache das öffentlich, lade also alle dazu ein, die sich an diesem Tag nochmal mit uns an sie erinnern wollen. Wir brauchen noch irgendetwas Besonderes, irgendwas, was an sie erinnert und sich jeder mit heim nehmen kann. Und ich möchte Tabea fragen, ob sie nicht ein paar Worte sprechen könnte. Also ich will keine zweite Trauerfeier, ich will eine richtig schöne, liebevolle Erinnerungsfeier."

Thorsten dachte nach. „Du weißt aber schon, dass da ziemlich viele Menschen auftauchen könnten? Immerhin bist du mittlerweile bekannt wie ein bunter Hund. Wo willst du das machen?"

Natürlich wusste ich das. Und ich hatte auch schon im Hinterkopf in den nächsten Tagen mal bei der Polizei vorbeizuschauen um zu fragen, wie ich das am besten handhaben könnte.

Ich wollte das Ganze unten an der Straße veranstalten, an unserer „Erinnerungsecke" die wir seit November dort stehen haben. In unserem Treppenaufgang zur Haustür stand eine grün-metallene Etagere. Darauf waren zwei Laternen mit Kerzen, die Thorsten ständig erneuerte, so dass immer zwei weiße Kerzen an der Straße brannten. Außerdem hatten damals, vor knapp einem Jahr, viele Nachbarn und Freunde Kuscheltiere und kleine Engel an den Unglücksort gestellt. Das alles haben wir aufgehoben und ebenfalls auf der Etagere verteilt. Außerdem standen dort immer frische bunte Blumen. Ronja hatte Blumen geliebt, tut sie bestimmt immer noch. Also achte ich darauf, dass es überall schön bunt und fröhlich ist. Wenn sie um mich, um uns, herum ist soll es ihr ja schließlich auch gefallen. Über dieser Etagere hängt ein großer gelber Stern, der Abends und ganz frühmorgens anfängt zu leuchten. Das war letztes Weihnachten die einzige Deko die Thorsten aufgehängt hat. Mehr hätte ich damals nicht ertragen. Und der darf dort auch hängen bleiben. Es ist jetzt ihr eigener kleiner Stern. Dort wollte ich also die Erinnerungsfeier abhalten. „An was hattest du gedacht weil du meintest, irgendwas, was jeder mit heim nehmen kann?" Ich überlegte. Das würde mein größtes Problem werden. Ich wollte etwas Besonderes, etwas was an sie erinnert. Und das würde nicht gehen ohne ein Bild von ihr. Und DAS würde ich nicht schaffen, das wusste ich. Also sagte ich „Darüber mache ich mir noch Gedanken, vielleicht fällt mir ja noch was Passendes ein". Es war ja auch noch ein bisschen Zeit. Ich hatte ja immer noch die Hoffnung, dass ich von heute auf morgen auf einmal froh darüber sein würde über 20.000 Bilder und Videos auf meinem Handy zu haben und sie mir dann liebevoll lächelnd stundenlang anschauen könnte.
Ich muss nicht wirklich noch was dazu sagen, oder??
Zunächst hatten wir aber eine ganz andere Idee. Also eigentlich resultierte der Gedanke daraus, dass ich das Bedürfnis hatte, unbedingt wieder mal hier weg zu wollen. Ich bekam so ein komisches „hier spinnen gerade irgendwie alle"-Gefühl. Und ich bin echt so dermaßen froh darüber dass ich einen Mann an meiner Seite habe, der meine Bedürfnisse unterstützt und sehr darauf achtet, dass er mir gut geht. Er merkte, dass ich immer genervter wurde und

als ich ihm dann Ende August den Vorschlag machte, mal einen Tag weg zu fahren, war er sofort dabei.

„Jo Muddi, und wo gehen wir hin?" war seine lakonische Frage auf mein genervtes „ich will hier weg"-Gemotze. DAS wiederum traute ich mich kaum vorzuschlagen. Früher war klar: wir haben Zeit, wir fahren übers Wochenende nach Hamburg.

Das war aber immer noch ein Ding der Unmöglichkeit. Für mich, aber auch ziemlich oft für meinen Mann. Zwar redeten wir sehr oft darüber, aber so richtig entschlossen mal wieder hin zu fahren waren wir beide dann doch nicht.

„Ich würde so gerne mal wieder in die Schweiz. An den Brienzer See setzen, durch Interlaken schlendern... das wäre toll."

Ich ließ meinen Blick gekonnt sehnsuchtsvoll in die Ferne schweifen. Die Schweiz war in dem Moment aber tatsächlich das ideale Ziel einer kurzen Auszeit aus dem Alltag. Die Fahrt war nicht allzu weit und dort verbanden wir absolut nichts mit ihr. Sie würde dabei sein, so wie sie überall dabei war wo ich hin ging. Aber es gab dort keine Orte die schmerzhafte Erinnerungen auslösten. Stellte sich also nur die Frage wann und wie lange. Und damit auch einen klitzekleines Problem:

Essen! Ich hatte es ja nun seit gut vier Wochen schriftlich... ich hatte NICHTS. Jedenfalls nichts, was sich im Blut nachweisen ließ. Trotzdem aß ich weiterhin so „kompliziert", als hinge mein Leben von einem Stück Fleischwurst ab. Ich vermied all das, auf was ich letzten Monate (eigentlich ja Jahre) reagiert hatte. Und auch Thorsten traute dem Frieden überhaupt nicht und hatte immer wieder ziemliche Bedenken bezüglich gegenüber meiner Nahrungsaufnahme.

„Muddi wie wäre es denn, wenn wir einfach nur einen Tag rüber fahren würden? Schön am See Kaffee trinken, in Interlaken ins „Migros" und dann nehmen wir auch gleich ein paar Bücher mit. Die haben dort bestimmt auch Buchhandlungen. Und wenn wir abends wieder daheim sind bräuchten wir uns wenigstens keine Gedanken übers Essen zu machen."

Er zwinkerte. Ich riss erstaunt die Augen auf. „Du willst wirklich acht Stunden Fahrt auf dich nehmen? Wird das nicht ein bisschen viel??"

Er zuckte mit den Schultern. „Ach was, das macht mir doch nichts aus. Wenn du mal wieder in die Schweiz willst fahren wir. Ela ist ja da, dann können die beiden zuhause bleiben. Und wir machen uns einen schönen Tag.

Wir nehmen Brötchen mit und Kaffee und setzen uns an den See. Wir haben doch den ganzen Tag Zeit, es reicht ja eigentlich wenn wir irgendwann spät abends wieder kommen."

Oh, ich freute mich wie ein kleines Kind. Manche Orte fühlen sich immer wie ein Stück „nach Hause kommen" an, das Berner Oberland gehörte da absolut dazu. Ich stellte mich also freitags in die Küche und backte Streuselkuchen, samstags nachts um vier kochte ich eine Thermoskanne Kaffee, schmierte Brötchen und um halb fünf machten wir uns auf den Weg in die Schweiz. Gegen sieben überquerten wir die Grenze und ich amtete einmal ganz tief durch. Je weiter wir ins Land fuhren umso besser fühlte ich mich.

Nur das Wetter wollte nicht so wirklich wie ich wollte, es nieselte beständig und hartnäckig vor sich hin. Aber das tat meiner Freude überhaupt keinen Abbruch. Es war ungefähr neun Uhr als wir das Auto am Ufer des Brienzer Sees parkten und die Kaffeetassen und Tupperschüssel mit dem Kuchen auspackten. Wir hatten während der Fahrt schon Brötchen gefuttert, jetzt gab es quasi Nachttisch. Blöd war nur, dass es immer noch leicht nieselte. Wir parkten in zweiter Reihe und Thorsten öffnete die Heckklappe. Da er einen „Vivaro" fährt hat er einen ziemlichen großen Kofferraum und die Heckklappe lässt sich im 90° Winkel nach oben klappen. So hatten wir also ein „Dach über dem Kopf" und saßen im Trockenen. Er begann, seine „Makita" Kisten aufeinander zu stapeln und legte ein Handtuch darauf. Darauf kamen die Tassen und der Kuchen. In dem Moment fuhr in der Reihe vor uns ein Auto weg. „Muddi, wir packen jetzt zusammen und ich fahr rückwärts dahin. Und dann können wir mit ungestörten Blick auf den See frühstücken." Gesagt getan und ein paar Minuten später saßen wir einträchtig nebeneinander auf dem Boden des Kofferraums, über uns die schützende Heckklappe und vor uns der „Makita"-Tisch mit Kaffee und Kuchen. Und ein grandioser Ausblick auf den Brienzer See mit den Bergen im Hintergrund. Mittlerweile hatte es aufgehört zu regnen. Wobei das meiner Frisur gänzlich egal war. Die hatte aufgrund des Geniesels arg gelitten und ich würde wohl den Rest des Tages mein optisches Dasein als „Schaf" fristen müssen. Und interessanter Weise wars mir völlig schnurz. Ich fühlte mich gerade unglaublich wohl. Nach einer ausgedehnten Kaffee- und Kuchenpause haben wir uns dann auf den Weg Richtung Interlaken gemacht. Und da hatte dann auch das Wetter endgültig ein Einsehen und schickte uns ein paar angenehme Sonnenstrahlen. Wir parkten in der Nähe von „Hooters" und spazierten quer durch die Stadt bis runter zum Bahnhof und an das große Einkaufszentrum „Migros". Die Stadt wirkte irgendwie leerer im Gegensatz zu den letzten Jahren. Aber was noch viel seltsamer war: hier gab es tatsächlich noch keine Mundschutzpflicht! Die Schweizer legten sehr großen Wert auf die Einhaltung der Abstandsregeln und bei näherem Beobachten fiel uns auf, dass das hier auch perfekt funktionierte (Im Gegensatz zu so manchen Örtlichkeiten in Deutschland). Und die Fallzahlen in der Schweiz waren zu dem Zeitpunkt erheblich niedriger als unsere. Mich beschlich ein seltsam dumpfes Gefühl...

Wenn wir unterwegs sind haben wir eigentlich immer mal die ein oder andere „Büchertasche" im Gepäck.

Mittlerweile gab es ja schon das vierte Buch aus meiner hauseigenen „Produktion". Eine Tasche enthält immer jeweils ein „MUDDI"-Buch und die bis dahin veröffentlichen Bände von „Ronjas Welt". Außerdem die neuesten Flyer, einige Kugelschreiber und Lesezeichen. Wenn wir irgendwo an einer Buchhandlung vorbeikommen fragen wir nach, ob dort die „MUDDI" schon bekannt ist und wenn nein, ob man mich dann vielleicht kennenlernen möchte (Selfpuplisher-Arbeit, vielleicht erinnert ihr Euch). Und gerade die Schweiz bot sich da doch jetzt geradezu an. Ich hatte mir zuvor schon einige Buchhandlungen „ergoogelt". Und die Interessanteste befand sich ganz in der Nähe des Bahnhofes, lag also direkt auf unserem Weg. Ich schnappte mir eine Tasche und marschierte resolut vor zum Tresen. Ich sagte meine Sprüchlein auf, also wer ich bin und was ich hier eigentlich gerade will, und wartete dann gespannt auf eine Reaktion. Hier an dieser Stelle eine kurze Zwischenerklärung: der Verlag, bei dem meine Bücher liegen, ist ein sogenannter „Print on Demand" – Verlag. Das heißt, die Bücher werden auf Bestellung gedruckt, so hat man im Endeffekt keine Lagerware. Wenn ich also hundert Bücher bestelle werden hundert Bücher gedruckt. Keins mehr und keins weniger. Wenn irgendjemand irgendwo in eine Buchhandlung geht und dort mein Buch bestellt wird es gedruckt und verschickt. Eigentlich alles soweit so gut. Der einzige Nachteil an diesem System ist, dass der Verlag keine gedruckten Bücher zurücknimmt. Das heißt also die Buchhandlungen gehen ein ziemliches Risiko ein, wenn sie sich meine Bücher „auf Lager" legen. Es könnten ja auch Ladenhüter werden. Von daher entscheiden sich einige (meist große und bekannte) Buchhandlungen von vorne herein dagegen, Selfpuplisher zum Ausstellen anzunehmen. Natürlich kann man die

Bücher trotzdem überall bestellen, aber dafür muss man ja auch erst Mal wissen das es sie gibt. Und da komm ich dann wieder ins Spiel. Ich gebe also dort, wo man mich lässt, meine Tasche ab und bitte darum, meine Bücher somit zu bewerben und im Laden auszustellen.

Bei einigen der bekannteren Buchhandlungen gehe ich oft mitsamt meiner Tasche wieder nach Hause. Probieren tu ich es trotzdem immer wieder.

Dieses Mal also in der Schweiz. Die Damen dort waren superfreundlich (ein Charakterzug, der uns an den Eidgenossen übrigens schon öfter aufgefallen ist) und auch sehr interessiert an dem Inhalt meiner Tasche. Ich stellte in Ruhe alle meine Werke vor und als ich eine Viertelstunde später den Laden wieder verließ hatte ich eine Tasche weniger und eine Vertriebsstelle mehr. Mit stolzgeschwellter Brust ging ich meinen Mann suchen.

Im Normalfall postet Thorsten herzlich wenig irgendetwas, ganz im Gegensatz zu seiner Frau. Aber das es seine „Muddi" jetzt sogar in die Schweiz geschafft hatte machte ihn so stolz, dass er die Buchhandlung fotografierte und das Bild in seinen WhatsApp Status setzte mit dem Spruch: „ab jetzt ist die Muddi auch außerhalb der EU vertreten. Bleibt gespannt aufs nächste Land!" Ich musste schmunzeln. Das würde einigen der Menschen, die uns jetzt nicht unbedingt auf ihrer „Lieblingsmensch-Liste" stehen hatten, überhaupt nicht schmecken. Mein Schmunzeln nahm zugegebenermaßen bei dem Gedanken gewisse diabolische Züge an. Wir schlenderten gemütlich quer durch Interlaken und machten uns gegen frühen nachmittag wieder auf den Weg zurück zu unserem Auto. Das Wetter hatte sich die letzten Stunden von seiner besten Seite gezeigt. Als wir wieder einstiegen fing es gerade wieder an zu nieseln. Also perfektes Timing. Die viereinhalb Stunden Fahrt zurück vergingen ungelogen wie im Flug. Als wir wieder daheim waren waren wir uns beide einig, dass wir das unbedingt bald wiederholen mussten. Das war so ein schöner, entspannter Tag gewesen, völlig ohne Aufregung und Ärger. Abends war ich kaputter als mein Mann. Eigentlich hatte der ja den ganzen „Stress" gehabt mit konzentrieren, aufpassen und Auto fahren. Ich schnappte mir die Kuchen-Dose, die wir dabei gehabt hatten und Thorsten machte sich über den Rest der Brötchen her. Gegen acht Uhr abends lagen wir im Bett, glücklich und zufrieden. Am nächsten Tag, unserem obligatorischen „PC-Sonntag" schmiedeten wir Pläne, wo wir als nächstes hinfahren könnten. Und wir machten uns an den Entwurf für neue Banner und Lesezeichen. Alles in allem waren wir mal wieder zusammen beschäftigt bis abends um neun. Hatte ja irgendwie auch etwas von einer Art „Paartherapie". Wir machten etwas zusammen, was uns beiden Spass machte und waren dabei sehr kommunikativ und kreativ.

Und das Ergebnis diente ja auch einem guten Zweck, nämlich dem Bewerben meiner Bücher. Anfang der dann kommenden Woche war mir dann auch eingefallen wo ich gerne mal hin möchte.

Und ich hatte noch eine Idee. Eigentlich eher einen neuen Plan, etwas, das unser Leben grundlegend verändern würde...

Ich hatte mir die letzten Tage und Nächte intensiv darüber Gedanken gemacht musste aber zugeben, ich hatte ziemliche Angst es Thorsten zu erzählen. Ich hatte überhaupt keine Ahnung, wie er dazu stehen würde. Und ich hatte Angst, dass er völlig dagegen sein würde und wir deswegen in den schönsten Streit geraten könnten.

Aber ich MUSSTE ihn darauf ansprechen, ihn fragen was er davon halten würde.

Bewaffnet mit zwei Tassen Kaffee wartete ich auf ihn an der Klagebank. Mein Herz klopfte wie wild als er in die Straße einfuhr, um rückwärts auf seinen angestammten Parkplatz zu fahren. Dann kam er die Straße hoch und setzte sich zu mir. Ich holte tief Luft und nahm meinen ganzen Mut zusammen.

„Vadder, ich hätte da mal eine Idee." Thorsten zog die Augenbrauen hoch und meinte „oje, da bin ich aber mal gespannt. Was ist dir denn jetzt wieder eingefallen? (Also eigentlich sagte er „Ou lie Achdung, woas kimmt jezz? Aber das klingt jetzt dann doch etwas ZU dramatisch).

„Also ich will erst mal nur deine Meinung darüber wissen, ob du da prinzipiell etwas dagegen hättest oder ob du vielleicht mal drüber nachdenken magst. Aber ich würde es toll finden und vielleicht hätten wir sogar eine reelle Chance." Ich druckste herum, das merkte er. Und ich hatte schon wieder Angst, dass er bei meinem Rumgestottere ungeduldig werden könnte. Ich könnte ihn sogar verstehen, ich nervte mich gerade selbst ein wenig. Aber irgendwie fand ich nicht die richtigen Worte. Er war aber seltsamerweise keinen Meter ungeduldig, sondern wartete sehr gespannt darauf was ich ihm jetzt eigentlich sagen wollte. Also dann...

„Ich habe über eine Adoption nachgedacht!"

Ab dem Moment, in dem ich diesen Satz gesagt hatte, hielt ich die Luft an. Wir hatten noch nie darüber geredet, ich hatte wirklich überhaupt keine Ahnung wie der zu dem Thema stand (außer natürlich das ich als seine Frau ein Adoptivkind war). Meine Angst war das er sagen würde „das ist aber ja dann nicht unser leibliches Kind, ich weiß nicht ob ich das möchte."

Er überlegte nicht lange und sagte dann zu meiner völligen Irritation und Überraschung: „darüber habe ich auch schon nachgedacht!"

Ich war so verblüfft über seine Reaktion das mir sekundenlang die Worte fehlten (und das will bei mir ja echt was heißen).

„Echt jetzt?? Wow, das überrascht mich jetzt aber ziemlich. Ich bin davon ausgegangen, dass du da komplett dagegen sein würdest."

Nein, war er nicht. Ganz im Gegenteil. Er grinste sogar liebevoll und meinte „Ich würde ja sogar ein schwarzes Baby nehmen!"

Achtung, bitte jetzt nicht in irgendeinen rassistischen Hals bekommen, ich weiß sehr wohl das man mit solchen Ausdrücken in unserer Zeit mehr als vorsichtig sein muss. Er sagte das mit solch einem freudigen Gesichtsausdruck, dass ich sofort wusste, der meint das ernst.

Mir war es ziemlich wurscht, was das Kind für ein Geschlecht und was für eine Nationalität haben würde. Das einzige, was ich mir wünschte war, dass es ein Neugeborenes sein sollte.

Und ich war mir durchaus darüber im Klaren dass es ein dunkelhäutiges Menschenkind mit hellhäutigen Eltern sehr schwer haben würde. Da hat unsere Gesellschaft meines Erachtens in den letzten Monaten und Jahren einen Schritt in die völlig falsche Richtung gemacht. Es gab so viele Dinge, die man in Bezug auf andere Menschenrassen nicht mehr erwähnen durfte. Man durfte nicht mehr „Schwarzer" sagen, „Mohr" schon gleich gar nicht und das Wort „Zigeuner" entwickelte sich (sehr zum Leidwesen meines Mannes, der mich damit immer gerne mal aufzieht) zum absoluten Schimpfwort. Geschäfte, wie zum Beispiel eine „Mohren-Apotheke" mussten umbenannt werden und die seit Jahrzehnten bekannte und beliebte „Zigeunersoße" hieß ab jetzt „Paprikasauce ungarische Art". Ganz zu schweigen vom „Mohrenkopf" oder gar „Negerkuss". Das heißt jetzt „Schokokuss" oder für die ganz Lustigen „Schaumwaffel mit Migrationshintergrund". Manchmal fragte ich mich, ob die davon Betroffenen das Ganze auch so diskussionswürdig fanden wie wir.

Aber allein aufgrund dieser Debatte wollte ich unserem vielleicht zukünftigen Kind Probleme in der Richtung völlig ersparen.

Thorsten meinte dann nur noch „na dann telefonier dich mal schlau. Wobei wie ich dich kenne hast du doch bestimmt schon kreuz und quer gegoogelt."

Womit er natürlich Recht hatte, ich wollte ja schließlich nicht völlig unvorbereitet mit so einem gewagten Vorschlag rausplatzen. Ich wusste bereits, dass ich mich an das Jugendamt nach Heppenheim wenden musste. Und bekam so ein „vielleicht schließt sich ja so der Kreis" – Gefühl. Immerhin wurde ich ja damals auch über das Jugendamt Heppenheim vermittelt. Am nächsten Tag begann ich zu telefonieren. Und gegen Mittag wusste ich: der Weg würde lang werden. Die Dame am Telefon war total freundlich und gab mir auf jede meiner Fragen auch bereitwillig Auskunft. Noch war ihre Kollegin in Urlaub, ich sollte mich also Ende des Monats September nochmal melden. Sie konnte mir aber jetzt schon mal Folgendes erklären:

Im Oktober würde ein Kurs stattfinden den man als zukünftige Adoptiveltern besuchen müsste. Bis jetzt hätte sich noch ein Pärchen angemeldet, insofern würde der Kurs dann sehr wahrscheinlich in Heppenheim stattfinden. Sollten sich bis dahin noch mehr Paare anmelden fände das Ganze eventuell online statt. Dann ginge es in die eigentliche Vorbereitung.

Das hieße etliche Hausbesuche, erkunden des häuslichen Umfeldes, Überprüfung der Gegebenheiten und prüfen der potentiellen Eltern auf ihre „Adoptivtauglichkeit". Und das alles würde gute neun Monate bis zu einem Jahr in Anspruch nehmen (das war etwas was meinem Mann im ersten Moment zur Schnappatmung verhalf, wobei ich zugeben muss, dass ich mit so einer extrem langen Vorbereitungszeit auch nicht wirklich gerechnet hatte. Aber schlussendlich ging es ja hier nicht um einen Autokauf sondern um ein Menschenleben).

Nach Abschluss der gesamten Überprüfungen kam man dann, wenn man für geeignet befunden wurde, auf eine Adoptionsliste. Und ab da hieß es dann warten. Laut der Dame eine Zeitspanne von circa zwei Wochen bis „nie"...

Abends, mal wieder auf der Klagebank, erzählte ich Thorsten alles, was ich bisher in Erfahrung bringen konnte und merkte, dass wir beide eigentlich jetzt schon ganz schön aufgeregt waren. Im Grunde genommen besaßen wir alles, was ein Neugeborenes am Anfang brauchte. Wir hatten einen Kinderwagen, eine Wiege, ein Babybett, eine Babybadewanne, Kleidung von null bis acht Jahre, Spielzeug für Babys über Kleinkind bis Schulkind, Windeln, Pflegeartikel, viel Platz und vor allem ganz viel Liebe. Ich war so sehr bereit einem kleinen Würmchen ein liebevolles Zuhause zu geben das mein Herz fast überquoll. Natürlich würden wir trotzdem weiter probieren schwanger zu werden. Vielleicht schaltete ja auch mein Hirn von „ständig kurz vorm durchdrehen" durch den den Gedanken an eine Adoption mal wieder etwas mehr in den „Normalmodus". Immerhin nahmen wir uns ein Stück weit damit den Druck heraus. Ich merkte allein beim darüber nachdenken wie ich innerlich etwas ruhiger wurde.

Jetzt mussten wir das nur noch Ela irgendwie verklickern. Dafür bot sich am darauffolgenden Wochenende die beste Chance.

Unser nächster „Samstagstrip" sollte uns dieses Mal nach Köln führen. Ich war dort vor Jahrzehnten mal mit der Grasellenbacher Trachtengruppe (wehe einer lacht jetzt...).

Ja, ich habe getanzt, so richtig in Odenwälder Tracht. Mit Schürze, handbesticktem schwarzen Häubchen, Schultertuch und gestrickten Strümpfen. Ich war so zwischen acht und zwölf (das war die Zeit der weißen Metallgestell - Brille und der abgefahrenen „Nicky – Gedächtnis" Frisur). Meine Eltern und natürlich ich somit auch, waren im „OWK", übersetzt bedeutet das „Odenwaldklub". Der wanderte jedes Wochenende irgendwo anders hin, meistens über Strecken von über 20 Kilometern. Und die kleine Corinna (daran hat sich ja offensichtlich bis heute noch nicht viel geändert) marschierte tapfer mit. Meine Eltern habe damals auch in der Trachtengruppe getanzt und als dort eine Kindergruppe gegründet wurde war ich natürlich mit dabei.

Und mit eben dieser besagten Gruppe haben wir dann auf der Kölner Domplatte getanzt, im Rahmen der „Touristik-Messe".

Für mich damals ein tolles Erlebnis. Ich wollte schon lange mal wieder nach Köln, der Dom hatte es mir damals schon besonders angetan. Ich mag diese gewaltigen und beeindruckenden Kirchen sehr. Irgendwann einmal in meinem Leben möchte ich mal nach Paris und „Notre Dame" sehen. Das ist noch einer meiner ganz großen Wünsche.

Thorsten war vor nicht allzu langer Zeit schon mal in Köln, mit den „Alten Herren" des SV Affolterbach. Nein, mein Gemahl spielt kein Fußball, er könnte mit seinen sportlichen Fähigkeiten höchstens noch als Eckfähnchen fungieren. Aber er war passives Mitglied im Verein und als solches berechtigt, bei den Ausflügen dabei zu sein. Aber ich darf mich ja eigentlich überhaupt nicht beschweren. Er ließ mich nämlich immer sozusagen fast hautnah mit dabei sein. Wenn er irgendwo ziemlich illuminiert in einer Kneipe oder Disco rumsaß und dort ein schönes Lied gespielt wurde filmte er das Geschehen und schickte es mir per Videobotschaft. Oder er rief mich über „Facetime" an und schrie in den Bildschirm „Muddi hoisch e mol wie schäi" (Muddi hör doch mal schön sich das anhört...).

Überhaupt war ich immer ziemlich gut informiert wenn er unterwegs war. Aber so gern, wie er ab und an auf solche Touren ging, umso lieber war er aber eigentlich bei mir daheim.

Er musste auch früher schon mal ab und zu geschäftlich auf Montage und auch da rief er mich mehrmals am Tag an und fragte, ob zuhause alles in Ordnung sei und wie es mir ginge. Manche mögen das als Kontrolle sehen, ICH weiß, dass er einfach froh ist, wenn er mich hört. Außerdem war ich auch jedesmal sein „daheimgebliebener" Wecker. Wenn er unterwegs war telefonierten wir spät abends immer nochmal und sagten uns Gute Nacht. Und wir verabredeten eine Uhrzeit wann ich ihn morgens anrufen sollte und ihn wecken. Ja, der Mann hat auch ein Handy. Aber er freut sich einfach wenn ICH diejenige bin, die ihn morgens aus dem Bett klingelt und ihm kurz guten Morgen sagt.

Einmal hätte ich ihm bei so einer „außer-Haus-weck-Routine" beinahe das SEK und die berittene Kavallerie auf den Hals gehetzt, aber daran war er eigentlich selbst schuld.

Er war von seiner Firma aus auf Montage und wir hatten wie immer abends nochmal telefoniert. Er erzählte mir noch, dass das Fenster auf einer für ihn ungewohnten Seite des Zimmers sei und er hoffe dass, wenn er heute Nacht auf Toilette müsste, er nicht aus Versehen in die falsche Richtung laufen würde und sich dann durchs das Fenster vom zweiten Stock aus in die Tiefe verabschieden würde. Ich maß dem Ganzen zunächst keine große Bedeutung bei, schließlich kannte ich ja seine Sprüche.

Am nächsten Morgen versuchte ich ihn um sechs Uhr anzurufen. Er nahm nicht ab. Also machte ich mir erst mal Kaffee und probierte es fünf Minuten später nochmal. Immer noch nichts. Gut, vielleicht war er gerade im Bad. Ich wartete nochmal fünf Minuten und wählte dann erneut. Immer noch nix. So ganz langsam begann ich mir Gedanken zu machen. Immerhin hatte er gestern Abend noch so ironisch von dem ungünstigen Fenster erzählt. Ab da wählte ich minütlich seine Nummer. Und ich sah mich schon in Gedanken seine Leiche identifizieren müssen. Gegen sieben rief ich dann bei Dominik an. Der war zwar zuhause, hatte aber die Nummer des Hotels. Und er wollte den anderen Mitarbeiter anrufen, der bei Thorsten dabei war und zwei Zimmer weiter schlief. In der Zwischenzeit telefonierte ich mit der Rezeption.

Eigentlich hätte ich gerne gesagt, sie sollen doch mal in ihren Hinterhof gucken ob da vielleicht einer liegt. Aber ich beherrschte mich und bat lediglich darum, mal bei meinem Mann zu klopfen. Ungefähr fünf Minuten später klingelte dann mein Handy… THORSTEN!

„Sag mal, was machst du denn für einen Aufstand? Du versetzt ja das ganze Hotel inklusive Dominik in Aufruhr.

Ich habe lediglich das Telefon nicht gehört. Und muss mich erstmal sammeln, ich bin ja nur froh, dass du mir nicht noch die Polizei auf den Hals gehetzt hast."

Ich hörte ihm zu, mit pochender Halsschlagader und zornrotem Gesicht. Am liebsten wäre ich durchs Telefon und hätte ihm meinen Kaffee ins Gesicht geschüttet (dann wäre er wenigstens wach gewesen!) Vor lauter Wut und Erleichterung kamen mir die Tränen.

„DU hast doch gesagt das mit dem Fenster sei gefährlich, und ich kenn dich doch wenn du einen zu viel hast. Ich hab schon schwarze Klamotten rausgelegt und sah mich schon mit der Gerichtsmedizin plaudern. Idiot!"

„Ach Muddi, ich leb doch noch. Ansonsten hätte man dich bestimmt schon informiert." Ich hörte ihm eine leichte Zerknirschtheit durchaus an, aber merkte auch, dass er meine Aufregung eigentlich überhaupt nicht begriff. So, wie kam ich denn jetzt darauf…?

Ach so ja, wegen Köln (hier würde jetzt der allseits beliebte Spruch „die kommt von Kuchenbacken auf A…backen tatsächlich gut passen).

Also, wir fuhren eine Woche nach der Schweiz nach Köln. Morgens um halb sieben ging's los, dieses mal mit den Mädels mit an Bord. Und wieder einmal wurde mir bewusst, wie beschissen es sich anfühlt, wenn eine davon fehlt. Die Fahrt sollte ungefähr zweieinhalb Stunden dauern. Also Zeit genug, um Ela in unseren neuesten Plan einzuweihen. Ich drehte mich also auf der Autobahn zu ihr um und grinste sie an.

Ich winkte sie mit dem Zeigefinger etwas näher zu mir, schließlich kannte ich ja Svenja und ihre berühmt-berüchtigten „Rhabarber-Ohren". Und die mussten das jetzt alles noch nicht wissen. Ela guckte schon wieder skeptisch, eigentlich wie immer wenn ihre Mutter so grenzdebil lächelte.

„Wir haben beschlossen, uns auf eine Adoptionsliste setzen zu lassen!"
Wer unsere große Tochter kennt der weiß, dass es äußerst schwierig ist, sie völlig sprachlos zu machen (woher sie das wohl hat?)…

Jetzt war aber scheinbar so ein Moment. Sie sah uns völlig entgeistert an und ich überlegte schon, was sie jetzt an Argumenten DAGEGEN bringen würde. „Ohhh. Ok, das heißt das klappt doch nicht mehr mit dem schwanger werden? Probiert ihr es jetzt nicht mehr?"

He, also ehrlich! Erstmal schön in der Wunde bohren oder wie? Ich sah sie leicht pikiert an. Natürlich meinte sie das überhaupt nicht böse, aber für mich war der monatliche Blick auf negative Schwangerschaftstests (bis auf eine bisherige Ausnahme) ja auch nicht wirklich lustig.

Ich holte Luft und lächelte dann sanft wie ein Lamm (auf der Schlachtbank).

„Doch, natürlich probieren wir es weiterhin. Und wie du weißt hat es ja auch schon einmal wieder geklappt.

Aber ich werde nicht jünger, und jeder Tag mehr lässt die Möglichkeit auf eine Schwangerschaft und ein gesundes Baby weniger werden. Und ich möchte nicht in ein paar Jahren sagen „wieso haben wir es nicht einfach probiert? Und herbei zwingen kann ich es nun mal leider nicht."

Ich erzählte ihr von den bisherigen Telefonaten mit dem Jugendamt und was wir uns wünschen würden. Sie überlegte und fragte dann „kann das Kind dann heißen wie man will?" Ich sah sie leicht irritiert an.

„Mal ehrlich, du solltest meine Bücher lesen. Besonders das Kapitel über meine Adoption. Wie hieß ich denn, hä? Und wie heiß ich jetzt?"

Man konnte ja über Ela sagen was man wollte, aber „auf dem Schlauch stehen" war definitiv eine ihrer absoluten Lieblingsbeschäftigungen. Sie überlegte. „Ach so, stimmt. Du bist ja auch als Claudia auf die Welt gekommen und heißt jetzt Corinna." Ahhh, der Groschen war also gefallen.

„Und was wollt ihr? Junge oder Mädchen?" Thorsten rief vom Fahrersitz aus „ein Schwarzes." Und Ela riss die Augen auf. „Echt jetzt?" Gott, die beiden trieben mich wahrhaftig in den Wahnsinn. Aber das war ja des Öfteren so. Während Thorsten seine Große immer gerne erst mal völlig irritierte und veräppelte musste ich dann wieder die vernünftige Mutter spielen und ihre Gedanken in die richtige, ernsthaftere Richtung lenken.

Oftmals ein etwas größeres Unterfangen. „Also ich nehme was kommt und es ist mir völlig egal ob es ein Junge oder ein Mädchen ist." Und Ela fragte „und wie alt?"

Ich lächelte und sah mich vor meinem inneren Auge schon den Kinderwagen schieben. „Also ich hätte gerne ein Neugeborenes. Aber die Dame vom

Jugendamt sagte gleich, dass das sehr schwierig werden würde." Es gab wohl viel zu viele potenzielle Adoptiveltern für viel zu wenige Kinder.

Wie ihr vielleicht wisst gibt es so viele Dinge, die mir nicht in meinen „unbürokratischen" Kopf wollten. Immer, wenn ich einen Artikel über ausgesetzte, misshandelte oder gar ermordete Kinder lese denke ich bei mir „wieso bringt ihr es nicht einfach zu Menschen die so sehnsüchtig ein Kind wollen? Wieso bringt ihr es nicht einfach zu mir??"

Aber wir konnten jetzt zunächst sowieso nichts anderes tun als abwarten. Ende September würde ich anfangen zu telefonieren und dann würden wir weitersehen.

Svenja saß in ihrem Sitz und guckte Kinderserien auf ihrem Pad (elende Flashbacks!)

Sie hatte von dem Gespräch nichts mitbekommen und war eher gelangweilt. Gegen neun sah man von der Autobahn aus die Kirchturmspitzen des Doms. Ich war total aufgeregt und machte ein erstes Bild durchs Autofenster.

Dann erstellte ich einen Status. Zuerst ein Bild mit unserer „Kaffeekanne to go". Die war auch schon beim letzten Mal in der Schweiz mit dabei. Dann kam das Bild des in der Ferne auftauchenden Doms mit meiner Frage „Wer weiß, wo es uns heute hinverschlagen hat?"

Binnen zehn Minuten hatte ich das Handy voll mit Nachrichten. Die meisten hatten richtig getippt. Über eine Nachricht aber freute ich mich besonders. Sie kam von der lieben Jennifer.

„Köln, meine Heimat. Ich bin ab 14 Uhr dort, seid ihr dann noch da?"

Ich muss kurz etwas zu Jennifer sagen: wir kannten uns bis zu diesem Zeitpunkt noch nicht wirklich, hatten uns noch nicht einmal gesehen. Sie hatte im vergangenen Jahr von unserem Schicksalsschlag gehört und mich über Facebook angeschrieben. Und als wir von unserer ersten Flucht in die Schweiz damals im Oktober wieder nach Hause kamen fanden wir ein Paket von ihr in der Post. Sie hatte Svenja und Ela je ein Bärchen, eine Sonne, ein großes rosa Stoffherz und einen Stoffengel geschickt. Und vier Schutzengel-Anhänger, für jeden von uns einen.

Völlig selbstlos und ohne groß nachzufragen. Einfach so, ganz von Herzen. Svenja hat sich damals riesig gefreut und auch Ela war, trotz ihrer jugendlichen „Schnoddrigkeit" ziemlich gerührt. Wir haben dann Nummern ausgetauscht und schreiben ab und an über WhatsApp. Als sie mich jetzt anschrieb wegen Köln freute ich mich dementsprechend sehr und schrieb zurück, dass ich mich wieder melden würde wenn ich mehr wüsste.

Wir fuhren direkt in die Kölner Innenstadt und parkten unweit vom Dom auf einem Behindertenparkplatz (ich gebe zu, eines der großen Vorteile wenn man Svenja dabei hat). Dann gab´s erstmal Kaffee und Kuchen, wie schon vor einer Woche am Brienzer See. Thorsten und ich genossen das, unseren Mädels war´s egal. Dann trabten wir los in Richtung des Kölner Doms. Als wir direkt davor standen hatte ich Gänsehaut bis an die Füße und musste schlucken, sonst hätte ich angefangen zu flennen.

Ich war völlig hin und weg. Und natürlich wollte ich rein. Drinnen fand gerade ein Gottesdienst statt. Wir machten leise „Pscht" in Svenjas Richtung und ich begann andächtig zu lauschen und mich dabei etwas umzusehen.

Als das „Vater unser" erklang faltete ich meine Hände und begann mit geschlossenen Augen mitzubeten. Ich fühlte mich seltsam ruhig und völlig geerdet… bis Thorsten mittendrin anfing, leise mit mir zu reden. „Muddi, hast du die Orgel gesehen? Meinst du da spielt heute auch noch jemand?" Scherzkeks, woher genau sollte ich das denn jetzt wissen? Natürlich hatte ich sie gesehen, das ist in einer Kirche meistens so ziemlich das Erste, wonach ich schaue. Nur hatte er mich gerade aus einem ziemlich schönen Moment gerissen.

Just in diesem Moment erklangen die sanften Töne eines Kirchenliedes. Nur leider offenbar nicht von der besagten Orgel sondern irgendwo von vorne aus Richtung des Altars. Wir hörten noch ein paar Minuten zu und verließen dann die Kirche auf dem Weg Richtung Fußgängerzone. Wir waren etwas zu früh, die meisten Geschäfte öffneten erst um zehn Uhr. Das Wetter war herrlich und wir liefen zunächst ohne Ziel durch die fast noch leeren Gassen. Bis wir vor der Diskothek „Wiener Steffi" ankamen. Mein Mann hatte sofort ein Deja vu und freute sich. Ich kannte die Disko auch, allerdings nur aus dem Fernsehen. Dann kamen wir an einem „Lego-Store" vorbei und prompt hatte ICH ein Deja vu. Ich wusste nämlich sofort, wer dort mit Sicherheit UNBEDINGT rein musste. Es war kurz vor zehn und wir warteten auf den Einlass (nein, nicht in besagte Disko, sondern ins Spielzeuggeschäft). Und oh Wunder, ein paar Minuten später konnten wir schon wieder weiter. Ohne etwas gekauft zu haben wohlgemerkt. Wir liefen quer durch Kölns Innenstadt und landeten auf dem Heumarkt. Dort entschlossen wir uns zu einem Kaffee. Einziger Nachteil an dem bisher schönen Tag waren die furchtbar aggressiven und aufdringlichen Wespen. Die hatten von Corona-Abstand offensichtlich mal so gar nichts gehört und gingen uns tierisch auf die Nüsse. Für Svenja sind Wespen durchaus gefährlich weil sie keinen richtigen Mundschluss hat und wir so immer die Angst haben, dass sie mal eine Wespe verschluckt. Sie musste aber nur jedesmal tierisch lachen wenn wir vor ihrem Gesicht rum wedelten. Selbstständig weg wedeln konnte sie sie ja nicht. Ela hatte schlichtweg Angst und vollführte jedesmal einen wahren Veitstanz auf wenn ihr so ein gestreiftes, kleines Monster zu nahe kam. Ich wartete immer darauf dass irgendein Walldorf Schüler mal zu ihr sagte „bitte tanz doch die Geschichte zu Ende!"

Wir zogen sie damit auf, dass sie an einem Einsatzort wahrscheinlich den Verletzen erst woanders hinschleppen würde falls am eigentlichen Unfallort zu viele Wespen ihr Unwesen trieben.

Thorsten mag an sich nichts, was durch die Gegend fliegt, am allerwenigsten Libellen. Vor Wespen hatte er einen Heidenrespekt. Und ich konnte ihn sogar verstehen. Wann immer er von irgendetwas gestochen worden war schwoll er an der Stelle an wie ein Ballon. Es entzündete sich meist recht schnell, wurde heiß, rot und dick. Wir waren im Urlaub schon mal beim Notarzt weil ihn irgendeine undefinierbare Mücke gestochen hatte. Und das erste und einzige Mal, dass er freiwillig zum Arzt gegangen war war, als ihn etwas gebissen hatte und sein Oberarm Popeye-Ausmaße angenommen hatte.

Als mein damaliger Chef meinte, das sei wohl am ehesten eine Spinne gewesen war der Spass dann auch für mich komplett vorbei.

Ich hatte also einen „Tänzer", einen „Wedler" und eine Kichererbse mit am Tisch. Ich spielte insgeheim mit dem Gedanken einen Hut vor unseren Tisch zu legen, falls jemand etwas für unsere „Wespendarbietung" etwas bezahlen wollte.

Danach liefen wir runter ans Rheinufer. Dort fand gerade ein Flohmarkt statt und Thorsten und ich ergatterten einen kleinen Stempel mit einem Anker. „Jetzt kannst du deine Bücher und Päckchen sogar personalisieren" grinste er. Auf dem Rückweg kamen wir an der Philharmonie vorbei. Thorsten und ich waren die Stufen vom Rhein aus hochgelaufen, Ela schob Svenja den Weg nach oben. Dort angelangt trafen wir auf einen Ordner der uns anwies, bitte nicht quer durch den gepflasterten Bereich zum Dom zu laufen sondern bitte einmal außen herum. Gelinde gesagt waren wir leicht verwirrt. Der gepflasterte Bereich war riesig, ringsum standen gut drei oder vier Ordner die penibel darauf achtete, dass niemand die Steine betrat. Die Dame hinter mir fragte ziemlich pampig „kann mir mal einer erklären was der Blödsinn hier soll?" und der Ordner antwortete im breitesten und schönsten Kölner Dialekt „aber jährne doch junge Frau!" Ich dachte noch „jetzt wird es bestimmt interessant" und stellte meine Lauscher auf Empfang. Ich winkte Thorsten herbei, denn das, was dieses Kölner Original jetzt von sich gab, klang unglaublich spannend und lehrreich. Ich möchte Euch das, was er erzählt hat, an der Stelle nicht vorenthalten, weil es ein Teil unserer deutschen Geschichte ist und ich fasziniert von der Umsetzung war. Ich werde sie Euch aber überwiegend in MEINEN Worten wiedergeben.

Und der erste Teil seiner Erzählungen klang auch zunächst erstmal ziemlich witzig:

„Der Konzertsaal liegt unterirdisch unter dem „Heinrich-Böll-Platz und ist, um eine optimale Akustik zu gewährleisten, freischwingend. Das wiederum führt dazu, dass lautere Geräusche wie das Klappern von Pumps oder das Ziehen von Rollkoffern in das Gebäude übertragen werden. Während den Proben oder bei Konzerten muss deshalb der Bereich oberhalb der Philharmonie überwacht werden. Das heißt in dem Fall „darüber laufen verboten".

Das andere Thema waren die vielen unzähligen Pflastersteine, die auf den ersten Blick für mich jetzt aber einfach nur schön angeordnet waren.

„Die Pflastersteine sollen die in Köln ermordeten Juden darstellen, 6000 größere Steine für die Erwachsenen und 3000 kleinere für die Kinder." Ich bekam Gänsehaut und musste schlucken. Er zeigte auf einen seltsam anmutenden Turm auf der einen Ecke des Platzes der in der Mitte ein Loch hatte.

„Wenn Sie durch dieses Loch gucken dann sehen Sie die Schienen am Boden. Das soll den Weg des Deportationszuges ins KZ darstellen." Ich war fasziniert von seinen Erzählungen und froh, ihm diese paar Minuten zugehört zu haben. Jetzt hatte ich also wieder etwas dazu gelernt. Und wie sagt man bei uns so schön „man wird so alt wie eine Kuh und lernt doch immer noch dazu (ja, wir Odenwälder sind schon ein komisches, aber durchaus liebenswertes Volk!) Ich schrieb nochmal mit Jennifer und wir überlegten wo wir uns treffen könnten. Sie schrieb „schick mir mal deinen Standort".

Okay, jetzt war ich überfordert. Solche Dinge sollte man zu mir nicht sagen. Ich kann WhatsApp-en, mich durch Facebook scrollen, Videos und Beiträge posten, Email schreiben und telefonieren. Basta!

Ich war immer noch fasziniert von so manchen Instagram-Storys und war stets verblüfft, wie viel man offensichtlich aus so manchen Bildern rausholen und machen konnte. Der Satz „schick mir mal deinen Standort" überforderte mein technisches Wissen natürlich somit völlig. Ich drückte Ela mein Handy in die Hand und sagte „mach du mal".

Mit dem Ergebnis dass ich es die nächste dreiviertel Stunde nicht mehr zurückbekam. Sie schrieb mit Jennifer, die beiden schickten sich Standorte und Nachrichten und im Endeffekt standen wir dann nochmal eine Viertelstunde auf der Domplatte und haben uns in der mittlerweile ziemlich großen Menschenmenge im Kreis gedreht. Nur weil Ela erst viel später herausfand, dass Jennifer ihren Standort schon länger nicht mehr aktualisiert hatte und meine Tochter somit nun auch nicht genau wusste, wo sie nun war. Wir schnappten uns also zunächst eine meiner obligatorischen Büchertaschen (falls sich einer schon gefragt haben sollte…) und machten uns auf den Weg in die Bahnhofsbücherei. Thorsten machte sich auf die Suche nach einer Toilette und die Mädels und ich suchten uns eine kompetente Mitarbeiterin. Zehn Minuten später verließ ich die Bücherei wieder mit meiner vollen Tasche. Mal wieder hatte mir mein Selfpublisher-Dasein einen Strich durch die Rechnung gemacht. Aber wenigstens hatte ich ein paar Flyer dort lassen dürfen. Dann ging's wieder um das Thema „Standortbestimmung und die Suche nach Jennifer". Nach einigen hin- und hergeschickten Nachrichten zwischen ihr und meiner Tochter machten wir uns erneut auf den Weg Richtung Heumarkt. Ich hatte mittlerweile herausgefunden, dass Jennifer hier irgendwo essen war und sie wollte sich dort mit uns treffen. Wir warteten nochmals ungefähr 20 Minuten, dann sah ich sie von Weitem winken.

Sie war mit ihrer Familie von Köln in die Eifel gezogen und hatte sich an dem Tag mit einer Freundin in ihrer alten Heimat verabredet. Wir waren uns auf Anhieb auch „in echt" sehr sympathisch und haben uns wunderbar unterhalten. Sie begleitete uns noch bis an den Fuß des Domes, dann verabschiedeten wir uns herzlich und spazierten zurück an unser Auto.

Wieder zuhause planten wir uns nächstes großes Projekt. Etwas, dass einen festen Platz bei uns bekommen sollte und unser Haus nachhaltig verändern würde: eine „Erinnerungsecke" für Ronja und den „Engelgarten".

Wir hatten schon länger vorgehabt etwas „Festes" zu konstruieren, etwas dass stehen bleiben konnte aber auch den Verkehr auf unserer Straße nicht behindern würde.

Ich wollte einen Platz, an dem man sich gerne aufhielt, der aber auch das widerspiegelte was ich empfand. Nämlich unendliche Trauer und unglaubliche Sehnsucht, aber auch ganz viel Liebe und Dankbarkeit für die gemeinsame Zeit. Und wir wollten das Kreuz, dass die erste Zeit auf ihrem Grab gestanden hatte bis der Grabstein angelegt wurde, irgendwo unterbringen. Thorsten hatte erst vorgehabt eine Art Regal zu bauen, in dem wir die ganzen Engel und Stofftiere drapieren konnten. Dann stand er eines Tages unten am Treppenaufgang und meinte „Muddi, brauchen wir die Treppe eigentlich noch?"

Ich war leicht verwirrt über diese Frage, dachte mir aber dann er wolle das Regal vielleicht so anbringen, dass man halt dann die Treppe nicht mehr nutzen konnte.

Was nicht weiter schlimm gewesen wäre. Die letzten Monate hatte unsere „Gedenk-Etagere" sowieso immer so im Treppeneingang gestanden, dass keiner mehr die Treppen hoch zur Haustür nehmen konnte. Jeder, der zu uns wollte, kam durch den Hof, oben an der „kleinen Nordsee" vorbei. Aber er hatte etwas viel größeres vor. „Muddi, ich baue eine Art Kapelle für unsere Krawalli."

Ok, JETZT war ich wirklich verwirrt. Wir waren unterwegs im Auto auf dem Weg zu Reni und Michael als er mit dieser Idee rausrückte. An einer Ampel zückte er Zettel und Stift und malte mir auf, wie er sich sein Vorhaben vorstellte. Und da kommen wir zu NOCH einer riesigen Schwäche von mir (ich merke gerade, dass es da mehr davon gibt, als mir selbst die ganze Zeit bewusst war.)

Ich bin überhaupt nicht in der Lage räumlich zu denken! Im Ernst, ich kann das absolut nicht, dafür fehlt mir irgendwie das passende Gen. Er malte also und erklärte mir aufgeregt, wo was hinkommen würde. Ich machte nur „aha" und zuckte hilflos mit den Schultern.

Er kennt mich doch und weiß also ganz genau, dass ich es mir so lange nicht vorstellen kann bis ich es nicht leibhaftig und fertig vor mir sah. Das Schlimme ist dann immer nur, dass er es anderen auch erklärt und die dann meistens genau wissen, was er meint und wie es werden wird. Für mich jedesmal ein astreiner „na super, ich bin der blödeste Mensch auf Gottes Erdenrund" – Moment. Am nächsten Tag gingen wir Balken und OSB-Platten kaufen. Auch da wieder „Muddi, dass machen wir dann so, dann kommt da die Platte drauf und vorne die Balken und das mach ich dann zu…." Und ich immer nur „hm". Wieder daheim legte er sofort los. Um unser Projekt vor neugierigen Blicken von Menschen, die uns so oder so nicht ganz wohlgesonnen waren, zu schützen, brachte Thorsten zunächst eine riesige Plane an.

Die verdeckte nun die komplette Treppe, von der Straße aus war nichts mehr zu erkennen. Während ich im Hof saß und schrieb fing er an zu sägen und zu schrauben. Und Spätabends stand das Gerüst seiner geplanten „Kapelle". Ich konnte mir allerdings immer noch nicht vorstellen wie das Ganze aussehen würde wenn es fertig sein würde. Thorsten grinste gönnerhaft, versetzte mir im Vorbeilaufen einen Klaps auf den Allerwertesten und meinte „ich mach das schon, morgen siehst du dann schon mehr."

Tatsächlich. Am nächsten Tag erahnte ich, was sein Kopf da zurecht geplant hatte. Die Treppe war nun komplett unter einer Holzkonstruktion verschwunden, von der Straße aus sah man in eine Art Höhle. Irgendwie bedrückend und noch nicht wirklich schön. Aber ich wusste, ich brauchte Geduld, schließlich war er noch lange nicht fertig. „Guck, und da vorne mache ich jetzt noch einen Rundbogen hin. Dann kommt das Kreuz hinten an die Wand und wird beleuchtet."

So ganz enthusiastisch war ich dann aber immer noch nicht. Noch war meine Freude sehr verhalten, ich wartete noch ab. Als er dann noch meinte „vorne am Eingang muss dann ein Zaun hin dass nicht jeder einfach so da rein schlabbt" (läuft) war meine Skepsis kaum noch zu steigern. Ich hatte immer noch überhaupt keine Vorstellung, was das im Ergebnis werden sollte und zweifelte ein wenig an einem baldigen SCHÖNEN Resultat. Aber gut, nichtsdestotrotz wollte ich auch ein paar Ideen mit einbringen. Wir hatten darüber geredet die „Kapelle" innen weiß zu streichen. Dann meinte Thorsten „oder wir bringen ringsum schwarzen Stoff an."

Ich bekam ein äußerst ungutes Gefühl.

Ich hatte das Kreuz mittlerweile aus der Garage in Hartenrod geholt und wir hatten es probeweise in dem kleinen, neu entstanden Raum an die Wand gehalten. Wenn das alles hier noch schwarz werden würde hätten wir eine kolossale Gruft. Bedrückend und deprimierend. Nein, dass ging so nicht. „Wie wäre es denn mit andersfarbigem Stoff?" Jetzt schlug die Stunde der Dekoqueen. Nachdem ich einigermaßen verstanden hatte, wohin uns Thorstens Bauwerk führen würde konnte ich auch endlich die ein oder andere Idee mit einbringen.

Da „moi Herzkersch" (Katharina, ihr wisst bestimmt noch) ja meistens ALLES daheim hat bin ich zu ihr rüber getigert und habe sie gefragt wo ich Stoff herbekommen könnte.

Wenn uns da einer zugehört hätte wären wir bestimmt im Knast gelandet. Natürlich hatte sie einen passenden Katalog für meine Wünsche und ab da war mein Ehrgeiz geweckt. Drei Tage später hatten wir beerefarbenen und silbernen Satin-Stoff im Hof. Thorsten hatte beschlossen die Regale, die er innen eingebaut hatte sowie die Außenfront jeweils mit Stoff zu verkleiden. Zwei Tage später war unser „Kapellchen" fertig… und sah immer noch aus wie eine Gruft. Dabei wollte ich es fröhlich haben, kindlich, irgendwie herzerwärmend. Ich stand vor Thorstens Bauwerk und starrte die trostlose Einrichtung an.

„Wie wäre es denn wenn wir rund um das Kreuz und um den Eingang Blumengirlanden hängen würden?"

Wir scrollten uns durch den großen Onlinehandel mit dem dicken „A" vorne und bestellten fünf Pakete künstliche Rosengirlanden.

Dann kamen die ganzen Engelchen und Stofftieren an ihren Platz. Wir besorgten noch grauen Rasenteppich mit dem Thorsten das Innere der Kapelle und den Platz davor auslegte. Außerdem hatte er einen kleinen Holzzaun besorgt den er in den Rundbogen stellte. Jetzt wusste auch ICH endlich was er mit seinem Zaun gemeint hatte und ich musste zugeben, es sah süß aus. Aber eben immer noch nach Grabstelle und Gruft. „Muddi hör auf zu motzen, warte lieber bis die Blumen da sind. Du wirst sehen, dass sieht dann gleich ganz anders aus."

Ich kann das jetzt schlecht beschreiben (ihr solltet es euch vielleicht einfach mal selbst angucken): die OSB-Platten, die Thorsten verbaut hatte, bildeten quasi eine Ebene mit unserem Hof, lediglich getrennt durch unseren Zaun. Auch dort hatte Thorsten den grauen Rasenteppich ausgelegt, aber irgendetwas fehlte dort einfach noch. Wir suchten uns zusammen das Bild eines kleinen Engelmädchens heraus und Thorsten sägte es aus einer Holzplatte aus. Er zeichnete mir mit Bleistift die relevantesten Umrisse auf und ich gab ihm mit Hilfe meiner Farbkiste ein Gesicht. Die Figur war groß genug dass sie genau über den Eingang der Kapelle passte und sich dort wunderbar einfügte. Aber was braucht ein Elektriker noch zu seinem Glück? Richtig! Licht!

Der Engel musste angestrahlt werden und auch in der Kapelle das Kreuz sollte sein Dasein nicht im Dunkeln fristen müssen. Man sollte es schließlich auch im Dunkeln sehen können.

Und was passiert, wenn man tolle Freunde hat von denen der Mann auch Elektriker ist? Richtig! Sie rücken samstags mit einem Auto voller Lampen an um uns zu helfen. Das war auch der Tag, an dem die Blumengirlanden geliefert werden sollten.

Wir waren morgens noch auf „Dekoshopping-Tour". Und falls jetzt einer verächtlich „Frauen" durch die Nase schnaubt… Mitnichten!

Mein mir Angetrauter tobte sich bei „Jawoll", „Kik" und „Tedi" vollkommen aus. Als wir gegen Mittag wieder zuhause ankamen hatten wir das Auto voll mit großen und kleinen Engelsfiguren, zwei kleine Blumenkästen als Abgrenzung für den neuen Bereich inklusive Blumen und diverse Herbstfiguren.

Wir hatten beschlossen das kleine Stück vor der Kapelle als eine Art Vorgarten zu gestalten. Somit würde die Kapelle immer bleiben wie sie ist und den Abschnitt davor würde ich je nach Jahreszeit umdekorieren. Der Begriff „Engelgarten" war geboren. Wieder daheim entfernten wir die Plane und ab da fuhr so Mancher etwas langsamer als üblich an unserem Haus vorbei. Reni und Michael tauchten gegen Mittag auf und die beiden Männer machten sich sofort an die Installation der Lampen. Reni und ich gingen zusammen einkaufen und zum Schatzkistenplatz, dann warteten wir alle vier gespannt auf die Ankunft des „A…"-Fahrers. Es war schon fast halb sechs als wir endlich die bestellten Kunstblumen in Augenschein nehmen konnten. Reni und Michael halfen beim Entwirren und wieder zusammentrudeln und Thorsten tackerte die Blümchen an Ort und Stelle. Als das getan war, der „Engelgarten" fertig dekoriert und alle Kerzen und Lampen brannten stellte sich bei mir eine große innere Ruhe ein. DAS war perfekt! Dieser Ort strahlte eine unglaubliche Ruhe aus, er würde für mich zu einem Anlaufpunkt werden, wenn ich es mal einen Tag nicht auf den Friedhof schaffte. Neben all der Tragik, die dieser Platz in sich trug, formte sich in mir das Wort „schön". Und es hatte Gott sei Dank den „Gruftcharakter" völlig verloren.

Einige Nachbarn, die seitdem daran vorbeigelaufen sind finden fast alle die gleichen Worte: „das macht unglaublich Gänsehaut, ist aber auch wunderschön." Manch einer steht davor und verdrückte heimlich ein Tränchen.

Somit war mein Ziel, unsere kleine Räubertochter auch für alle anderen unvergessen zu machen, ziemlich erreicht.

Als nächstes ging es an die Planung des „Engelgeburtstages". Dieses Wort war mir mehr spontan und fast ein wenig aus Verzweiflung eingefallen.

In dem Moment nämlich als ich Svenja erzählen wollte, was wir am 30.09. vorhatten. Ich hatte mir vorher Gedanken gemacht was ich ihr als Grund sagen sollte. Ich konnte und wollte ihr bestimmt nicht sagen „wir feiern Ronjas Todestag."

Das klang schon für mich unfassbar grausam und immer noch nicht wirklich begreifbar. Umso schlimmer würde das wahrscheinlich für Svenja klingen. Also musste mal wieder schnell eine, auch für mich, akzeptable Lösung her. Ich redete mit ihr abends im Bad, während ich sie für die Nacht fertig machte. „Du, der Babba und ich wollen am 30.09. ganz viele Menschen zu uns einladen. Würde dir das gefallen?" Erst mal langsam ran tasten, nicht gleich mit der Tür ins Haus fallen.

Ich weiß, dass Svenja feiern und Feste liebt, sie mag es wenn wir zuhause Besuch haben. Obwohl sie Menschenmengen ja prinzipiell eher weniger gut findet, sobald wir etwas daheim planen freut sie sich. Dementsprechend war sie auch sofort ganz dabei und fragte gespannt „warum, was feiern wir denn da?" Die Frage, vor der ich Angst gehabt hatte. Und dann kam ganz spontan eben dieser Begriff. „Nun, wir dachten wir feiern den Tag, an dem Ronja zu einem Engel wurde. Also quasi ihren „Engelgeburtstag". Wir wollen das niemand Ronja vergisst. Eine Art Erinnerungsfeier. Was hälst du davon?" Sie strahlte regelrecht und war sofort hellauf begeistert.

„Au ja, das ist super. Ronja findet feiern auch ganz toll und freut sich, wenn wir ihren Engelgeburtstag feiern!" Gut, das wäre also geklärt. Wenn Ronja das auch ganz toll findet…

Somit hatte unsere geplante Aktion also einen Namen und ich beschloss alle Menschen, die sich gerne an diesem Tag mit uns an sie erinnern wollten, zu uns einzuladen.

Über mein öffentliches Profil würde ich eine breitere Masse erreichen können und nach kurzer Rücksprache mit Thorsten erstellte ich eine

Veranstaltung und drehte ein kleines Video. Ich erklärte darin WAS wir vorhatten, WANN wir es vorhatten und WIE das Ganze ablaufen würde. Dann kümmerte ich mich um das nächste „Problem": wenn tatsächlich so viele Menschen kamen wie wir vermuteten, dann sollte ich mich vielleicht um die Sperrung der Straße kümmern. Denn natürlich sollte die Erinnerungsfeier unten an der Straße an unserem neu gestalteten „Engelgarten" stattfinden. Mit einem guten Schuss Skepsis machte ich mich also auf den Weg zur Polizei. Ich hatte die Befürchtung, dass ich gleich zu hören bekam dass meine Idee vollkommen absurd sei und auch wegen einer halben Stunde so nicht umsetzbar. Eine nette junge Polizistin, der ich versucht hatte zu erklären was ich vorhatte, meinte kurz darauf zu mir „warten Sie mal bitte kurz, ich hol mal meinen Chef. Ich glaube bei sowas sind Sie bei ihm besser aufgehoben." Ich sah meine Felle schon davonschwimmen und winkte ihnen im Geiste traurig hinterher. Dann kam der Leiter der Polizeidienststelle, Herr Schneider, ums Eck. Wir kannten uns vom Sehen, er hatte mal vor drei Jahren überraschend an einem sonnigen Nachmittag bei mir im Hof gestanden. Eigentlich hatte er damals jemand anderen gesucht und sich schlicht im Haus geirrt. So sind wir damals ins Gespräch gekommen, ein sehr netter und angenehmer Mann. Jetzt stand er vor mir und strich mir sanft über den Rücken. Ich war völlig perplex.

„Frau Weber, wie geht es Ihnen? Was kann ich für Sie tun? Kommen Sie, wir gehen mal ein wenig vor die Tür." Er schob mich sanft Richtung Ausgang. Draußen sah er mich voller Mitgefühl an, obwohl ich eigentlich noch überhaupt nichts gesagt hatte. Ich schilderte ihm mein Vorhaben und sah ihn erwartungsvoll an. Was dann geschah damit hatte ich überhaupt nicht gerechnet. Er war völlig gerührt und rang sichtlich mit seiner Fassung.

„Frau Weber, wir erinnern uns alle noch sehr an diesen Tag, es war einer dieser Unfälle die einem noch sehr sehr lange im Gedächtnis bleiben. Wir waren über alle Maßen erschüttert und sogar heute noch wird hier auf der Wache manches mal darüber erzählt. Ich war einer der Personen, die danach mit den Kollegen Krisenintervention betrieben haben. Uns hat das alle sehr mitgenommen. Das was Sie jetzt vor haben finde ich großartig und natürlich bekommen Sie von mir jegliche Unterstützung. Ich möchte auch gerne persönlich dabei sein wenn das für Sie in Ordnung wäre."

Natürlich war es das, ich freute mich gerade sehr über seine Empathie und sein Mitgefühl. In dem Moment bog unser „HiPo" auf den Hof (so nennt bei uns auf dem Dorf den Beamte der Ordnungspolizei). „Was denken Sie denn wieviele Leute da ungefähr kommen würden?" Der Chef der Wache sah mich erwartungsvoll an, während unser „HiPo", ich nenne ihn jetzt mal Konrad, gerade aus dem Auto stieg. Ich überlegte. „Wissen Sie, ich mache eine öffentliche Veranstaltung daraus über mein Autorenprofil. Da könnte es schon sein, dass es ein paar mehr werden."

Konrad trat zu uns.

„Gut das du gerade kommst. Die Frau Weber hier hat ein Anliegen und wir würden ihr gerne helfen. Wir werden den Hohenstein am 30.09 für eine halbe Stunde sperren. Das kriegen wir doch hin, oder?"

Herr Schneider, der Chef der Wache sah erst Konrad an, dann wieder mich. „Was meinen Sie denn mit „Autorenprofil" und das da einige mehr kommen würden?" Konrad lachte.

„Die Frau Weber ist bekannt wie ein bunter Hund, wenn die ruft kann es sein, dass wir da mit einem Menschenauflauf rechnen müssen." Jetzt musste ich auch lachen. „Nein, so schlimm wird's bestimmt nicht. Ich rechne mal so mit 50 Menschen. Also sperrt ihr wirklich für uns ab?"

Herr Schneider nickte. „Aber natürlich machen wir das, wir wollen doch nicht, dass da noch jemand überfahren wird!" ...

Kaum war dieser Satz draußen schlug er sich mit der flachen Hand auf den Mund.

„Ach Gott Frau Weber, Entschuldigung, das wollte ich gerade nicht. Es tut mir leid!" Ich war kurz zusammen gezuckt, und ihm war sofort bewusst, was diese kleine Wörtchen gerade in mir bewirkt hatte. Er strich mir erneut über den Rücken. Seine rücksichtsvolle Art tat mir unglaublich gut. „Klar machen wir das!" Konrad nickte bekräftigend.

„Wir machen ziemlich weit oben und unten am Beginn der Straße dicht." Er sah mich an. „Du könntest vielleicht gerade noch oben auf den Ordnungsamt vorbeikommen und das offiziell anmelden. Aber ich geb's schon mal weiter."

Zufrieden ging ich zurück an mein Auto und nicht mal eine Woche später hatte ich es schriftlich: Sperrung der Straße „Am Hohenstein" am 30.09 von 18:00 Uhr bis 18:30 Uhr.

Das würde einigen mit Sicherheit überhaupt nicht schmecken. Aber wie man mittlerweile ja weiß ist mir das eigentlich völlig schnuppe.

Seit meine Einladung zu unserem „Engelgeburtstag" online war hatten mich schon einige darauf angesprochen.

Meistens mit dem Satz „ich hoffe Du bist mir nicht böse, aber ich glaube, ich schaff das nicht. Ich kenne Dich doch, das wird bestimmt unglaublich emotional. Und ich könnte jetzt schon wieder heulen, wenn ich daran denke." Ich verstand jeden Einzelnen, auch wenn ich immer wieder betonte, das wir keine zweite Trauerfeier planten.

Thorsten hatte inmitten unserer ganzen Vorbereitungen einen weiteren, ziemlich guten Einfall gehabt. Er ist ja zugegebenermaßen ein begnadeter Handwerker und kommt beim Thema „Holz und Figuren" oft auf die interessantesten und schönsten Ideen. Wir haben schon einen riesigen Leuchtturm und ein Schiff auf der Holzwand der oberen Garage und ein großes Steuerrad oberhalb der Garagentür. Alles war farblich passend gesprüht und auf dem Leuchtturm stand sogar „Weber".

Nun umtrieb ihn also ein neuer Gedanke. „Also hier fehlt auf alle Fälle noch unser Anker." Ich „renovierte" zum dem Zeitpunkt gerade ein kleines Fachwerkhäuschen. Also eigentlich wars mehr eine Fachwerk-Mühle die ungefähr so groß war wie ein schönes Puppenhaus. Sie hatte Stein- und Putzwände und mitten drin eine Art Fachwerk. Wir hatten sie Anfang des Jahres von einer Bekannten geschenkt bekommen und wollten sie die ganze Zeit schon wieder schön in die Reihe machen. Jetzt muss ich nochmal ganz kurz ausholen, bevor ich zurück zur Mühle und dem Anker komme:
Unten vorm Haus steht ja unsere berühmt-berüchtigte Klagebank, gleich neben dem wohlbekannten „Strassenadventskalender".
Links und rechts neben der Klagebank hat Thorsten die vorhandenen Ringsteine mit weißem Holz verkleidet und mit selbst gemachten Schablonen überall in schwarzer Farbe den „Glaube-Liebe-Hoffnung" Anker, kleine Steuerräder und die Worte „Heimathafen, „St.Pauli", „Landungsbrücken" und „Hamburg" aufgesprüht. Hinten im Eck, auf einer dieser Holzverkleidungen stand seitdem die Mühle und wartete darauf, aufgehübscht zu werden.
Die Klagebank wiederum steht auf Paletten, die mit grauem Teppich verkleidet waren. Dieser Teppich hatte sich nun über die letzten zwei Jahre ziemlich abgenutzt und zog schon etliche Fransen. An manchen Stellen sah er aus wie der in die Jahre gekommene Kopf eines Mannes: kahl!
Außerdem war er halt auch jeglicher Art von Witterung ausgesetzt. Also beschlossen wir kurzfristig, der gesamten Front ein so genanntes „Make Over" zu verpassen. Das graue schäbige Geflecht musste also weichen und machte einem wunderbar weichen, dichten und atemberaubenden

Bodenbelag Platz... in LILA GLITZER. Jetzt atmen wieder einige schwer, ich weiß. Und die Profis knurren im Hintergrund „so was ist doch im Leben niemals für außen geeignet!" Stimmt, ist es nicht. Aber das war der graue Vorgänger auch nicht. Und uns BEIDEN (darauf liegt die Betonung) hatte der Teppich auf Anhieb so gut gefallen, dass er mit heim musste. Und für den Winz-Preis konnte man wahrlich nicht viel falsch machen. Da wars auch nicht schlimm, wenn der dann auch nur wieder ungefähr zwei Jahre halten würde. Und bei der Gelegenheit wollten wir uns auch gleich um die Mühle kümmern. Sie hatte bis dato noch ein rotes „Schindeldach" und braunes Fachwerk. Thorsten sprühte das Dach silbergrau und ich pinselte in mühevoller Kleinstarbeit das Fachwerk schwarz. Wir befestigten die kleinen Gardinen wieder an den Fenstern und de Vadder brachte das Mühlrad wieder zum Laufen. Dann durfte das Haus in neuem Glanze ganz vorne auf den neuen lilaglitzer Teppich. Ein paar „Seemänner" und unsere obligatorischen Anker sowie ein Deichschaf aus Keramik (es könnte natürlich auch ein ganz profanes Wald-und Wiesenschaf sein) machten den neuen Eindruck komplett. Hinten ins Eck durfte noch ein kleiner Leuchtturm und ein Böötchen, dann passte das maritime Ambiente rund ums Häuschen perfekt.
Und natürlich unsere zahlreichen großen und kleinen Keramik-Kürbisse. Schließlich war es Herbst.
Zurück zum nächsten Holzprojekt „Familienanker". Wie man ja mittlerweile weiß, hab ich's nicht so wirklich mit dem dreidimensionalen Denken.
Ich hatte also wieder mal überhaupt keine Ahnung, was er da wieder vorhatte, geschweige denn, wie groß das im Endeffekt werden würde. Bis er mit einer Holzplatte aus der Garage kam. Naiv wie ich war fragte ich noch „was willst du denn mit der riesigen Platte?" Er schaute mich fast schon verständnislos an. „Muddi, wollten wir nicht unseren Anker da drauf haben? Das bringt doch nix wenn ich dafür eine 10x10 cm kleine Holzfliese nehme. Wenn schon dann soll man ihn ja auch richtig gut sehen können."
Na klar, was fragte ich auch...
Mittels einer Schablone brachte er also unseren Anker aufs Holz und sägte ihn danach penibel aus. Sogar die einzelnen Noten und Ronjas Stern waren detailgetreu dabei. Als nächstes sprühte er den Anker schwarz, die Noten und den Stern bemalte ich mit Acrylfarbe. Dann ging's ans Aufhängen. Er kam in den Hof oben an die Holzverkleidung der Garage. Ela half beim Aufhängen der Noten und hatte dabei eine zündende Idee.

Wir hatten schon die ganze Zeit überlegt, wie wir am schönsten die Noten an den Anker „hängen" sollten. Wir hatten noch Schiffstau übrig und sie schlug nun vor, die Noten damit am Anker quasi zu befestigen .

Als alles hing sah es einfach großartig aus und seitdem hat unser Haus ein weiteres unverkennbares „Weber-Merkmal" mehr. Und ich kann es sehen wenn ich bei schönem Wetter draußen sitze und schreibe.

Als nächstes machten wir uns an die Gestaltung von „Erinnerungen", die wir den Anwesenden an dem Tag gerne mitgeben wollten. Da wir richtig gute Erfahrung mit den personalisieren Getränkedosen gemacht hatten hielten wir das für die beste Idee. Mir war bewusst, dass man eine Erinnerung an unsere Krawalli am besten mit Bildern von ihr erreichen konnte. Und Thorsten war bewusst, das ICH da komplett außen vor bleiben würde.

Das hieß also er und ich erstellten gemeinsam den Hintergrund für die Dose, bei den Bildern und der Aufschrift wurde er von Ela unterstützt. Wir bestellten 96 Dosen Apfelschorle. Vorne drauf waren drei Bilder von ihr, ihr Name und natürlich Geburtstag und Sterbedatum.

Als wir ein paar Tage später die fertigen Dosen in den Händen hielten schaffte ich es sogar, sie mir ganz kurz anzusehen. Sie waren wunderschön. Thorsten hatte noch eine Kinderhand, die ein Windrad hält, so unter ein Bild drapiert das es aussah, als würde sie versuchen, es mit ihren Füßen anzustupsen.

Ich hätte ganz laut schreien können…

Mittlerweile war ich an dem Punkt zu überlegen, ob ich an ihrem ersten Todestag nicht doch ein paar Bilder von ihr online stellen konnte. Ich hatte immer mal wieder minutenlange Phasen über den Tag, in denen ich mir das durchaus zutraute. Leider überwogen die anderen Phasen, in denen es mich bei dem Gedanken daran schüttelte, immer noch sehr. Ich würde abwarten müssen, wie immer eigentlich. Aber man weiß ja, wie das ist mit der Muddi und ihrer Geduld (seht ihr, schon wieder eine Schwäche…)

Vor dem 30. September hatte ich samstags noch eine Lesung. Dieses Mal wieder fast ein Heimspiel, nämlich in Gadern. Dem Ort, aus dem mein damaliger Freund stammt, dessen Mutter das mit meiner Adoption heimgebracht hatte. Am Lesungstag telefonierte ich morgens mit meiner Veranstalterin und musste feststellen, dass einem Corona UND das Wetter die ganze Planung vermiesen konnten. Es regnete seit Tagen wie aus Eimern und mindestens vier Menschen, die zugesagt hatten, blieben lieber daheim im Warmen. Aber trotz allem wurde es ein wirklich schöner Abend, lustig, emotional und sehr unterhaltsam. Die, die da waren, kannte ich größtenteils schon sehr lange. Und ich hatte unheimlich viel Freude daran, sie auf meiner Reise mitzunehmen. Der Abend wurde gemütlich und die Gespräche danach, mit den vielen alten Bekannten waren inspirierend und taten mir richtig gut. Überhaupt merkte ich an diesem Abend wieder, dass ich meine Bestimmung gefunden zu haben schien. DAS war es, was ich machen wollte. Menschen inspirieren, sie mitnehmen, ihnen auch andere Wege zeigen zu können. Ich liebte es genau das mit meinen Büchern tun zu können.

Dann kam das nächste große Ereignis. Der „Engelgeburtstag".
Wir hatten noch lila und fliederfarbene Holzbuchstaben besorgt. Jeder Buchstabe war mit einem kleinen Stern versehen und passte daher perfekt zum Motto. Über dem Eingang unseres „Kapellchens" stand nun also „Krawalli". So wie es sich gehört….
Und somit war alles fertig und bereit eingeweiht zu werden. Fast freute ich mich darauf, auch wenn ich tief im Inneren nun doch ein wenig Angst vor dem Tag hatte. Bisher war ich immer noch auf dem Standpunkt, dass es kein anderer Tag werden würde wie all die anderen Tage zuvor. Ich betete insgeheim, dass sich dieses Gefühl am 30.09 nicht sonderlich ändern und ich eventuell dann doch an diesem Tag dann völlig neben mir stehen würde. Das konnte ich wahrhaftig nicht gebrauchen, wo ich mich doch mittlerweile so gut im Griff hatte (ja, dieser Satz enthält eine gehörige Portion Ironie).
Auffällig war allerdings, dass ich schon fast zwei Wochen nachts nicht mehr schlief. Eigentlich hatte sich das mit dem Schlafen verhältnismäßig gut eingependelt, auch wenn weiterhin morgens gegen halb fünf spätestens die Nacht vorbei war. Jetzt, diese Tage vor DEM Tag war oft schon um halb zwei mitten in der Nacht an Schlaf nicht mehr zu denken. Seltsam…
Ich hatte schon Tage vorher einen kleinen Text verfasst, den ich an diesem Tag veröffentlichen wollte. Außerdem war ich weiterhin der Meinung, ich könnte vielleicht doch ein paar Bilder posten. Warten wir's ab…
Der Tag kam und ich hatte, wie fast schon zu erwarten, kaum geschlafen. Aber ich fühlte mich nicht sonderlich mies, auch wenn ich dazu tendierte, auf diese Gefühl zu warten. Ich war melancholisch und hatte eine eher passive

Grundstimmung. Aber das große heulende Elend und die Panik blieben völlig aus. Es war halt doch ein Tag wie jeder andere, sie war nicht da und ich vermisste sie unglaublich. Trotzdem war mir durchaus bewusst, dass ich selbst wahrscheinlich noch für sehr viele Emotionen sorgen würde. Ich setzte mich mit meinem Kaffee in die Küche und begann den Text abzuschreiben, den ich schon Tage vorher geschrieben hatte. Und war ziemlich schnell an einem Punkt, der mir nur zu bekannt vorkam. Ich dachte „warum schreibst du es denn auch so, dass du dabei heulen musst?"

Genau DAS wollte ich nämlich heute nicht: den ganzen Tag nur flennen.

Ich schrieb meinen Text, den ich mir vorher lange überlegt hatte. Gleichzeitig wusste ich aber auch, ich würde niemals wirklich beschreiben können, was ich tief in mir empfand. Dafür gab es nun mal keine Worte. Als ich fertig war starrte ich minutenlang ins Leere.

Ich atmete ein paarmal bewusst ein und aus und dann öffnete ich meine Galerie...

Mir wurde leicht flau im Magen und mein Hirn, aber auch mein Herz versuchten, eine Rebellion zu starten. Also, kurz nochmal die Augen zumachen, nochmal atmen und sämtliche Innereien versuchen zu ignorieren. Es war sprichwörtlich die Hölle. Ich war ja schon zwischendurch immer mal wieder beim Suchen anderer Bilder über sie gestolpert und habe dann wie eine völlig Irre weitergescrollt. An diesem 30.09 wollte ich ganz bewusst einige Bilder von ihr einstellen. Ich merkte recht zügig, dass das Suchen nach den schönsten Bildern unerträglich wurde. Und eigentlich waren ja sowieso alle Bilder mit ihr wunderschön.

Also klickte ich wahllos einige an und stellte sie online. Heute sollte jeder zu meinen Worten auch ein Gesicht haben.

Ich brauchte danach noch einige Minuten um mich emotional wieder ein wenig zu beruhigen. Mein Innerstes war unglaublich aufgewühlt. Mir kam das Gleichnis eines Sees in den Sinn. Solange man nicht am Grund wühlt bleibt die Oberfläche glatt und fast ohne Bewegung. Aber wehe, einer stochert...

Ich trank meinen Kaffee leer und machte mich auf den Weg ins Bad. Zu meiner nächsten großen Herausforderung für diesen Tag. Ich hatte ja schon des Öfteren bemerkt, dass in dem schlichten Wörtchen „Trauerarbeit" vor allem eins steckt: das große Wort „Arbeit". Und 366 Tage nach dem schlimmsten Tag meines bisherigen Lebens „arbeitete" ich quasi wie eine Geistesgestörte. Fast so, als wollte ich mir selbst etwas beweisen. Nachdem ich also schon völlig bewusst einige Bilder von ihr angesehen hatte wollte ich jetzt auch noch dem Ganzen das Krönchen aufsetzen. Kurze Erläuterung, bevor einer denkt ich spinne komplett: Jeden Morgen, wenn ich im Bad bin und mich, beziehungsweise Svenja fertig mache, läuft Musik. Als wir morgens immer noch zu dritt im Bad waren, also als Ronja immer noch um mich herum war, lief meistens „Santiano" oder „Helene Fischer". Ich mag die Musik von Beiden sehr (ich mag noch viel mehr und ganz andere Musik, aber ich habe manchmal monatelang so meine Favoriten). Ronja kannte also fast nichts anderes und wenn dann mal im Auto Santiano oder die Helene lief fing, sie hinten in ihrem Kindersitz an zu klatschen und „mitzusingen".

Und wie manche vielleicht noch wissen lief auf ihrer Beisetzung von Santiano „Ich bring dich heim" und von Helene Fischer „wenn Du lachst". Außerdem noch das Lied vom Sandmann, seitdem meide ich zwischen abends zwischen zehn vor sieben und sieben Uhr Svenjas Nähe.

In den letzten 365 Tagen war ich nicht in der Lage gewesen, auch nur einmal den Satz „Alexa, spiel Santiano" zu sagen. Meistens läuft seitdem Schlager, auch im Auto. Wenn dort natürlich völlig unvorhergesehen mal Santiano oder Helene Fischer gespielt wurde habe ich am Anfang das Radio ausgemacht. Irgendwann mal, als ich gerade vom Schatzkistenplatz zurück kam und ins Auto einstieg lief gerade „könnt ihr mich hören?" von Santiano. Ich blinzelte Richtung Himmel, drehte auf volle Lautstärke und heulte Rotz und Wasser.

Jetzt im Bad, an diesem so seltsamen Tag, wollte ich mir also selbst beweisen, was für ein starkes Mädchen ich doch bin. Ich duschte, putzte mir die Zähne und starrte dann minutenlang unsere Musikbox an, als wartete ich darauf das sie sagte „wird's heut noch was? Sag's doch endlich!"

Nun denn, nochmal tief Luft holen… „Alexa, spiel Santiano!"

Und in dem Moment, als ich das erste Mal wieder ganz bewusst UNSERE Musik hörte sah ich meine kleine Räubertochter neben mir im Bad stehen und tanzen und lachen. Ich griff ins Leere neben mich und wischte mir die Tränen aus den Augenwinkeln. Dann lächelte ich mein Spiegelbild an und begann mich zu schminken. Eisernes Gesetz: wenn man geschminkt ist wird nicht mehr geheult!

Seitdem darf Santiano wieder jeden Tag laufen, auch während ich meine Hausarbeit mache. Wenn niemand zuhause ist sogar ganz laut. Nur Helene Fischer verkneife ich mir noch, das Sandmännchen sowieso.

Es war gerade mal halb neun, als ich für diesen Tag für mich also schon so richtig viel geleistet hatte. Und ich war mächtig stolz auf mich.

Reni hatte schon geschrieben, sie und Michael wollten gegen elf Uhr da sein. Mich, beziehungsweise uns an diesem Tag alleine zu lassen wäre für beide nicht in Frage gekommen. Und ich war dafür von ganzem Herzen dankbar. Ich hatte am Tag zuvor schon Streuselmuffins vorbereitet, für alles andere würde ich später noch Renis Hilfe in Anspruch nehmen.

Wir beschlossen zu viert zunächst einen Kaffee trinken zu gehen und fuhren gemeinsam ins Café Lipp. Danach zog es mich auf den Friedhof. Wir waren alle zusammen an ihrem Grab und ich bemühte mich redlich meine Gedanken nicht allzu weit in die falsche Richtung schweifen zu lassen.

Wieder daheim schnappte ich mir Reni, während Thorsten sich mit Michael ins Esszimmer zurück zog. Sie und ich fabrizierten „Würstchen im Schlafrock" und unterhielten uns angeregt. Dann richtete ich zwei Kannen Kaffee und bestreute die Muffins mit Puderzucker. Fertig.

Ich war gerichtet, von mir aus konnte es also losgehen. Nur keine großen Pausen entstehen lassen, am besten nahtlos weiter im Trubel. Ich wusste, wenn ich JETZT die Möglichkeit zum Denken gehabt hätte, wäre ich durchgedreht. Das Wetter war, anders als an den Tagen zuvor, wirklich herrlich und so begaben wir uns in den Hof. Inzwischen war es ungefähr fünfzehn Uhr, die ersten Gäste würden wahrscheinlich nicht vor fünf da sein. Thorsten hatte unsere Sonos Box auf das Dach der Kapelle platziert und ließ Santiano laufen. „Ich glaube, wir kriegen Besuch." Thorsten schaute übers Hofgeländer. Unten an den Mülltonnen parkte gerade jemand sein Fahrrad. Silke! Ich lief durch den Hof auf die Straße und ging ihr entgegen. Sie hatte den „Engelgarten" und alles drumherum noch nicht gesehen.

Und wie jeder, der bisher mehr oder weniger unverhofft davor gestanden hatte, war sie zunächst völlig bewegt. Sie hatte ja noch mal einen ganz anderen Bezug zu Ronja gehabt als alle anderen. Sie war ihre Patentante gewesen und von Anfang an immer ganz nah dabei. Sie und auch ihr Mann hatten anfangs eigentlich fast genauso mit dieser riesigen Lücke zu kämpfen gehabt wie wir. Jeder auf seine Art und Weise. Wir drückten uns stumm und gingen dann zu den anderen in den Hof. Kurze Zeit später schrieb mich Mel an (kennt ihr sie noch? Sie ist meine „Frühchenfreundin" die ich eigentlich so gut wie nie sehe, die aber trotzdem ziemlich viel über mich und meine Gefühlslage weiß.) Wir telefonierten weiterhin ein paarmal die Woche, es gab eigentlich immer irgendwas zu erzählen. Für sie gab es keinerlei Diskussion, dass sie bei unserem „Engelgeburtstag" dabei sein würde. Natürlich hätte ich es ihr nicht übel genommen wenn sie es zeitlich nicht organisiert bekommen hätte. Schließlich hat sie ja auch drei Kinder, die Jüngste gerade mal drei Monate älter als Ronja. Und sie hatte ja auch ein gutes Stück zu fahren. Aber es kam folgende Nachricht „ich mach mich jetzt auf den Weg, bis gleich. Ich freu mich auf Dich." Sie würde also ungefähr gegen fünf da sein. Ich unterhielt mich noch eine ganze Weile mit Reni und Silke und ehe ich mich versah, war es kurz vor fünf. Wir trugen die Platten mit den Würstchen und den Muffins raus auf den Tisch und stellten die Kaffeekannen dazu. Coronabedingt mussten wir darauf achten, dass nicht jeder alles anfasste. Deshalb hatten Reni und ich in mühevoller Kleinarbeit Servietten-Taschen gefaltet und dort jedes Schlafrock-Würstchen einzeln verpackt. Die Muffins waren sowieso jedes für sich in einem Förmchen. Wir stellten Einmalbecher auf den Tisch und legten noch ein paar Servietten dazu. Das sollte reichen. Zumal ich immer noch nicht wusste, wieviele Menschen nun wirklich kamen. Gegen halb sechs waren immerhin schon mal sieben anwesend. Ich war gespannt, wann die Polizei auftauchen würde. Dann kam Tabea, unsere Pfarrerin mit Diana und noch ein paar Bekannte. Um sechs war aber immer noch nichts von der Polizei oder dem Ordnungsamt zu sehen. Ich war gelinde gesagt leicht irritiert. Immerhin hatte ich es ja schriftlich, dass die Straße für eine halbe Stunde abgesperrt werden sollte. Und der Chef der Wache war auch noch nicht da. Kurz nach sechs beschloss ich, mal auf der Wache anzurufen. Auf der Gemeinde würde ich mittwochs und um die Uhrzeit ja eher niemanden erreichen.

„Ach Gott Frau Weber, ich hatte jetzt noch ein Gespräch und habe die Uhrzeit völlig vergessen." Herr Schneider war völlig erschrocken. Ich sah die Straße hoch und runter.

„Ich bin sowieso etwas verwirrt, weil hier ist auch noch niemand, der absperren würde. Wissen Sie da zufällig mehr?" Freundlich fragen kann man ja mal.

„Hatten Sie denn nochmal mit dem Ordnungsamt geredet?" Herr Schneider klang ganz leicht verzweifelt.

„Nein, habe ich nicht. Ich bin davon ausgegangen das, wenn ich das Ganze schriftlich habe, das seinen Gang geht. Ich wusste nicht, dass ich mich dann nochmal in Erinnerung bringen muss."

Hätte ich wohl aber machen sollen, tja, das soll der Mensch mal wissen. Irgendwas lief also nicht wirklich rund, aber ich beschloss, mal wieder das Beste aus der Situation zu machen. In der Zwischenzeit hatten mich noch etliche Nachrichten erreicht von Menschen, die mir absagten. Zum einen natürlich wegen Corona (die Infektionszahlen waren in den letzten Tagen wieder beunruhigend gestiegen. Ich verstand also die Angst meiner Mitmenschen sehr wohl). Zum anderen, weil die meisten Angst davor hatten ihre Emotionen nicht im Griff zu haben. Und wer heult schon gerne vor anderen? Wobei Katharina am nächsten Tag ziemlich trocken meinte: „Ich versteh nicht wirklich, wie man vor sowas Angst haben muss. Ich meine, DU bist die Mutter, wie soll es DIR dabei gehen, wenn alle anderen schon so piensen??" Hm, ich musste zugeben, da war was dran.

Im Moment war ich erstmal froh um die, die da waren. Mel hatte ein wenig Pech mit dem Verkehr und war im Nachhinein dann doch erst gegen viertel vor sechs da. Wir sahen uns an dem Tag zum ersten Mal wieder seit der Beerdigung. Und ihr erster Satz zu mir war „Ach Gott bist du so dünn!"

Sie kannte mich nun mal noch mit mindestens doppeltem Umfang und fünf Kleidergrößen mehr. Ich konnte also ihren besorgten Ausruf durchaus nachvollziehen. Auch wenn ich von „Dünn" tatsächlich meilenweit entfernt bin. Aber halt auch eben nicht mehr wirklich dick.

Zurück zum Thema „Polizei und Straßensperre". Das lief also eher suboptimal und Thorsten beschloss, unser Auto oberhalb unseres Grundstückes quer zu stellen und somit war an der Stelle die Straße schon mal dicht. Ich telefonierte währenddessen immer noch mit Herr Schneider und berichtete ihm von Thorstens Aktion.

„Frau Weber wissen Sie was? Ich komme hoch zu Ihnen. Ihr Auto lassen Sie genau dort stehen und unten machen wir zu. Bis gleich." Sprachs, legte auf und sperrte einige Minuten später mit einem großen Polizeiauto den „Hohenstein" unten an der Ecke komplett ab. Er kam mir entgegen und hatte schon beim Hochlaufen Tränen in den Augen. Dann ging er an unseren „Engelgarten" mit der kleinen Kapelle im Hintergrund und war sichtlich gerührt und sehr bewegt. Ich nickte ihm zu und begrüßte dann die Anwesenden. Und noch hatte ich mich voll im Griff. Wobei ich seltsamerweise einen ziemlichen Kloß im Hals hatte. Keine Ahnung woher der auf einmal kam. Es war doch ein Tag wie jeder andere…

Ich bat Tabea um ein paar Worte und um die Segnung unserer

Erinnerungsstätte. Und als sie loslegte und mal wieder genau die richtigen Worte fand merkte ich, wie sich ganz heimlich still und leise ein paar Tränen auf den Weg über meine Wangen machten. Verräter: Ich wollte doch nicht weinen. Sie sprach von Ausflugszielen. Das man dort manchmal die Worte „ich war hier" irgendwo hinschrieb. Und genauso hätte es Ronja hier auch gemacht. Überall hier hätte sie ein „ich war hier" hinterlassen. Mal ehrlich, also wer da nicht heult…

Als Tabea die Segnung beendet hatte wollte ich eigentlich noch ein paar herzliche Dankes-Worte sagen und nochmal liebevoll an unsere kleine Krawalli erinnern. Und seltsamerweise übermannten mich auch da wieder meine Gefühle und dann war ICH es, die dort vor allen anderen stand und heulte. Mein toller Plan hatte ja echt fantastisch funktioniert (jaja, ich und planen…)

Wobei man ehrlicherweise zugeben musste, dass ich VORHER auch schon das ein oder andere Tränchen vergossen hatte. Aber dazu konnte ich eigentlich nichts, daran waren meine ganzen lieben Mitmenschen schuld.

Ich wurde ja schon innerhalb des letzten Jahres immer wieder mit kleinen, wundervollen Herzgeschenken bedacht, die mich ganz oft völlig sprachlos machten. Meistens hatten sie irgendeinen Bezug zu Ankern oder eben zu „Muddi". Auf alle Fälle waren alle Geschenke immer voller Liebe und wohldurchdacht. An diesem so besonderen Tag bekam ich nun so viele liebevolle Geschenke, dass meine Emotionen irgendwann den Geist aufgaben und das machten was sie wollten. Gerührt sein, sich freuen, wundern, Herzklopfen, weinen… alles war dabei, eine ganze Bandbreite voller Gefühle. Wir bekamen viele wunderschöne Engel, die wir alle in unserem kleinen „Kapellchen" unterbrachten. Außerdem Geschenke, die uns immer an Ronja erinnern würden. Mel überreichte mir einen kleinen rosanen Bären, auf dessen Bauch „Ronja" eingestickt war. Diana hatte eine Kerze anfertigen lassen auf der stand „Ronja – Am Ende des Regenbogens sehen wir uns wieder" ,oben drüber ein Strauß aus rosa und grauen Sternen. Ich heulte wie ein Schloßhund.

Von Katharina bekam ich mittags schon eine zusammengerollte Leinwand, Farben und zwei Pinsel und war zunächst etwas irritiert. Ich kannte diese kleinen Farbtöpfe ziemlich gut. Sie gehörten normalerweise zu „Malen nach Zahlen". Ja ich weiß, manche werden jetzt fragend die Augenbrauen nach oben ziehen. Aber diese, nennen wir sie mal „Kunst" gibt es nun mal auch für

Erwachsene. Die zu malenden Bilder sind dann durchaus anspruchsvoll und haben nichts mit den üblichen Katzen- oder Pferdebildern gemein.

Ich rollte die Leinwand auseinander und war völlig von den Socken. Wobei ich dazu mal wieder zunächst etwas erklären muss.

Thorsten und ich sind in Facebook in einer Gruppe von Sterneneltern, also Eltern, die ihre Kinder verloren haben, egal auf welche Art und Weise. Dort gibt es auch immer mal wieder personalisierte Bilder. Also Bilder, die sich zum Beispiel auf die Jahreszeit oder auf einen bestimmten Feiertag bezogen. Mit süßen Motiven und berührenden Sprüchen. Dort wurde dann der Name des jeweiligen Sternchens eingefügt. In unserem Fall also Ronja, manchmal auch Krawalli. Vor einiger Zeit gab es auf dieser Seite eine Aktion. Die Verantwortlichen erstellten eine Art Familienbild. Dort waren alle Familienmitglieder aufgeführt, auch die Sternchen. Man konnte die Haarfarben und Frisuren auswählen, wo die Personen stehen (in unserem Fall am Meer) und wie das Sternchen aussehen sollte. Unser Familienbild sah also von links nach rechts wie folgt aus:

Wir stehen alle mit dem Gesicht zum Meer, Svenja mit zwei kleinen Zöpfen in ihrem Rollstuhl. Neben Svenja stehe ich. Ich habe einen kleinen blonden Engel mit weißen Flügelchen im Arm. Meine Haare sind halblang und schwarz. Neben mir steht de Vadder und neben ihm Ela. Über ihren Rücken fällt ein geflochtener Zopf. Dieses Bild versinnbildlicht so ziemlich alles, was uns ausmacht, fehlt eigentlich nur noch unser „Familienanker".

Dieses Bild haben Thorsten und ich beide als Profilbild und Katharina hatte es mir ja ein paar Tage zuvor schon ausgedruckt und auf eine Kerze geklebt, zusammen mit einem unglaublichen rührenden Spruch.

Jetzt rollte ich also die Leinwand auseinander und starrte völlig fassungslos auf genau eben dieses Bild. Gedruckt als „Malen nach Zahlen"-Kunstwerk. Woher nahm diese Frau nur immer ihre wundervollen Ideen? Auf sowas komme ich nicht. Ich bin sowieso ein unglaublich schlechter Schenker. Man könnte ja jetzt meinen durch meine dann doch recht ausgeprägte kreative Ader wäre ich nahezu prädestiniert für ausgefallenen Geschenke. Von wegen. Meistens kaufe ich das, was MIR gut gefällt und hoffe, dass der Beschenkte sich darüber freut. Basteln ist ja nun auch wirklich so gar nicht meins, malen dann schon ein wenig mehr. Auch wenn ich jetzt natürlich nicht wirklich malen kann. Gezeichnete Bäume sehen bei mir meistens aus wie ein Besen beim Breakdance und meine gemalten Gesichter hätten ihre Daseinsberechtigung in manchen Horrorfilmen wirklich verdient. Aber ich kann einigermaßen gut abmalen, also so wie die ganzen Holzfiguren, die Thorsten und ich schon zusammen erschaffen haben. Wenn ich Umrisse und Vorlagen habe klappt das ganz gut. Von daher ist „Malen nach Zahlen" für mich ja auch nahezu perfekt.

Ich war sprachlos und freute mich riesig. Ich wusste gar nicht, wie ich meine Dankbarkeit zum Ausdruck bringen konnte. Das ist ja dann noch so ein, wenn auch eher seltsames Problem: wie lasse ich den Anderen denn spüren, wie sehr ich mich über solche Geschenke freue? Versteht Ihr was ich meine? Ich bekomme so unglaublich viele tolle Dinge. Man spürt, wie sehr sich die Menschen, die mir solche Aufmerksamkeiten zukommen lassen, Gedanken über mich und meine Vorlieben gemacht haben. Einfach so, immer mal zwischendurch, wenn ich am wenigsten damit rechne. Ich bin immer völlig baff und gerührt, weiß aber nie genau, wie ich meinen Mitmenschen klar und deutlich zeigen kann, wie sehr ich mich über ihre Wertschätzungen wirklich freue. Also, wenn da mal jemand den ein oder anderen Tipp für mich hat, ich bin für jeden Ratschlag offen und dankbar!

Nachdem also der „offizielle" Teil unserer kleinen Feier beendet war baten wir die Anwesenden, natürlich mit gebührenden Abstand, zu uns in den Hof, um sich an den vorbereiteten Snacks zu bedienen. Ich unterhielt mich mal da mal dort, die Stimmung war friedlich und herzlich. Selbst Herr Schneider, unser Polizeichef, machte nicht wirklich Anstalten zum Aufbruch. Irgendwann fuhr er das Polizeiauto dann an den Straßenrand, machte die Straße somit wieder frei und gesellte sich wieder zu uns. Er war dann auch fast einer der letzten, der sich an diesem Abend verabschiedete.

Ich stand noch mit ihm und Thorsten auf der Straße, als Michael zu uns kam.

„Soll ich den Rest Kaffee aus den Kannen wegschütten?"

Prompt hatte ich ein schlechtes Gewissen. Ich stand hier rum während meine Freunde schufteten.

„Warte, ich komm gleich, ihr müsst doch jetzt nicht aufräumen." Ich legte ihm leicht schuldbewusst meine Hand auf den Arm.

„Ne ne, lass uns mal. Bleib du mal hier und erhol dich noch ein bisschen. Wir sind ja auch gleich fertig. Also, wegschütten?" Ich sah ihn dankbar an.

„Ja bitte, ich bin gleich oben."

Als er weg war musste ich lächeln. Womit hatte ich diese tollen Menschen verdient?

Und wirklich, als ich ein paar Minuten später in den Hof kam war dieser schon komplett aufgeräumt und auch die Küche war fast wieder in ihrem Urzustand. Lediglich der Rest Kuchen und Würstchen wartete darauf in Dosen verpackt zu werden.
Katharina, Reni, Michael und Ela hatten ganze Arbeit geleistet und warum auch immer hätte ich schon wieder heulen können…

Ein paar Tage später hatte ich mein erstes „ZOOM"-Interview. Also eine Art Videokonferenz. „ZOOM" war ja das, womit Svenja damals virtuell Unterricht hatte und ich so saumäßig stolz war, dass ich das ganz allein hinbekommen hatte. Nun also ein Interview. Mittlerweile war ich ja fast schon sowas wie ein „alter Hase" was Interviews betraf. Und ich hatte einen Riesen Spaß an der ganzen Sache. Dieses Mal ging es um ein Interview für die „BARRIO-App", ein reines Elternmagazin. Eine der Verantwortlichen dieser App war auf mich aufmerksam geworden und wir hatten uns ein paar Tage später bei mir auf einen Kaffee verabredet. Wir waren uns auf Anhieb sehr sympathisch.
Im Groben ging es jetzt darum, dass ich meine Geschichte mit anderen Eltern teilen sollte. Vielleicht auch als eine Art Ansprechpartner dienen könnte für Eltern, die in der gleichen Situation waren wie wir. Sie wollte zunächst eine Autorenvorstellung online stellen, dann ein Buchpaket mit signierten Exemplaren von mir verlosen und dann sollte das Interview stattfinden.
Außerdem war eine regelmäßige Kolumne geplant. Mal über Trauerarbeit und den Verlust eines Kindes. Mal über Frühchen, das Leben mit behinderten Kindern, Adoption, Mutterschaft und MS, der Verlust der Eltern…. Es gab wahrlich genug, über das ich aus meinem eigenen Erfahrungsschatz berichten konnte.
Montags nach unserem Engelgeburtstag war nun das ZOOM Interview angesetzt Wobei man dazu sagen muss:
ich saß zwei Wochen zuvor schon mal vorm Pad. Geschniegelt und gebügelt, frisch vom Friseur und gepudert wie Madame Pompadour in ihren besten Zeiten. Ich wählte mich ein und wartete darauf, dass es losging.
Es passierte…NICHTS. Und prompt zweifelte ich wieder an meinen technischen Fähigkeiten. Ich meldete mich ab und wieder an und wartete. Während ich wartete versuchte ich das Pad in eine geeignete Position zu

bringen. Also so, dass man überwiegend meine „Schokoladenseite" sah (bei mir ist das die linke, ich erkläre Euch gleich mal warum). Und noch während meines dann doch ziemlich unprofessionellem Gezappel vor dem Bildschirm erklang eine männliche Stimme aus dem „Off".

„Hi, wer bist du?" Ups...

„Hi, mein Name ist Corinna und ich soll hier heute ein Interview geben."

Auf der anderen Seite wurde es kurz still, sehen konnte ich denjenigen leider immer noch nicht. Dann die peinliche Aufklärung:

„Ach so, du bist das. Das Interview ist doch erst nächste Woche, oder? Jedenfalls habe ich das so in meinem Plan."

Ich verdrehte die Augen. Das durfte doch jetzt nicht wahr sein! Schnell wühlte ich mich durch meine E-Mails und siehe da: der gute Mann hatte recht. Ich verabschiedete mich leicht zerknirscht und schlug mir gedanklich mehrfach gegen die Stirn. Typische „Muddi-Aktion", aber echt!

Genau eine Woche später (also an dem Tag, an dem das Interview dann TATSÄCHLICH stattfinden sollte) hatte ich einen Termin in der Psychosomatischen Ambulanz in Heidelberg. Ich erhoffte mir dort Hilfe bezüglich meines kargen Speisenplanes. Ich bekam nämlich immer mehr und öfter das Verlangen, richtig zu kochen und wieder normal essen zu können. Und ganz oft war ich ganz nah dran, es einfach auszuprobieren. Dann aber verließ mich wieder der Mut und ich blieb bei meinen Spätzle. Aber da es ja hieß, ich hätte eigentlich nichts und der Rest wäre meinem maroden Hirn geschuldet musste ich ja irgendwo hin, wo man sich mit maroden Hirnen auskennt. Thorsten hatte sich frei genommen und begleitete mich. Wir fuhren früh genug los und gingen in Heidelberg noch einen Kaffee trinken. Und zwar dort, wo wir schon des Öfteren gesessen hatten als Svenja noch auf der „FIPS" lag. Die Psychosomatische Ambulanz ist ganz in der Nähe der alten Frauenklinik, also eine Umgebung, in der wir uns auskennen.

Den Termin hatte ich um viertel nach zehn, um neun saßen wir beim Bäcker. Gegen halb zehn kam eine Nachricht von Kirsten, meiner Ansprechpartnerin bei „BARRIO", mit der ich ja einige Zeit vorher einen entspannten Vormittag verbracht hatte.

„Einer der Mitwirkenden für das Interview ist krank geworden, wir müssten um eine Woche verschieben. Wäre das für Dich in Ordnung?"

Ehrlich gesagt kam mir das gerade sehr gelegen. Ich kenne nämlich Heidelberg und die damit verbundenen Zeitprobleme, was die Einhaltung der

Termine betrifft nur zur Genüge, und hatte schon befürchtet, dass ich das Interview von unterwegs aus geben müsste. Mein Pad hatte ich mir vorsorglich schon mal in die Tasche gesteckt.

Apropos Tasche, mal ein kurzer Schwenk zu etwas ganz anderem: Mein Mann mag Handtaschen! Und vor meinem inneren Augen sehe ich jetzt ganz viele hämisch grinsen oder sich die Tränen vor Lachen von den Backen putzen. Aber tatsächlich ist es so, dass de Vadder schöne Handtaschen durchaus kaufenswert findet. Und anders als bei Schuhen oder den Rest des Outfits sind wir da sogar fast immer einer Meinung.

Ich hatte ja irgendwann schon mal erwähnt, dass wir ein Ankleidezimmer haben, mit einem extra großen Schrank mit Glastür für meine Handtaschen. Und darin waren nicht irgendwelche Taschen, sondern ausschließlich solche von „Georg, Gina&Lucy". Einige werden gerade hektisch googeln, den meisten Männern dürfte bei Handtaschen noch am ehesten (wenn überhaupt!) „Louis Vuitton" einfallen. Oder eben die Schicken aus Plastik mit einem großen „A" vorne drauf. Wie also kommt gerade ein Handwerker zu „Georg, Gina&Lucy"?

Nun, ich bin vor gut fünf Jahren ins Rhein-Neckar Zentrum mit dem Spruch „ich brauch dringend mal eine wirklich schöne Handtasche."

Und beim wandern durch die verschiedenen Geschäfte bin ich, fast aus Versehen, in den „GG&L Store" gestolpert. Da war ich richtig! Diese Art von Handtaschen kannte ich bislang noch nicht (ja, ich komme vom tiefsten Land). Unglaubliche Farben und die witzigsten Formen und alle hatten sie irgendwo eine Art Schnalle, auf der das Logo eingraviert war. Ich war im Taschen-Himmel. Nach mehreren „Tasche über die Schulter hängen und ausgiebig im Spiegel betrachten"-Versuchen entschied ich mich für ein rosafarbenes Modell (was sonst??) das aussah wie eine kleine Post-Tasche. Als ich sie abends ganz stolz meinem Göttergatten zeigte sagte der doch tatsächlich „die ist aber schön, wo hast du die denn her?"

Ehrlich gesagt dachte ich zunächst ich hätte mich verhört. Immerhin konnte man es diesem Mann ja selten recht machen, wenn es um Klamotten und Zubehör ging. Also hielt ich ihm die Tasche nochmal eindringlich unter die Nase. „Und, wie findest du sie wirklich?"

Er schaute mich etwas verständnislos an und erwiderte: „Na ich sag's doch, die ist schön." Ich war drauf und dran ins Bad zu laufen und das Fieberthermometer zu suchen. Eventuell war er ja krank...aber es sollte noch viel seltsamer werden! Am darauffolgenden Wochenende sind wir dann zusammen ins Rhein-Neckar Zentrum und in besagten „GG&L Store". Ich schwöre Euch, mein Mann war kaum noch aufzuhalten. Ich erkannte ihn kaum wieder. Er war mit Feuereifer bei der Sache, schleppte ständig neue Farben und Formen an, die ich mir vor dem bodentiefen Spiegel über die Schulter warf. Ungefähr eine halbe Stunde später verließen wir das Geschäft mit drei neuen Taschen im Gepäck, eine schöner als die andere. Wir wurden dann über die nächsten Monate fast schon liebgewordene Stammgäste, immer wenn wir wieder heimfuhren hatte ich mindestens zwei bis drei neue Schätze für meinen Taschen-Schrank.

Mittlerweile habe ich gut und gerne 30 Taschen, für jedes Outfit die passende Farbe und Form.

Dieses Jahr im Mai sahen wir dann durch Zufall auf Facebook etwas ganz Außergewöhnliches: eine Tasche, die man sich individuell besticken lassen konnte. Und sofort war klar: Da musste eine mit „MUDDI"-Aufdruck her. Thorsten war begeistert von der Idee und so orderte ich meine erste „eigene" Umhängetasche. Sie hatte drei Farben, oben weiß, in der Mitte hellgrau und unten schwarz. Oben steht in schönster Schreibschrift „MUDDI". Im grauen Abschnitt befindet sich ein Leuchtturm und Möwen. Ich war hellauf begeistert.

Ein paar Wochen später hatte die Firma ein Angebot, in dem diese Art der Taschen für die Hälfte des Preises angeboten wurden. Und de Vadder meinte „Muddi bestell dir doch nochmal so eine Tasche und frag mal, ob man vielleicht unseren „Familienanker" darauf machen könnte."

Und drei Wochen später hatte ich MEINE Tasche, die mich seitdem überall hin begleitet. Oben hellgrau mit rosafarbenem „MUDDI" Schriftzug, kleinen rosanen Ankern und kleinen Möwen. In der Mitte ist sie weiß, mit unserem „Familienanker" mit dem sichtbaren gelben Stern für unsere Krawalli. Gleich daneben steht ein Leuchtturm. Unten, im altrosafarbenen Abschnitt steht in schwarz unser Leitspruch „Zusammen schaffen wir alles".

Alles in allem also die perfekte „MUDDI"-Tasche! Und dank unglaublich vieler lieber Menschen hängen rechts und links an der Tasche Anhänger, die ich im Laufe der Zeit geschenkt bekommen habe. Mit Anker, mit den Buchstaben „R", „S" und „M", mit Herzchen und mit Engeln. Und außerdem hängt dort ein kleiner rosa „Flauschball" mit einem entzückenden, schlafenden Babygesicht das einen rosa-gestreiften „Karla-Muddi" Helm auf dem Kopf trägt. Den hat mir mein Mann geschenkt und wenn wir irgendwo flanieren spielen meine Hände oft gedankenverloren an dieser kleinen flauschigen Kugel.

Soviel zum Thema Taschen, zurück nach Heidelberg und zu meinem Termin. Nachdem also das Interview flach fiel hatte ich weniger Zeitdruck und wir spazierten gegen zehn ganz entspannt Richtung Psychosomatische Ambulanz. Nachdem Thorsten wusste, welches Gebäude es genau war machte er sich auf Richtung Innenstadt und ich mich Richtung Anmeldung.

Ungefähr eineinhalb Stunden später verließ ich das Gebäude wieder... ganz genau so schlau wie vorher.

Die Ärztin hatte sich meine gesamte Leidensgeschichte angehört, sich meine aktuellen Werte angesehen und dann zunächst völlig ratlos mit den Schultern gezuckt. Der Theorie, dass mein Körper reagierte OBWOHL ich nichts hatte, sondern nur meine Psyche rebellierte, konnte sie zweifelsohne zustimmen. Mit den Worten „ich bespreche das mal in der ganz großen Runde und rufe Sie dann wieder an" verließ ich gegen halb zwölf ziemlich frustriert das Gebäude. Ich hatte mir mal wieder erheblich mehr erhofft. Aber zaubern konnte halt dann auch keiner.

Und genau eine Woche später fand dann auch wirklich das geplante Interview statt. Dieses Mal war ich zur richtigen Zeit am richtigen Ort und durchaus bemüht gewesen, meinem Äußeren ein wenig Glanz zu verleihen. Aufgeregt war ich nicht, im Endeffekt musste ich ja nur das tun was ich eigentlich am besten konnte: erzählen, warum ich schreibe und was es für mich bedeutete.

Und ich hätte ewig mit der Dame auf der anderen Seite des Bildschirms weiter erzählen können. Das Ganze dauerte dann gut 20 Minuten und danach war ich zufrieden und gespannt auf das, was durch die Zusammenarbeit noch zustande kommen würde.

Ein paar Tage später erschien das Interview dann auf YouTube und fand ziemlich viel Anklang. Ich erreichte immer mehr Menschen und hoffte, ich würde mit meinen Themen auch in der Zukunft für Interesse sorgen.

Ich wünschte mir, dass ich den Menschen auf diese Art und Weise schwierige Themen näher bringen konnte und ihnen damit ein Stück weit die Angst davor nahm. Ich bin seit dem Unfall unserer Ronja in verschiedenen Facebook-Gruppen in denen es um den Verlust von Kindern geht. Ganz oft waren es Kinder, die schon im Mutterleib verstorben waren. Genauso oft aber waren es auch „große" Kinder, also im Erwachsenenalter. Und immer dann wurde mir wieder schlagartig bewusst, dass der Schmerz niemals aufhören wird. Schlicht und einfach weil sie IMMER fehlen.

Egal wie alt und egal wie lange man Mama sein durfte. Die Menschen in diesen Gruppen suchten immer Rat. Eigentlich ging es ihnen wie mir. Man suchte nach einer Vorgehensweise, die es einem ermöglichte trotz allem ein einigermaßen gutes Leben zu führen.

Für alle anderen, die eben noch nie mit solchen Themen konfrontiert waren, war es mitunter schwierig zu verstehen, was man gerade dachte und fühlte. Und so ging es mir eben mit meinen ganzen anderen „Altlasten" auch. Es war immer einfacher, sich mit jemandem zu unterhalten, der etwas ähnliches schon mal erlebt hatte. Und da wollte ich gerne eine Art Ansprechpartner sein. Wobei ich immer noch, vielleicht etwas eigensinnig, eine gewisse, wenn auch gewagte These vertrete. Nämlich die, dass es durchaus Unterschiede gibt zwischen den einzelnen Verlusten. Gewiss gibt es da einige, die mir jetzt vehement widersprechen werden. Aber bedenkt immer, dass jedem seine eigene Meinung zusteht.

Natürlich ist es unvorstellbar grausam, sein Baby tot auf die Welt bringen zu müssen oder es ziemlich am Anfang der Schwangerschaft zu verlieren. Gerade dann, wenn es vielleicht sowieso schon schwierig war, schwanger zu werden oder wenn das Kind vielleicht sogar durch eine künstliche Befruchtung entstanden ist. Aber wenn du dein Kind fast zwei Jahre im Arm und an der Hand hattest ist der Schmerz unweit größer. Je älter das Kind ist, das man verliert, umso mehr Erinnerungen hat man an gemeinsame Zeiten und umso schlimmer sind dann auch so gewisse Tage wie Weihnachten, Geburtstage oder Feiertage. Oder zum Beispiel feste Familienrituale. Dinge, die man vielleicht jahrelang immer zusammen gemacht hat. Und auf einmal fehlt da diese eine Person. Bestimmte Worte, Berührungen, Geräusche, Gerüche, Eigenarten… das alles hatte eine Schwangere noch nicht. Vieles davon hatte auch ich noch nicht.

Mir kommt heute manchmal in den Sinn, dass ich fast froh bin, dass sie noch nicht allzu viel geredet hat. Die wenigen Dinge, die sie sagte reichen heute, um mir beim dran denken das Herz zu brechen (so wie sie zum Beispiel zu sich selbst „Nonja" sagte… oder zu mir „Mama"). Wenn ich heute irgendwo ein Kind in dem Alter „Mama" sagen hören könnte ich schreien vor körperlichem und seelischem Schmerz.

Keine Mutter leidet „weniger" als die andere, wenn sie ihr Kind verliert. Und man sollte sich tunlichst kein Urteil über die Qualität der Trauer bilden. Ein jeder sollte genauso trauern, wie er es für richtig hält. Ich weiß noch, dass ich ungefähr vier Wochen nach dem Unfall in unserem Edeka an der Kasse in der Warteschlange stand. Ich vermied es, mit irgendjemanden zu reden und starrte teilnahmslos vor mich.

Da trat ein Bekannter von hinten an mich ran, klopfte mir derb auf die Schultern und meinte in seiner südländischen, lauten Mentalität: „Ach Gott, das ist alles so schlimm. Aber weißt du? Machst du am besten gleich noch eins!"

Damals hätte ich ihm gerne meine auf dem Band liegende Tiefkühlpizza über den Schädel gezogen. Ich weiß, er hat es nicht böse gemeint, aber ich fühlte mich tief in meinem Innersten schwer angegriffen.

Oder als ich einige Zeit später auf Facebook mal wieder was von mir hören ließ und eine ältere Dame aus dem Ort schrieb „wie ich sehe schreitet die Trauerarbeit gut voran." Ich hätte platzen können, was weißt du schon von meiner Trauerarbeit??

Deshalb würde ich es mir niemals anmaßen, die Gefühle eines anderen über den Verlust seines Kindes anzuzweifeln oder ihn dafür zu verurteilen.

Ich konnte aber vielleicht helfen ein etwas anderes Licht auf die Gefühlspalette zu werfen.

Ich gebe zu, seit wir Ronja verloren haben werde ich „kälter". Nicht falsch verstehen, aber mit Pessimisten, „Berufsnörglern" und „Ganzjahres-Jammerern" komme ich seitdem überhaupt nicht mehr gut zurecht. Ich tu mir auch unheimlich schwer mit Menschen, die versuchen, ihre Probleme mit den Meinen auf eine Ebene zu stellen. Also ich lasse es zum Beispiel nicht mehr zu, das jemand den Tod seines Haustieres mit unserem Verlust vergleicht (Shitstorm in 3-2-1…)!

Oder wenn jemand seine 95jährige Oma verliert und sich dann anmaßt zu denken, er wüsste, wie es mir geht. Wenn man so alt wurde hat man ein Leben gelebt das meine Ronja nie haben durfte!

Ich kann da mittlerweile sehr direkt werden, vielleicht einer der Gründe, warum ich so polarisiere.

Ich mag auch mit niemandem mehr über meine MS diskutieren müssen der davon keine Ahnung hat. Aufklären ja, verteidigen nein. Ich habe aber immer und jederzeit ein Ohr für Menschen, die selbst betroffen sind oder deren

Angehörige. Oftmals herrscht da gerade ganz am Anfang ziemlich große Ratlosigkeit. Da dann mit Rat und Tat zur Seite zu stehen mache ich nicht erst seit diesem einen Jahr. Lange vor Ronja, und sogar vor Svenja, habe ich schon Nachmittage abgehalten, an denen MS-Erkrankte mit ihren Angehörigen teilnahmen. Ich erzählte MEINE Geschichte, berichtete über die verschiedenen Medikamente und half bei der Beantragung von Schwerbehindertenausweisen.

Oder ich treffe mich mit Müttern, deren Kinder ebenfalls behindert sind. Da geht es dann vielleicht eher mal um die Einstufung des Pflegegrades, wo bekommt man welches Hilfsmittel her, was braucht man wirklich und was eher nicht…

Ihr seht, ich habe eigentlich immer ein offenes Ohr. Nur seit einem Jahr nun eben nicht mehr für die „hausgemachten Probleme" und zeitraubenden Jammerlappen.

Und ja, ich bin auch weiterhin immer da, wenn mich eine meiner Freundinnen braucht. Ich höre zu und versuche zu helfen. Da ist es dann auch völlig egal, um welches Thema es geht. Meine vier, fünf Herzmenschen dürfen mit allem und jederzeit zu mir kommen.

Immerhin habe ich genau denen die letzten 12 Monate ständig und dauernd die Ohren voll geheult. Und meistens wegen dem ein und demselben Thema. Keine hätte sich je beschwert oder zu mir gesagt „meinst du nicht, es würde jetzt mal langsam reichen?" Das ist sowieso ein Satz, den man zu einer trauernden Mutter besser niemals sagen sollte.

So, das musste jetzt mal raus.

Wisst ihr, was mir noch aufgefallen ist? Meine Gesichtszüge haben sich „verhärtet". Vielleicht wäre mir das selbst gar nicht so bewusst geworden, wenn mir nicht an Ronjas „Engelgeburtstag" Bilder vor die Füße gestolpert wären, die mich mit ihr auf dem Arm zeigen. Ich sehe unglaublich glücklich aus, meine Augen glänzen, mein Mund lächelt liebevoll, mein Gesicht wirkt weich und mütterlich. Auf jedem einzelnen Bild, das mich mit ihr zeigt. Wenn ich heute Bilder von mir sehe sehe ich mich auch lächeln.

Und auch in meinen Videos, die ich so ab und an mache, wirke ich fröhlich und ausgeglichen. Aber meine Augen scheinen nicht „mitzulächeln", ganz oft wirke ich auf Bildern müde und erschöpft. Ohne den direkten Vergleich wäre es mir tatsächlich überhaupt nicht aufgefallen. Und jemand, der mich „vorher" nicht kannte findet bestimmt, dass ich relativ glücklich wirke.

Oktober „der Herbst und seine Folgen, ein dritter Geburtstag und eine wichtige Erkenntnis!"

Der Oktober kam fast lautlos. Und ehe ich mich versah überlegte ich schon wieder, was wir dieses Jahr an Ronjas Geburtstag machen würden. Es war selbstverständlich, dass wir ihn feiern würden. Und wieder würde Svenja die Kerzen auspusten dürfen. Und natürlich würde Ronja auch wieder ein Geschenk bekommen. Dieses Mal wollte ich etwas, was ich entweder zum Schatzkistenplatz bringen konnte oder dann ins Kapellchen oder in den Engelgarten setzen konnte. Und ganz bestimmt würde ich dieses Mal keinen Kinderriegel auf ihr Grab legen. Ich hatte vor diesem Tag mehr Angst als vor ihrem Todestag. Einfach weil ich mir vorstellte, was sie tun würde, wie sie sich über den Kuchen und die Geschenke freuen würde und wie aufgeregt, laut und lustig sie bestimmt jetzt wäre. Was sollte ich mir denn an ihrem Todestag vorstellen??

Wir hatten bisher nur einen einzigen Geburtstag mit ihr gefeiert und an dem war sie noch viel zu klein. Da konnte sie ja noch nicht mal laufen. Das kam erst drei Monate später.

Ich war Tage vorher schon ziemlich leicht an meine emotionalen Grenzen zu bringen und hätte gerne bei jeder noch so kleinen Gelegenheit geweint.

Ich möchte an der Stelle gerne mal auf meine anderen beiden Töchter zu sprechen kommen. Ich möchte nämlich nicht, dass der Eindruck entsteht, dass ich nur noch für die Erinnerung an Ronja lebe.

Ich bin immer für meine Töchter da, das wissen beide. Jede auf ihre Art und Weise. Svenja ist unter der Woche ja in der Schule, ausser freitags. Sie zieht sich zur Zeit nach der Schule eher zurück. Sie liegt dann im Wohnzimmer auf dem Boden und spielt. Dort ist sie zufrieden. Hausaufgaben fallen ihr gerade ein bisschen schwer, da fehlt wohl altersbedingt ein wenig die Lust.

Abends, wenn wir dann gemeinsam im Bad sind, fängt sie an zu erzählen. Von der Schule, von ihren Mitschülern, vom Essen, von der Busfahrt und oft auch von Ronja. Ich habe mir mit ihr gemeinsam das Interview angesehen, das ich dem „BARRIO-Magazin" gegeben hatte. Und dachte dabei noch „ob das gut ist, wenn sie das alles so hört?" ich habe dort ziemlich offen über meine Trauer, über meine Art der Verarbeitung und natürlich über Ronja geredet und war mir unsicher, ob ihre Emotionen und ihr Geist damit umgehen konnten.

Ich fragte zwischendurch immer wieder „bist du dir sicher, dass du dir das anhören magst?"

Und sie lächelte und sagte ganz stolz „aber ja, du redest doch von mir und von der Ronja. Natürlich will ich das hören. Ronja hört doch schließlich auch zu!" Und während sie noch ganz gespannt meinen Worten auf YouTube lauschte ging ich auf die Suche nach einem Taschentuch.

Ansonsten ist sie weiterhin stolz darauf ein Teil dessen zu sein, was hier gerade passiert. Nämlich, dass so viele Menschen sie kennen und mögen. Bald sind wieder Herbstferien. Vielleicht bekomme ich sie dieses Mal dazu, mal einen schönen Herbstspaziergang mit mir zu unternehmen. Wir haben uns in Ruhe und Frieden mit der Situation arrangiert, sie und ich. Für uns beide ist Ronja ja weiterhin da, das spüren wir wie eine kleine, eingeschworene Gemeinschaft.

Das Einzige, woran Svenja ein wenig knabbert ist, dass Ela kaum noch daheim ist. Sie war es lange Zeit gewohnt, dass Ela immer da war. Die beiden haben, eigentlich genau wie Svenja und Ronja, eine sehr innige und tiefe Verbindung. Svenja erzählt Ela Dinge, die sie mir niemals erzählen würde. Von ihrer Schule, von ihren Gefühlen, über Ronja.

Ela lernt ja nun seit dem 01. September und fühlt sich unglaublich wohl. Die Schule gefällt ihr und die Arbeit macht ihr weiterhin einen Heidenspaß. Ihre „Heimatwache" ist zwar Wald-Michelbach, aber sie wird während der kommenden drei Jahre überall im Kreis Bergstraße eingesetzt werden. Und oft genug, wenn sie zum Beispiel Schule hat, fährt sie danach zu Valentin nach Dossenheim. Dann kann es passieren, dass Svenja sie über eine Woche nicht sieht. Dafür telefonieren die beiden dann ab und zu und jedesmal fragt Svenja „wann kommst du wieder?"

Ela ist ja mittlerweile eine erwachsene junge Dame. Und ich verstehe natürlich, dass sie als solche ihre eigenen Wege geht. Als ich damals in ihrem Alter war wohnte ich schon länger nicht mehr daheim. WENN sie da ist und Zeit hat passiert es dann aber auch öfter, dass wir beide etwas gemeinsam unternehmen. Wir gehen zusammen frühstücken oder shoppen oder setzen uns daheim in die Küche und plaudern. Sie fragt auch zwischendurch immer mal wieder, wie es mir geht und wie ich mit allem so zurechtkomme. Und das rechne ich ihr sehr hoch an. Sie unterstützt mich, wenn sie nicht arbeiten muss. Wobei ich mittlerweile ein schlechtes Gewissen habe wenn sie das tut. Sie hat seit Beginn der Ausbildung unter anderem 12-Stunden Schichten und die Arbeit im Rettungsdienst geht nun mal auch an die Substanz, physisch und psychisch. Ich bin sehr froh um jeden Handgriff, den sie mir freiwillig und gerne abnimmt, aber ich erwarte nichts. Alles in allem haben wir vier somit einen erträglichen Weg gefunden, auch wenn dieser für das ein oder andere Familienmitglied öfter mal kleinere und größere Stolpersteine aufweist. Ich bin zum Beispiel ein ganz typischer Kandidat für solche Hürden. Dann brauche ich wieder meine Zeit, um aus den doofen Steinen eine Art Brücke zu bauen, über die ich gehen kann damit ich einigermaßen sicher weiterkomme.

Der 10. Oktober war dann wie zu erwarten für mich die emotionale Vollkatastrophe. Aber ich habe mich sehr zusammengerissen und versucht, niemanden mit meinen Gedanken und Gefühlen zu überfordern („sie war stets bemüht" oder so ähnlich). An ausreichend Schlaf war mal wieder nicht zu denken, und so saß ich gegen halb fünf in der Küche und verfasste einen kleinen Text für mein Geburtstagskind im Himmel. Und schon war ich im gleichen Dilemma wie elf Tage zuvor. Bilder, keine Bilder, wenn ja, was für Bilder? Ich hatte mir vor genau einem Jahr an ihrem Geburtstag in meiner Foto-Galerie ein eigenes Album angelegt mit dem Namen „Ronjas Geburtstag". Damals konnte ich noch einigermaßen mit meiner Bilderflut umgehen. In diesem Album waren einige ihrer und unserer schönsten Momente. So musste ich also nicht meine KOMPLETTE Galerie durchforsten. Vielleicht ginge das? Probieren kennt ja bekanntermaßen über studieren und mit Herzklopfen bis zum Hals öffnete ich das Album.
Uff, ne, doch nicht. Obwohl.... Also gut, neuer Versuch. Vielleicht wenn ich ein wenig schneller „drüber schaue"? Oh ne, auch nicht gut. Also, Album wieder zu.... Aber gerade heute hätte sie es ja wirklich verdient, dass jeder weiß wer sie war....komm schon, vor elf Tagen hast du's doch auch geschafft. Also, Album wieder auf....
Ich saß auf meinem Stuhl und war ganz kurz vorm Nervenzusammenbruch. Und natürlich habe ich geflennt, als wollte ich die Küche unter Wasser setzen. Ich klickte mich wahllos durch das Album und stellte die Bilder online. So

viele unglaublich liebevolle Erinnerungen und Momente. Soviel Liebe, Geborgenheit, Glück und unglaubliche Wut und Trauer.

Eigentlich war ich gerade heilfroh, dass noch keiner wach war ausser ich. Ich heulte fast 15 Minuten am Stück, dann atmete ich tief durch und straffte meine Schultern.

Ich hörte sie regelrecht sagen „nicht traurig sein Mama, ich bin doch da. Du kannst mich nur nicht mehr sehen!" Dafür spürte ich sie und meine Arme bildeten einen kleinen Kreis, um sie einmal in Gedanken ganz fest zu umarmen.

Gegen halb sieben kam Thorsten in die Küche. Wir wollten ein wenig wegfahren, dieses Mal ja mit einem konkreten Ziel. Ansonsten sind wir ja samstags eher ziellos unterwegs, außer wir machen geplante Ausflüge. An diesem Tag wollte ich ja nun ein kleines Geburtstagsgeschenk für unsere Krawalli und ich brauchte ganz dringend neue Hausschuhe. Mit meinen lief ich bereits auf den „Felgen". Wir mussten allerdings warten, bis Ela wieder zuhause war. Die hatte ihre erste Nachtschicht und eigentlich um sieben Uhr Feierabend. Gegen viertel nach sechs hatte sie mich angeschrieben, dass sie jetzt auf einen Einsatz raus müssten und es daher etwas später werden würde. Gut, das war nun wahrlich kein Drama. Thorsten hatte sowieso noch einen Termin zum Reifenwechsel und ich wollte die Geburtstagtorte fertig machen. Gegen viertel vor neun bekam ich eine Nachricht: „Bist du kurz zuhause? Wir haben eine kleine Überraschung."

Ich schrieb zurück, dass ich NOCH zuhause wäre und zwei Minuten später klingelte es an der Haustür. Iris und ihre Tochter Jasmin standen davor. Beide waren auch schon am „Engelgeburtstag" bei uns, zwei wirklich herzliche und liebe Menschen. Sie hatten eine kleinen bemalten Kürbis in der Hand. Der Gesichtsausdruck darauf erinnerte mich tatsächlich sehr an meinen kleinen Quatschkopf. Die Zunge rausgestreckt, den Schalk in den Augen.

„Der ist für Ronja zum Geburtstag. Wir wollten ihr heute auch unbedingt eine Kleinigkeit schenken."

Solche Gesten rühren mich immer wieder zu Tränen, es ist wundervoll zu sehen, wie die Menschen noch mit uns an unsere kleine Räubertochter denken. Ich kannte beide noch nicht wirklich lange, auch wenn wir aus dem gleichen Ort kommen und uns natürlich hin und wieder über die Füße laufen. Aber sie waren der lebende Beweis, wie sehr so ein Schicksalsschlag wie der unsere die Menschen doch verbinden kann. Ela war kurz zuvor von ihrer

Schicht zurück gekommen und nachdem ich mich von Iris und Jasmin verabschiedet hatte machten Thorsten und ich uns auf den Weg.

Ich hatte immer noch nicht wirklich eine Vorstellung was ich meiner kleinen Krawalli schenken wollte. Natürlich war ich realistisch genug kein riesiges oder völlig überteuertes Geschenk kaufen zu wollen.

Es musste auf alle Fälle etwas sein, womit Svenja auch spielen konnte und es sie beim spielen mit ihrer kleinen Schwester verband. Also etwas Kleines mit Sinn. Puhhh...

Wir fuhren mit leicht ungutem Gefühl nach Viernheim ins Rhein-Neckar Zentrum. Ungut deshalb, weil die Corona-Zahlen in letzter Zeit ja wieder besorgniserregend angestiegen waren und bei den Neuinfektionen waren nahezu immer Fälle in Viernheim dabei. Aber für das, was wir suchten, nämlich Geschenk und Schlappen, war das Rhein-Neckar Zentrum nun mal das Einfachste. Nachdem der Hauschuh-Kauf erfolgreich absolviert war stöberten wir durch die Spielzeug-Abteilung bei „Müller". Das mochte ich weiterhin nicht wirklich, weil ich mir immer wieder vorstellte, wie Ronja mit manchen Sachen spielen würde und was sie dabei für einen Spaß haben würde. Und bisher war mir auch noch nicht wirklich DAS besondere Geschenk ins Auge gestochen.

Bis wir zu der Abteilung mit den „Tut-Tut Babyflitzern" kamen. Ich ruf Euch mal kurz eine kleine Erinnerung ins Gedächtnis:

Wir hatten Ronja damals ein Feuerwehr Auto mit in ihre „Schatzkiste" gelegt. Es stammte von genau dieser Bahn mit der sie noch einige Tage zuvor so hingebungsvoll zusammen mit Svenja gespielt hatte. Kurz danach fragte ich Svenja damals, was wir Ronja zu ihrem ersten Geburtstag im Himmel denn schenken sollten und sie sagte prompt: „ein Feuerwehr Auto für die „Tut Tut" Bahn, unseres ist nämlich irgendwie nicht mehr da."

Jetzt standen wir also wieder vor diesem Regal und mich überkamen sämtliche Gefühle, die im „Müller" gerade niemand gebrauchen konnte. Also schluckte ich ein paarmal schwer und dann stach mir eine kleine Lokomotive ins Auge. Beim drauf drücken auf den Knopf derselbigen tutete sie fröhlich und lud zum Einsteigen ein. Ich weiß nicht warum, aber für mich war sofort klar: DAS wars, diese Lokomotive musste mit heim!"

Thorsten sah mich zwar ganz leicht irritiert an, aber er fragte nicht weiter nach. „Wenn du die haben willst nehmen wir sie mit." Da war es wieder, dieses seltsame Gefühl, dass ich überhaupt nicht einsortieren konnte. So etwas hatte ich so oft. Ich stand vor irgendetwas und wusste genau, DAS ist es. Ob es nun zum Rest passte oder nicht. Immerhin hatte ja eine Lokomotive eigentlich herzlich wenig mit meinen Mädels zu tun. Aber da, vor diesem Regal, war es wie eine Art Eingebung.

Wobei, wir hatten sogar ZWEI Eisenbahnen von Lego.

Ich weiß noch, als Thorsten die zweite Bahn die wir damals gekauft hatten, im Wohnzimmer auf dem Teppich aufbaute. Sie hatte kleine Elemente, die in die Schienen gelegt wurden und jedesmal, wenn der Zug darüber fuhr, machte er irgendwelche Geräusche. Svenja lag mittendrin und erschrak jedesmal, wenn die Lok hupte und Ronja hatte tierische Angst vor den ganzen anderen Geräuschen. Also war die ganze Aktion damals eher weniger von Erfolg geprägt.

Von daher verstand ich jetzt auch dieses doch sehr intensive Gefühl für die kleine Lokomotive nicht wirklich. Aber ich vertraute darauf, dass es mich nicht veräppelte und drückte sie den Rest unseres Bummels fest an mich.

Auf dem Heimweg hielten wir bei einer Art Hausflohmarkt an. Wir waren schon des Öfteren daran vorbeigefahren, heute hatten wir noch ein wenig Zeit und schauten uns in Ruhe um. Als wir eine halbe Stunde später wieder ins Auto stiegen hatten wir zwei neue Engel und einen Weihnachtsmann im Gepäck. Außerdem hatte ich über Facebook zwei Figuren ergattert, die wir noch abholen wollten. Es handelte sich dabei um die Darstellung eines kleinen Kindes mit Hut und Umhang das auf einem Halbmond saß. Absolut süß. Die Dame hatte sie doppelt und für beide keine Verwendung mehr. Und somit bekam ich die beiden identischen Figuren geschenkt. Dazu erzähle ich euch aber gleich noch was.

In Wald-Michelbach hatte vor geraumer Zeit ein „Tedi" aufgemacht und dort finden de Vadder und ich eigentlich immer noch irgendetwas, was sich richtig gut entweder im Hof, an der Klagebank oder jetzt auch im „Engelgarten" machen würde. Dieses Mal aber wars eine „3er Kerze" für Ronjas Geburtstagstorte, die im Einkaufskorb landete (gut, und ein Engel Fensterbild für Weihnachten und Schokotaler für Svenja).

Danach sind wir zusammen auf den Friedhof. Eine der „Kind auf Mond"-Figuren, die ich geschenkt bekommen hatte, stellte ich ihr auf den Schatzkistenplatz, die andere wollten wir daheim in ihren „Engelgarten" stellen. Wieder daheim warteten wir auf Reni und Michael. Die beiden würden mit uns zusammen Ronjas Geburtstag feiern. Kaum eine halbe

Stunde später saßen wir zusammen im Esszimmer. Es tat mir gut das sie da waren. Wenn ich liebe Menschen um mich herum hatte hatte ich keine Zeit zum Trübsal blasen.

Es klingelte erneut an der Haustür, Thorsten öffnete und ein paar Sekunden später stand Silke vor mir, in der Hand ein kleines Rosenstöckchen mit rosanen Blüten. Ich freute mich sehr, auch weil ich eigentlich gar nicht mit ihr gerechnet hatte. Ich wusste ja wie sehr ihr gerade solche Tage auch nahe gingen.

Ich deckte den Tisch und bereitete die Torte vor. Ela setzte Svenja in ihren Stuhl und als ich die Kerze in Form einer „3" entzündet hatte begannen alle Anwesenden „Happy Birthday liebe Ronja" zu singen. Bei der Hälfte des Liedes strich ich die Segel und biss mir angestrengt auf die Lippen. Jetzt bloß nicht heulen, gerade nicht vor Svenja. Die strahlte und freute sich aufs Kerze auspusten. Kaum war der letzte Ton verklungen blies sie los wie ein kleiner Laubbläser. Ich musste lächeln, ihre Bemühungen würden zu keinem Ergebnis führen. Zum Kerze auspusten war ihre Mundmotorik nicht geschaffen. Ich wusste das, sie Gott sei Dank nicht. Und ich würde ihr das auch niemals verraten. Wie schon ein Jahr zuvor sagte ich zu ihr „warte, langsam, auf drei, ja?". Und bei drei pustete ich unauffällig mit und somit die Kerze aus.

Die kleine Lokomotive hatte ich in eine Geschenktüte verpackt, Svenja tut sich ein wenig schwer mit dem Auspacken von Geschenken in Geschenkpapier. Als sie nun an der Verpackung zog und die Lokomotive anfing, zu tuten und zu singen, strahlte sie über alle verfügbaren Backen und ihre Augen begannen zu leuchten.

„Damit können Ronja und ich zusammen spielen!"

Das war ihre erste Reaktion und in meinem Kopf formte sich ganz laut und raumgreifend das Wort „VERDAMMT!"

Nichts mehr als das würde ich mir gerade wünschen...

Svenja betrachtete die kleine Lokomotive fast genauso liebevoll wie ich und mir wurde bewusst, dass mein Gefühl wieder mal absolut recht behalten hatte. Ich sollte mir wirklich angewöhnen, darauf zu hören!

Nach dem Kaffee verabschiedete sich Silke, sie war noch woanders eingeladen. Reni, Michael, Svenja, Ela, Thorsten und ich gingen runter zum „Engelgarten". Ich hatte Anfang der Woche einer Aktion für die „BARRIO" App zugesagt die ein Familienbild von uns haben wollten. Und da sollten ja schließlich ALLE mit drauf sein, also auf irgendeine Art und Weise auch Ronja.

Michael knipste ein paar wirklich schöne Bilder und dann durfte Svenja sich den „Engelgarten" nochmal genauer anschauen.

Thorsten hatte die zweite Figur mit dem Mond schon hingestellt und Svenja zeigte jetzt darauf meinte wie selbstverständlich: „oh, da steht ja der Sandmann!"…

SO hatten wir das noch gar nicht gesehen. Aber sie hatte recht. Mit ein wenig Fantasie konnte das absolut als Sandmännchen durchgehen. Und ich hatte somit wieder das gute Gefühl genau das Richtige getan zu haben, als ich ihr eben diese Figur auf ihr kleines Grab gestellt habe.

Ela ging mit Svenja danach nach oben in ihr Kinderzimmer und baute ihr die „Tut Tut Flitzer" Bahn auf. Bei uns unten hätte ich es kaum ertragen.

Bis zum Abendessen unterhielten wir uns zu viert und ich merkte, wie ich innerlich ruhiger wurde.

Der Tag endete gegen halb elf abends und ich fühlte mich erleichtert.

Ich hatte über den Tag so oft daran gedacht, wie es vor drei Jahren war als sie auf die Welt gekommen war. Manchmal traten mir die Erinnerungen so deutlich vor Augen, dass sie mir sekundenlang die Luft zum Atmen nahmen.

Jetzt war ich froh das es in mir wieder etwas ruhiger wurde und ich den Tag ohne „Klapsen-Einlieferung" überstanden hatte.

Aber es würden ja noch unzählige andere Tage OHNE sie folgen…

So ihr Lieben, heute haben wir den 11. Oktober 2020 und es wird Zeit für ein kleines Resümee und die Frage „was hat sich jetzt eigentlich innerhalb dieser letzten zehn Monate verändert und getan?"
Ich fasse also mal zusammen:

Ich bin, trotz aller möglichen Bemühungen, immer noch nicht schwanger und keiner weiß, ob das auch überhaupt jemals nochmal passiert. Aber das zählt nun mal zu DEN Dingen, die ich weder erzwingen noch herbeizaubern kann. Also bleibt mir nichts anderes übrig, als abzuwarten.
Bezüglich des „Adoptionsplanes" wird sich wohl noch einiges tun, aber auch da heißt es Geduld aufbringen und hoffen. Der erste Schritt ist getan, alles Weitere wird sich zeigen.
Ich habe weiterhin keinen Kontakt zu Chantal aufbauen können, so ganz langsam dämmert es sogar mir, dass das eventuell auch nichts mehr wird. Auch wenn da für MICH das letzte Wort eigentlich noch nicht gesprochen ist.
Meine „Schreibarbeit" wird natürlich weitergehen. Ich werde mich neuen Bänden von „Ronjas Welt" widmen und vielleicht versuche ich mich irgendwann mal an etwas ganz anderem. Einem Krimi oder so.
Auf alle Fälle werde ich meine Finger weiterhin nicht von den Tasten lassen können.
Corona gibt es immer noch, auch wenn ich ja ganz zu Beginn meiner Geschichte gehofft hatte, dass das alles bis zum Ende meines Buches nur noch eine schlechte Erinnerung sein wird. So wie die Sache aktuell aussieht, wird uns alles rund um das Thema „Covid 19" noch sehr sehr lange erhalten bleiben.
Und ich bin immer noch „allergisch" und immer noch weiß keiner genau warum und auf was. So langsam befürchte ich, ich bin vielleicht allergisch auf mich selbst. Das sollte ich bei einem meiner nächsten, wahrscheinlich wieder völlig sinnlosen Terminen mal als Diskussionspunkt in den Raum werfen.
Die Beziehung zum Vadder wurde anders. Unser Verlust hat uns verändert. Ich wurde anstrengend, er aber manchmal auch. Wir haben trotz allem zusammengehalten und uns nicht aufgegeben, waren und sind immer füreinander da. Wir haben uns gemeinsam neue Wege geebnet und schauen meistens in EINE Richtung (auch wenn ich ganz oft noch mehr zurückblicke als nach vorne).
„Zusammen schaffen wir alles!"

Dieses eine Jahr hat alles verändert, an was ich bisher so fest geglaubt hatte: Jahrzehntelange Freundschaften, die plötzlich keine mehr sind (und auf die ich dann auch keinen Wert mehr lege und getrost verzichten kann).
Menschen, die völlig überraschend in mein Leben getreten sind und dort ziemlich schnell einen festen Platz zum Bleiben gefunden haben.
Gefühle, die ich in diesem Ausmaß überhaupt nicht kannte und die ich nicht mal meinem ärgsten Feind wünschen würde. Gedanken und innere Bilder, die mir selbst manchmal Angst machen und bei denen es mich noch viel Arbeit und Kraft kosten wird, sie in den Griff zu bekommen.
Vieles hat sich hier im und rund ums Haus verändert. Die größte Veränderung aber ist die Stille, um mich herum, tief in mir.
Wo ich ganz zu Beginn des Jahres noch hoffte, die Zeit würde eine gewisse Linderung mit sich bringen musste ich feststellen, dass es über die Monate hinweg eigentlich nur schlimmer wurde. Oder wie ich gerne auf die Frage nach meinem Gemütszustand antworte „was soll sich denn groß ändern? Sie ist doch immer noch tot!"
Aber es ist natürlich auch viel Schönes passiert: Menschen, die immer für einen da sind. Der spürbare und sichtbare Erfolg dessen, was ich hier tue. Die Resonanz die ich, beziehungsweise wir bekommen. Die Unterstützung und Herzenswärme die mir entgegengebracht wird. Und nicht zuletzt die vielen kleinen lustigen und skurrilen Situation, in die ich dank meiner Umgebung immer wieder gebracht werde.
Zu sehen, dass Svenja wieder aus vollem Herzen lachen kann, dass Ela endlich ihre „Berufung" gefunden hat und damit so glücklich ist, dass Thorsten Freude daran hat, mit mir zusammen meine Bücher „auf die Welt zu bringen" und über jede meiner noch so seltsamen Ideen zumindest mal nachdenkt... das alles sind die Dinge, für die es sich zu Leben lohnt. Auch wenn ich den Sinn lange nicht gesehen habe.
Ich werde weiterhin alles daran setzen, um Ronja für jeden um mich herum unvergessen zu machen. In mir und durch mich wird sie leben bis zu meinem letzten Atemzug, vielleicht sogar darüber hinaus.
Und weil hier wirklich immer irgendwas passiert, worüber die meisten oft nur ungläubig den Kopf schütteln können und weil jetzt auch noch ziemlich viele Frage offengeblieben sind verspreche ich Euch:
Wir lesen, hören und sehen uns bestimmt wieder!
Spätestens in „MUDDI" Teil 4 ;-).

ENDE

Ein RIESENGROSSES Dankeschön

Und ich weiß gar nicht wo ich anfangen soll:

Zuallererst möchte ich bei denen bedanken, die die letzten Monate mit und für uns gekämpft haben. Die immer da waren, immer ein offenes Ohr und eine Umarmung übrig hatten, wenn wir sie am meisten gebraucht haben. Allen voran gibt es da für mich fünf ganz besondere Menschen.
„Moi Herzkersch" Katharina, ohne Dich hätte ich viele so Momente nicht überstanden. Du bist immer da, wenn man dich braucht, ohne lange Erklärungen oder Fragen. Du verteidigst mich wie eine Löwin. Als Freundin bist du ein wahres Juwel!
Du bist stolz auf das, was ich tue und schaffst es immer wieder, mich aus meinen tiefen Löchern zu holen.
Nun zu meiner lieben „Ina": Du bist mir innerhalb des letzten Jahres zu einer unglaublich wichtigen und liebevollen Freundin geworden (auch wenn dich meine Sprüche manchmal an den Rand der Verzweiflung bringen „Jesses Corinna, wie kommst du denn auf SOWAS?"). Du bist ein unglaublich mutiger und absolut toller Mensch!
Liebe Reni, lieber Michael: In Euch beiden haben Thorsten und ich nicht nur Freunde fürs Leben gefunden. Ihr seid meine „größten Fans" und Unterstützer im besten Sinne. Ihr steht hinter mir wie eine Mauer und stärkt mich in allem, was mir wichtig ist. Ich kann es manchmal immer noch nicht fassen, dass jemand ganz regelmäßig eine einstündige Tour auf sich nimmt, nur um Zeit mit uns zu verbringen oder um uns bei einer unserer verrückten Ideen zu helfen. Und dass ich Euch Svenja anvertrauen kann macht Euch zu einem unbezahlbaren Schatz. Ihr seid so stolz auf mich, nicht nur wegen meiner Bücher. Sondern als Mensch. Und alleine das macht Euch zu unglaublich wertvollen Freunden.
Dir liebe Mel möchte ich an der Stelle danken, dass du „verstehst", dass du mitfühlst und immer bereit bist, mir zuzuhören. Und dass nun schon über acht Jahre!

Alle hier namentlich aufzuzählen, die mir in den letzten Monaten so wichtig geworden sind, würde den Rahmen absolut sprengen. Ich hoffe, Ihr fühlt Euch alle angesprochen wenn ich einmal laut in die Runde rufe „DANKE!!!"

Nun zu meiner Familie:
Liebe Ela, Dir danke ich, dass Du mir Svenja hin und wieder abnimmst und mir somit ein wenig Luft zum atmen und schreiben verschaffst. Auch wenn es für Dich immer noch ein wenig seltsam ist das „die Mama" jetzt Bücher schreibt ;-))
Du liebe Svenja, mein „Löwenbaby", bist und bleibst „Mamas größter Fan"! Das alleine ist das größte Dankeschön in meiner Liste wert.
Euch beiden danke ich das ihr meine Töchter seid und mein Leben so bunt und aufregend macht. Ich liebe Euch so sehr!
Und „last but" wahrhaftig „not least"... DE VADDER:
DU bist die treibende Kraft hinter der „MUDDI". Wir hatten es die letzten 12 Monate nicht wirklich immer leicht, egal ob nebeneinander oder miteinander. Wir kamen oft genug beide an unsere Grenzen und haben am Ende des Tages doch wieder zusammen in die selbe Richtung geblickt. Auch wenn wir den Weg oft nur schemenhaft erkennen konnten oder er am Anfang völlig im Dunkeln lag. Und auch wenn ich Dich hie und da auf den Mond schießen könnte so weiß ich doch:
nur „ZUSAMMEN SCHAFFEN WIR ALLES!"
Das haben wir die letzten Monate immer wieder mehr als deutlich bewiesen. Und wie heißt es doch so schön: „Ich liebe Dich bis zum Mond (auf den ich Dich geschossen habe) und wieder zurück."
Uns vier vereinen zwei Dinge:
die Erinnerung und Liebe zu unserer Ronja „Krawalli" und unser unermüdlicher Kampfgeist und Mut zum Leben!

UND DAFÜR LIEBE UND DANKE ICH EUCH

MUDDI